恋する失恋バスツアー

森沢明夫

双葉文庫

恋する失恋バスツアー

【天草龍太郎】

「じゃあ、まどかさん、お願いします」

いつ見ても艶《つや》っぽい運転手の横顔に声をかけた。

「………」

返事は、ない。

でも、これはいつものことだ。

十年前までこてこてのヤンキーだったと噂される吉原《よしはら》まどかさんは、枝毛の多い茶髪をひょいと耳にかけると、マイクロバスのドアを閉め、慣れた手つきでギアを入れた。そして、やけに短いスカートからのぞく美脚をひょいと動かし、アクセルを踏み込んだ。

ブロビロロロ〜ン。

ぽんこつ一歩手前のエンジンが物悲しいような唸りを上げ、九名のツアー客を乗せた空色のバスがゆっくりと動き出す。

ふう、なんとか出発できた……。

俺は運転席のすぐ後ろにある二人がけの席の通路側に座り、安物の腕時計に視線を落とした。

時刻は、午前八時十二分。

予定より十二分遅れだが、問題ない。これくらいの遅れは想定内だ。

バスは都会のターミナル駅前のロータリーをのろのろと半周して、そのまま大通りへと向かう。

ちらりと、俺のとなりの窓側の席を見た。

小雪《こゆき》は、おでこを窓にくっつけるようにして外を見ていた。はきなれたホワイトジーンズに、春らしい華やかな桜色のニット。三五歳の女性には少し色鮮やかすぎるようにも思えたけれど、でも、色白で、はっきりした目鼻立ちの小雪が着ると不思議と違和感はなかった。その肌の白さとは対照的に、小雪の髪はいわゆる鴉《からす》の濡《ぬ》れ羽色《ばいろ》で、冷たく、つるりとしている。少し内巻きになった毛先が、バスの揺れに合わせて肩甲骨のあたりでかすかに揺れていた。

三日ぶりに会った小雪は、席に着いてからずっと窓の外ばかり見ていた。もちろん、なんとなく外の風景を眺めているわけではない。ようするに、俺のことを「あえて無視」しているのだ。こちらに向けられた細い背中からは、厳然たる拒絶のオーラが発せられていて、まるで目には見えないハリネズミの棘《とげ》を向けられているような気分になってくる。

ため息をこらえながら、俺は車内放送用のマイクを手にした。

小雪のことは、気にしない。

いまは仕事中だ。

声には出さず、自分に言い聞かせる。

俺はおもむろに座席から立ち上がり、後ろを向いた。

指定された席に散らばったお客さんたちをざっと見渡す。中央の通路を挟んで、向かって右側に男性が五人、左側に女性が四人、それぞれ窓際の席に一人ずつ、縦に並んで座っている。

それにしても、なんだか今回のお客さんは、ヤバそうだった。外見からして、どこか異様な雰囲気を醸し出している人が多いのだ。

俺は、胸の隅っこに嫌な予感を抱きつつも頬の筋肉に力を込め、ツアー添乗員らしく営業スマイルを浮かべた。そして、マイクに向かって、いつもの挨拶を述べはじめた。

「えー、皆様、あらためまして、おはようございます」

「…………」

お客さんからの返事は、ない。これも、毎度のことだ。

「わたくし、今回の『失恋バスツアー』の添乗員をさせて頂きます、『あおぞらツアーズ』の天草龍《あまくさりゅう》太郎《たろう》と申します。友人や同僚からは、龍さん、龍ちゃん、なんて呼ばれておりますので、お気軽にお声がけ下さいませ。年齢は、三七歳。独身です。もちろん、この歳ですから、過去にはいくつもの失恋経験がございましたし、その都度、落ち込みました」

そこまで言ったところで、ちらりと左を見た。

小雪は相変わらず窓の外を見ていた。

まさか「失恋バスツアー」の添乗員である俺が三日前に失恋したばかりで、しかも、いま、同じバスのとなりの席に、その失恋の相手がいるだなんて――、口が裂けても言えやしない。

俺は挨拶を続けた。

「そして今回、このバスに乗り合って下さった皆さんは、いま現在、失恋をして、心に傷を負っている仲間です。同志です。皆さん、ご安心ください。一人じゃないんです。今日からの五日間は、たまたま奇跡のように乗り合わせた仲間がそばにいてくれるわけです。ですので、もう安心して、このツアーでとことんまで落ち込もうではありませんか。すでにご存知かと思いますが、このツアーの最大の目的は、とにかくいったん落ちるところまで落ちることです。そして、人生のどん底まで心が落ち切ったそのときに、踵《かかと》でどん底を思い切り蹴って、あとはぐいぐい這い上がっていきましょう。ちなみに、過去にこの『失恋バスツアー』をご利用して下さったお客様の多くは、とことんまで落ち込んで、夜ごと泣きはらしたことで、最後にはむしろスッキリしたお顔になりまして、翌日からまったく新しい素敵な人生を歩みはじめていらっしゃいます。ツアーのあと、弊社に届いた感謝のお手紙やメールの数は、すでに数百通にのぼっております」

バスは交差点でゆっくりと右折し、国道に入った。

しばらく行けば高速道路の入り口だ。

俺は座席のシートにつかまったままトークを続ける。

「さて、事前にお配り致しました『旅のしおり』にも書いてありますが、このツアーの概要および簡単なルールについて、ちょこっとだけご説明させて頂ければと思います。まず概要ですが、これからこのバスは、皆様がなるべく悲しい気持ちになれる場所、淋しい気持ちになれる場所を巡っていきます。場所によっては、私がガイドをしながら、その地に伝わる悲しい歴史などをお話し致しますが、基本は自由行動となっております。ガイドに付いていくのではなく、あえてお独りになって、ひっそりと悲しみを増幅させていくのも一興かと思われます。ご飯のときは、海辺の食堂などで皆さんご一緒でお願いすることもありますが、食後は少しばかり自由時間がございます。そして、気になるお宿の方ですが、うら淋しい風情《ふぜい》を漂わせた、鄙《ひな》びた古い旅館をご用意してございます。お料理の方も、侘《わび》しい粗食を少量だけ召し上がって頂くことになっておりますが、その粗食は無添加かつ有機栽培の、いわゆる古きよき日本の伝統料理でもございますので、ダイエット効果や健康増進効果が期待できます。ようするに、テンションを下げながら魅力的かつ元気になれるという、素晴らしいお食事であると、ご好評を頂いております。次に、このツアーのルールをいくつか申し上げておこうかと思います。まず、バスの座席ですが、基本的には、いま皆さんがお座りになっているシートが、それぞれの指定席となっております。つまり、窓側と通路側を合わせた二人分のシートを、お一人でゆったりとお使いになれるということです。万一、ご自分の座席を忘れてしまった場合は、お手元のしおりにてご確認ください。二つ目のルールは、ちょっと変わっておりますが、参加者の皆様のことは、しおりの座席表に書かれているニックネームで呼び合うこととさせて頂きます。本名や個人情報などは、お互いに内緒ということでお願い致します。と申しますのも、このツアーはいわゆる『出会い系ツアー』ではなく、それぞれがとことん落ち込んで、その後に立ち直ることを目的としたツアーですので、そのあたり、どうかご理解頂ければと思います。とはいえ、もしも、ですが、もう本当に万一ですが、このツアーの間に、参加者同士で意気投合してしまって、どうしてもお互いの連絡先や本名などを知りたくなってしまった場合には……。ご安心ください。じつは、ひとつだけ裏技がございます。その裏技と申しますのは——」

ここで俺は、あえてひと呼吸置いて、お客さんたちの視線をぐっと集めた。そして、唇の前に人差し指を立てて、ちょっと悪戯《いたずら》っぽい笑みを浮かべてみせた。

「私に気づかれずに、こっそりやりとりすることです」

いつもだったら、ここでくすくすと参加者たちが笑ってくれるのだが、今回は違った。誰も笑わないどころか、素《す》っ頓狂《とんきょう》なツッコミが入ったのだ。

「うわぁ、添乗員さん、まじめそうな顔してるのに、おもしろーい。でも、全然うけなかったね。ちょっと可哀想かも。うふふ」

声の主は、通路を挟んで左側（=女性側）の前から四番目に座っている、粟野留美《あわのるみ》さん、二五歳。ニックネーム「るいるい」さんだった。

るいるいさんは、ほとんどモデルかと見紛うような、ハーフで金髪の美女なのだが、その麗しい唇から発せられるのは、脳みそに突き刺さりそうなくらいにキンキンと尖った声だ。

参加者たちはみな、その声にポカンとしていた。

「え……、あはは。たしかに、うけませんでしたね。いつもは、うけるんですけどね……。私、そんなに可哀想ですかね」

あまりにもバツが悪くて後頭部を掻いていたら、そこでようやく客席からくすくすと笑い声が上がった。

俺は、ちらりと小雪の方を見た。小雪は相変わらず窓の外を見たままだったけれど、よく見ると、その両肩が細かく上下していた。いきなりスベッた俺に失笑しているのだ。

正直、ちょっとムッとしたが、でも、それを顔に出すほど子供ではない。舌打ちをこらえつつも、俺はルールの説明を続けた。

「はい。では、あまりうけない裏技は置いておきまして——、次のルールについてご説明いたします。ここからは、もう、大人として当然のこととなりますが、あらかじめ誓約書に同意をして頂きましたとおり、旅の途中の自殺行為、自傷行為などは厳禁とさせて頂きます。あくまでも、立ち直って幸せになることが最終目的だということを忘れないようお願い致します。また、他の参加者の迷惑となる行為や、他者の心の傷を広げるような言動も慎んで下さい。あとは、一般常識やモラルに反する行いをされないよう、それぞれご注意頂ければと思います。それと、このツアーならではの特殊なルールですが、皆様はそれぞれ全力で落ち込もうとされておりますので、むやみに励ましたり、気持ちを盛り上げようとしたり、明るすぎるような振る舞いをすることがないよう、くれぐれもお願い致します」

「りょうかーい」

さっそく明るすぎるキンキン声がバスのなかに響き渡った。声の主は、ほとんど遠足バスに乗った小学生のように、元気よく右手を挙げて微笑んでいる。しかも、猛烈に美しい笑顔で。

俺は、少し慌てて場の空気を取り繕おうとした。

「ああ、えっと、はい。ありがとうございます。ニックネーム、るいるいさんですね。さっそくのご理解に感謝いたします」

俺はハーフの美女に、小さく会釈をしてみせた。

すると、るいるいさんはとても満足げに目を輝かせて、すっと右手を下ろしてくれた。

車内に満ちた、この珍奇な沈黙。

とにかく俺は、続きをしゃべりはじめた。

「ええと、何でしたっけ？　あ、そうでした、ルールについて、でしたね。えー、このツアーには、専属のカウンセラーの先生がついておりますので、何か相談事などがありましたら、遠慮なく先生に話しかけてくださって結構です。ただ、先生は一人しかいらっしゃいませんので、なるべくお互いに譲り合って話しかけて頂ければと思います。ええと、ルールについては、以上になります。あっ、あとひとつ、確認をさせて下さい。このバスへの乗車時に、文豪、獺祭《だっさい》オサムの書いた『人類失格』という文庫本をお配り致しましたが、まだ受け取っていないという方はいらっしゃいますでしょうか？　もし、いらっしゃいましたら、挙手をお願い致します」

ざっと全体を見渡した。

誰も手を挙げていない。

「はい、大丈夫なようですね。その本は、ツアー参加者に無料で配られます、いわゆる『落ち込み本』となっておりますので、バスでの移動中や、宿でお独りになったときなどに読んで頂けますと、落ち込み効果も抜群かと思われます。ええと、私からのお話はこのくらいにしておきまして——、それでは、今回、このツアーに同行してくださるカウンセラーの先生をご紹介します。小泉《こいずみ》小雪先生です。先生、ご挨拶をお願い致します」

そう言って、俺は小雪の方を見た。

小雪は無表情を決め込んだままシートから腰を上げて、俺のとなりに立った。差し出したマイクを、何事もなかったかのように受け取り、口に当てる。

「皆様、はじめまして。今回のツアーに同行させて頂きます、カウンセラーの小泉小雪と申します」と、そこまで言って、小雪はちらりと俺の方を見た。そして一瞬、不敵に笑ったと思ったら、とんでもない台詞を並べ立てたのだ。「わたしはこの添乗員さんみたいに小うるさいことや、まったくうけないギャグは言いませんので、何かありましたら安心して、気軽に話しかけてくださいね」

冗談めかした口調で言うと、お客さんがくすくす笑い出した。

「あ、そうそう。ちなみに、この添乗員さんも、じつは最近、とっても、とっても、と〜っても、大きな失恋をされたそうで、皆さんのお仲間だそうですよ」

な、なんてことを……。

俺は、あんぐりと口を開けたまま、小雪の横顔を見ていた。しかし、小雪は悪戯っぽい笑みをお客さんたちに向けたまま、さらに饒舌なトークを続けたのだ。

「でも、ご安心くださいね。わたしが相談を受けるのは、ちゃんとツアー料金を支払ってくださった皆様だけですから。はい、あんぐりと口を開けて突っ立っている添乗員さん、わたしに相談をしてこないよう、くれぐれもお願いしますよ」

そう言って、パチン、とこちらにウインクを飛ばしてきた。

「あははは。小雪先生おもしろーい」

るいるいさんが、キンキン声で吹き出した。

他のお客さんたちも失笑している。

そのなかで、ひとり大袈裟に手を叩いて喜んでいる男性が、ちょっとイントネーションのおかしな日本語でしゃべり出した。

「おい、あんたも、女にフラれたか。『失恋バスツアー』の添乗員が、失恋してるか？　ははは。笑えるね。でも、オーケーよ、オーケー。みんな仲間だろう」

右側（＝男性側）の前から三番目、きんきらきんな中国人の陳《ちん》さんだった。年齢はたしか四〇歳くらいだったはずだ。整髪料たっぷりの七三分けの髪と、でっぷりと太った体つき。

ギラギラ光る金色の腕時計は、いかにも高級そうだが、金色のチェーンネックレスは、分厚い二重あごの下に埋もれそうだった。金縁のティアドロップのサングラスの奥には、うっすらと細い目が透けて見えている。ようするに、成金のおぼっちゃまか何かだろう。

「ありがとうございます。カウンセラーのわたしからは、以上になります」

小雪がこちらにマイクを差し出した。いままで浮かべていた笑みをすっと消し、感情のない顔に戻っている。

俺はマイクを受け取った。そして、なんとかこの場を取り繕わねば、と必死に言葉を探した。

「あはは。あははは。いやあ、こ、困りましたね……。小泉先生は冗談がお好きですから。あはは、あはは……」

もはや俺は、しどろもどろだ。

一方の小雪は、すとんとシートに腰を下ろすやいなや、またぷいと顔を窓の外へと向けてしまった。

このツアーの五日間、先が思いやられる——。

俺はマイクを口から離し、そして、深い、深い、ため息をついてしまった。

と、その刹那、向かって右側の一番前に座っているスキンヘッドの巨漢が、野太い声を上げた。

「おい、大失恋の添乗員さんよぉ」

「はい。な、なにか……」

この巨漢は、ひたすら怪しかった。コスプレだか何だか知らないが、いわゆる修験者のような格好をしているのだ。太い首にかけた巨大な数珠《じゅず》のようなものは、動くとゴロゴロと大袈裟な音を立てるし、足元は下駄だ。

「あんまり言いたかねえがよ、このバスのなかには、悪霊がいるぞ。一応、祓《はら》っといた方がいいんじゃねえかな」

「あ、悪霊と申しますと……」

「悪霊ったら、悪霊だよ。あんまりいい霊じゃねえわな」

俺は、旅のしおりと一緒に手にしているツアーの「申し込み用紙」をちらりと見た。それによれば、この巨漢の名は、都幾川淳也《ときがわあつや》さん。年齢は四五歳とある。

そして、ニックネームは。

入道さん――。

って、見た目そのまんまじゃないか。

内心、ツッコミを入れながら、俺はマイクを使わずに入道さんに言った。

「え、それは、本当でしょうか？」

「あたりめえだ。俺はな、嘘は大嫌《でえき》れえなんだ。で、どうする？」

「で、では、ええと……、そうですね。高速道路に入ってからトイレ休憩がありますので、そこで皆さんがバスから降りたときに、こっそりと、お願いできますか？」

「おう、分かった。任せとけ」

「あ、あの……」

「なんだ？」

「お祓いの、料金とかは……」

「ああ、それな。まあ、普段だったら、きっちりもらうさ。なにしろ、それが俺の仕事だからな。けどよ、今日は俺も乗ってるバスだし、事故られても困るからよ、ただで祓ってやっから心配すんな」

「あ、ありがとうございます」

「まぁ、たいした悪霊じゃねえから、この俺にかかればちょいちょいよ」

入道さんは、プロレスラーばりの太い腕をがっしりと組んで、「ぐふふっ」と怪しく笑った。

ブロロロロ〜ン。

おんぼろバスが、少し急な坂を登りはじめた。

北へと向かう高速道路の入り口にさしかかったのだ。


高速の料金所を過ぎてしばらくすると、それまで空を覆っていた雲が切れていき、やがて窓の外は初夏らしい明るさで満ちていった。しかし、窓側には小雪がいるから、あまりそちらを見ているわけにもいかない。

俺はシートに深く座り直し、今回のお客さんたちに事前に提出してもらった「失恋バスツアー・申し込み用紙」のコピーをチェックしはじめた。その用紙には、参加者それぞれの職業や連絡先、ニックネーム、簡単な自己紹介、さらには大まかな失恋状況について書かれているのだ。

とりあえず、座席の順番にチェックしていくことにした。

男性陣で一番前の席にいるのは、入道さんだった。

職業は、霊媒師。

そのまんまだけど、怪しい……。

失恋についての欄を読むと、地元で喫茶店を経営する女に惚れていたが、その女がある日ふいに失踪し、失恋した、と書いてあった。

失踪って……。

知れば知るほど、この巨漢は怪しい。

その後ろの席の長谷部《はせべ》三郎《さぶろう》さんは、なんと、七三歳というご高齢での失恋だった。俺はこのツアーの添乗員となって三年が経つが、間違いなく最高齢のお客さんだ。痩せていて、顔はしわしわで、頭頂部はつるりと禿げているけれど、目尻の笑い皺が目立つせいか、どこか人の好さそうな雰囲気を醸し出している。

ニックネームの欄には「サブロー」と書かれている。

このサブローさんは、最近まで町の酒屋さんを経営していたが、いまは息子さんに店をゆずって隠居中だそうだ。

失恋の欄には「若くてぴちぴちの彼女に、理由も告げられず捨てられました」とあった。なんだか、読んでいるこっちが気恥ずかしくなるような赤裸々な書き方だ。

三番目の席の陳さんは、職業欄に「ぼーえきとか。しゃちょ」と平仮名で書いてあった。ようするに貿易会社などを経営する社長さんなのだろう。年齢は四二歳。

失恋については「にほんじん、ばかおんな、かねがすき、だまされた」とある。おそらくは、キャバクラのお姉ちゃんあたりに貢いでいたけれど、途中であっさり捨てられたとか、そんな具合なのではないかと、俺は適当にあたりをつけた。

四番目は、入道さんに肉薄するほど外見的にヤバそうな人だった。本名は田中秀夫《たなかひでお》さんと、いたって普通なのだが、年齢の欄にはこう書いてある。

無限歳。

こんないい加減な申し込み用紙の書き方をされたら、通常の旅行会社なら一瞬でお断りするところだろうが、どっこい社長以下たったの十五名という超零細かつ、綱渡り経営の我が社としては、ひとりたりともお客をとりこぼすわけにはいかないのだ。

田中さんのニックネームもまたキツかった。

ジャック。

いったいぜんたい田中秀夫という名前のどこをどうとったら「ジャック」になるのかは分からないけれど、この人の職業欄を見ると「パンクロッカー（予定）」とあるから、きっとそっち系の芸名なのだろう。律儀にも語尾に「予定」と書いてあるところから察すると、じつは嘘のつけない実直な性格なのかも知れない。とはいえ、耳、鼻、目の上、下唇に、ざっと数えても合計二〇個以上ものピアスがついているから、正直、近づきにくいし、そもそも見ているだけで痛そうだ。

髪型は——おそらく、ステージに立ったときは金髪のモヒカン頭なのだろうが、いまはその髪を頭の左側に寝かせている。つまり、左から見ると髪があり、右から見ると髪がないように見えるのだ。

失恋の欄に書かれた言葉も独特だった。「たとえルナ（月）が俺の心の夜空から消え失せたとしても、あの地平線からは、ふたたび輝ける朝日が昇るだろう」って——、なんだそりゃ、である。ちっとも失恋についての情報が分からない。

ジャックさんの扱い方は、様子を見ながら徐々に心得ていくのがベターだろう。

そして最後列の五番目は、愛路《あいじ》悟《さとる》さん、五〇歳。

愛の路《みち》を悟るだなんて、なんだかすごい名前だなとは思っていたが、なるほど名は体を表すとはよく言ったもので、この人は有名大学の哲学科の教授だった。ニックネーム欄にもそのまま「教授」と書かれている。

さっきから、この教授はずっと半目のまま微動だにしていなかった。小雪のトークにさえも笑わなかったのだ。どことなく仏像を思わせるような、得体の知れない「悟りのオーラ」を漂わせているのである。

小柄で、痩せていて、白髪の多い頭髪はぼさぼさなのだが、なぜかあまり不潔な感じはしなかった。

失恋について書く欄には「未整理」とある。ようするに、まだ心の整理がついていない、ということだろうか。

以上が、男性の参加者、全五名の事前情報だった。

いったん申し込み用紙を太ももの上に置いた俺は、あまりのキャラの濃さに、うっかり「はあぁ……」と、ため息みたいな声をもらしてしまった。

そもそも、過去にこのツアーに参加したお客さんの九〇パーセント以上は若い女性だったのだ。割合としては、二〇代がいちばん多く、その次に三〇代、四〇代と続く。五〇代以上の女性はほとんどいなかったのに、なにゆえ今回のツアーに限って男性の方が多いのだろうか。しかも、やたらと平均年齢が高い。

「あら、傷心の添乗員さん、ただでさえ不幸なのに、ため息をつくといっそう幸せが逃げますよ」

ふいに、となりから小さな声がした。ずっと窓の外を見ていたから、さすがに首が疲れたのだろう。小雪は、俺の方ではなく、あえて前を向いてしゃべっていた。しかも、わざとらしく敬語を使いながら。

「お言葉ですが、幸せとやらがあれば逃げるかも知れませんけど、いまのぼくに、逃げるような幸せはそもそもあるんですかね？」

後ろの席のお客さんに聞こえないよう、声のトーンをぎりぎりまで落として俺は答えた。

「まあ、探せばあるんじゃないですか？」

小雪もひそひそ声だ。

「ほう、例えば、どんな？」

「となりに美女が座っているとか」

「はあ？　ぼくの隣に美女ですか？　いやあ、いったいどこにいるのかなぁ」

俺は、小雪の存在が見えないかのように、きょろきょろしてやった。

「ほら、美女はこっち、こっちですよ」

「はっ？　どこですか？」

「こっちです。ほら、ここ」

「へ？」

「ここですよ」

「は？」

「ここ、ほら、ここ」

小雪が俺の目の前にしつこく顔を出す。それを避けるようにして、俺は別のところを見る。

その繰り返しだ。まったくもって、それが子供じみたやりとりだというのは重々承知しているのだが、なぜか俺たちはいつだってこんな馬鹿げた喧嘩になってしまうのだった。そして、いつもなら、このやりとりの馬鹿馬鹿しさにどちらかがくすっと笑い出し、相手も釣られて笑い、ふと心がゆるんで仲直りへの道を歩み出すのだが、なぜか今回ばかりはこじれにこじれて、結果、三日前に「破局」という結論に至ってしまったのだった。

「いやぁ、とっても残念ですけど、美女とやらがちっとも見つからないので、ぼくは仕事に戻らせて頂きますね」

憎まれ口を叩いた俺は、今度は女性客たちの申し込み用紙をめくりはじめた。いつまでも小雪のくだらないちょっかいに付き合っている暇などない。なるべく早く、このキャラの濃いお客さんたちの情報を頭に叩き込んでおかねば、なんだかヤバいことになりそうな気がするのだ。

「ふうん、すぐとなりにいる美女すら見えないだなんて、添乗員さん、三七歳にしてよほどの老眼なんですね？　そんなに耄碌《もうろく》しちゃって、ホント可哀想な人ですね」

小雪の悪態を、俺はスッパリと無視してやった。

すると、となりで「ふう」と、大袈裟なため息が聞こえてきた。

逆転のチャンス到来だ。

「あれれ、ため息を吐いたら幸せが逃げるんじゃなかったでしたっけ？　まったく、ご自分が口にしたばかりの台詞すら忘れてしまうなんて、そちらこそ耄碌されてらっしゃるんじゃないですか？」

ここぞとばかりに、俺はやり返してやった。そして、ニヤリ、と勝ち誇った顔をしたら、太ももをぎゅっとつねられた。

痛っ！

容赦ない攻撃に、思わず悲鳴を上げそうになってしまった。

「な、何すんだよ」

必死に声を抑えて小雪をにらんだ。

「ふんっ」

小雪は、また、ぷいと窓の方に顔を向けた。

俺は、痛む太ももをズボンの上からごしごしさすりながら、小雪の後頭部に向かって「加減ってもんを知らないのかよ」と言った。

ふたたび小雪は背中にハリネズミの棘を立てた。

ああ、マジで痛《い》てぇ。

こんな暴力女、知るか。ふざけんな。

胸裏で思い切り悪罵《あくば》を浴びせてから、俺はあらためて申し込み用紙に視線を落とした。そして、そのまま、いったん深呼吸をして気持ちを落ち着かせ、いちばん前の席のお客さんから順番に、再びチェックを開始した。

まずは、女性側の一番前。

つまり、俺と小雪のすぐ後ろのシートに座っている女性からだ。

本名は、二階堂桜子《にかいどうさくらこ》さん。

二十歳の女子大生。

名家のお嬢様や芸能人の娘が多いことで知られるカトリック系の女子大に通っているらしい。血管が透けて見えそうなくらいの色白で、性格はおとなしそうだ。いわゆる文学少女っぽく見える。しかも、男にはまったくスレていなさそうなぽっちゃり系、というか、ぽっちゃり以上——という感じの豊満な女子だが、着ている服はなるほど清楚な白いワンピースだった。ちょっと気になるのは、バスに乗ってもつばの広い純白のハットをかぶっていることだった。

失恋の欄には「思い続けてきた幼なじみの許嫁《いいなずけ》に拒否され、失恋いたしました」と、とても美しい文字で書かれている。

いまどき許嫁かよ？　といぶかしむのは俺だけではないだろうが、でも、まあ、もしかすると、一部の富裕層たちの間には、俺たち貧乏人にはまったく無縁な「政略結婚」的しがらみがあるのかも知れない。

ニックネームは、名前そのままで「桜子さん」だそうだ。

その後ろ、前から二番目の女性は、杉山浩美《すぎやまひろみ》さんで、三七歳。

ニックネームは「ヒロミン」と書かれている。

職業はフォトグラファー。つまり、女流写真家というやつだ。

化粧っ気はないが、さばさばした雰囲気の人で、趣味は「バイク乗り」とある。いわゆる

「かっこいい系のお姉さん」というやつだろう。しかし、失恋の欄を読むと、俺は唸りたくなってしまった。「ゴールデンレトリーバーのランと死別」と書かれているのだ。失恋の相手が人間ではない、という、これまた初の事例だったのだ。

三番目は、北原桃香《きたはらもも か》さん、二四歳。

ニックネームは「モモちゃん」。

この娘は、いちばんの要注意人物だった。

筆圧が極端に弱く、字は小学二年生ばりに下手で、職業欄には「フリーター。いまは無職」と書かれている。

失恋の欄には「だまされてすてられた」と、すべて平仮名で記されていた。しかも、その文字だけは筆圧が強く、ほとんど殴り書きなのだ。まさに、恨みが込められた文字、とでも言いたくなる。

不健康そうな青白い肌は、引きこもりだった過去を匂わせるし、せっかく可愛らしいアイドル顔をしているのに、目はどこかうつろで、蚊の鳴くような声で挨拶をした。立ち姿にも生気がなく、正直、何らかの心の病を抱えているようにしか見えない。

もっと言えば――、このバスに乗車する際に、獺祭オサムの『人類失格』を手渡したのだが、そのとき、俺は、この目でしっかりと確認していたのだ。モモちゃんの青白い手首に幾多のリストカットの痕《あと》があることを。

モモちゃんの手首のことは、プロの心理カウンセラーである小雪に伝えておかねばならないだろう。言えば、どうせまた「女の子のことはよく見てるわね」だのなんだのと憎まれ口を叩かれるだろうが、それは覚悟をするしかない。

そして、前から四番目。つまり、女性陣のなかでいちばん後ろのシートに座っているのが、キンキン声のハーフ美女、るいるいさんだった。

さっきの様子から察するに、場の空気を読むようなことはせず、いつもストレートすぎる発言をする人なのだろうが、しかし、決して性格の悪い女性には見えなかった。むしろ、馬鹿正直すぎるくらいの「いい娘」なのだと俺は思う。というか、思いたい。ものすごい美女だし。

以上、ツアー参加者、男女九人。

すべてチェック終了だ。

それにしても、よくもまあ、これほどまでにキャラの濃い面々が一堂に会したものだ。確率で言ったら、宝くじの一等を当てるようなものではないか？　しかも、俺は、この人たちを相手に、五日間も奮闘しなければならないうえに、となりには喧嘩別れしたばかりの元彼女がいるなんて……。

ああ、考えれば考えるほど気が重くなる。

うっかり、また、ため息をつきたくなって、俺はすう〜っと息を吸った。

と、その刹那、となりから刺々《とげとげ》しい声が聞こえてきた。

「あらら、添乗員さんったら、また不幸なため息をつくんですか？　よっぽど不幸がお好きなんですね」

ムッとした俺は、わざと「ふう〜」と長い息を吐いて「いまのは、ただの深呼吸ですが、何か？」と小首を傾げてやった。

「すみません、深呼吸は、やめて頂けますか？」

「は？　どうして？」

「わたし、添乗員さんの吐いた息だけは吸いたくないんで」

「あのなぁ……」

「ほんと、ごめんなさい」小雪は、俺の方に両手の平を向けて、やめて、という仕草をした。

「できれば、呼吸もしないで下さい。っていうか、いますぐ息を止めて下さる？」

「息を止めたら、普通に死ぬでしょ」

「あら、そうですか？　でしたら、どうぞ、ご自由にお亡くなりになって下さい」

そう言って小雪は、にっこりと極上の笑みを浮かべてみせた。

こいつ……普通にしてれば、けっこう可愛い女なのに——。

頭にきて、何か言い返してやろうと思ったとき、小雪はまたぷいと顔を外に向けてしまった。

言いたいことだけ言って、あとは無視かよ。

「おい」

と、背中に小さく声をかけたけれど、返事はない。

背中をツンと指で突いてみた。それでも反応はなかった。

なんだよ、その態度。いちいち腹が立つ。

俺は内心、舌打ちをして前を向いた。そして、思い出したように運転手のまどかさんに声をかけた。

「あの、すみません、忘れてました。いつものあれ、お願いします」

まどかさんも返事をしてくれない。でも、「いつものあれ」で通じたようで、オーディオのスイッチを操作してくれた。

車内のスピーカーから、暗い雰囲気の音楽が流れ出す。

聴けば聴くほどにテンションが下がるような古今東西の失恋ソング集だ。ここから先はずっと、そんな歌を聴きながらのツアーになる。

とにかく、お客さんたちには、とことん落ち込んでもらわねば。

まあ、俺は、落ち込まないけどな。

絶対にね。

ひとりで勝手に決意して、ちらりと小雪を見た。

窓の外を向いた小雪の背中が、なぜだろう、さっきよりも少し丸まって見えた。

北へと向かう高速道路に乗ってから、ちょうど一時間ほど経ったあたりで、バスはサービスエリアへと滑り込んだ。

「皆様、ここで十五分のトイレ休憩をとります」

マイクを使わずに告げた俺は、先にバスを降りて、お客さんたちを見送った。

運転手のまどかさんもバスを降りていったけれど、この人にとってはトイレ休憩というよりも、むしろニコチン補給タイムだ。いつもタバコをきっちり二本吸ってから戻ってくる。

バスに戻ると、何人かのお客さんが座席に残っていた。リストカットの痕跡があるモモちゃんと、パンクロッカーになる予定のジャックさん、いちばん後ろの席で瞑想状態に入ったように微動だにしない教授、そして、悪霊祓いをしてくれるという入道さんだった。

小雪もバスのなかに残っていた。万一、何かあったときのために備えて、念のため悪霊祓いとやらを見届けてくれるつもりなのだろう。

「んじゃ、添乗員さんよぉ、はじめていいかい？」

巨漢の入道さんがぬっと立ち上がり、バスの一番前に立って後ろを睥睨《へいげい》した。いわゆる仁王立ちだ。

「あ、えっと、ちょっとお待ちください」俺は入道さんに待ったをかけ、後ろの席に向かって言った。「皆さん、すみません。これからこちらの入道さんが、このバスの悪りょ……いや、ええと、このバスをですね、よりよい状態に浄化して下さるそうです。ですので、くれぐれもご心配などなさらず――」

「おい、あんた、回りくどい言い方をすんなよ」

入道さんが言葉をかぶせ、丸太のような腕を組んだ。そして、俺の代わりに太い声を張り上げた。

「このバスのなかには悪霊がいるんだが、まあ、心配しなくて大丈夫だからよ。俺がすぐに祓っちまうから」

つねに儚《はかな》げで無気力そうなモモちゃんも、この台詞にはさすがに驚いたのか、目を丸くして入道さんを見ていた。

「ちょっ……、祓うって、ま、まじかよ。そういうの、俺、ほんと勘弁して欲しいんだけど。つーか、あんた、本物かよ。まじで、大丈夫なのかよ」

青ざめた顔で、前の座席のシートに乗り出したのは、ジャックさんだった。

「兄ちゃん、俺を疑うのかい？」

入道さんは、とくに声を荒らげたわけではないのだが、そもそも野太い声をしているから、やたらと迫力がある。顔中ピアスだらけのジャックさんの表情からは、目に見えて血の気が失せていった。

「べ、別に、疑ってるわけじゃ……」

「ええと、ジャックさん、ここはひとつ、プロの霊媒師でいらっしゃる入道さんにお任せしましょう」

俺は、なるべく穏やかな声で間に入った。

「じゃあ、まあ、分かった……けどよ、俺、やっぱ、トイレ行ってくるわ。いいだろ？　いま行っても、取り憑かれたりしねえよな？」

「兄ちゃん、そんなにビビることぁねえって。この程度の霊ならチョロいからよ。まあ、のんびり見てろよ」

　不敵な笑みを浮かべながら、入道さんは懐から黒光りする数珠を取り出し、左手の親指と人差し指の間に挟んでジャラリと鳴らした。

「あっ、ちょ、ちょっと待ってくれ。その悪霊ってのは、どんな奴なんだよ？　悪魔みてぇな奴か？　お祓いに失敗して、誰かに取り憑いたりとかはしねえんだろうな。ちゃんと説明してくれよ」

　ジャックさんは、とことんビビっているようだ。

　やれやれ……、といった顔で、入道さんは小さく嘆息した。

「あのな、兄ちゃん、このバスにはよ、運転手の姉ちゃんも含めて十二人が乗ってたろ？」
　一、二、三……と数えて、ジャックさんが小さく頷いた。
「それなのによ、俺は魂魄《こんぱく》の数が十三あるってことに気づいたんだ。ひとつ多いんだよ、肉体の数よりも魂魄の数がな」言いながら入道さんはすっと目を閉じた。そして、合わせた両手にかけた数珠をこすり合わせ、ジャラジャラと音を鳴らしはじめた。すでに除霊がはじまっているらしい。「そもそも人間ってのはよ、肉体と魂魄でできてんだ。ってことは、肉体を持たねえ魂魄が、このバスのなかにひとついるってことだろ。ようするに、それが霊ってやつだ」

　入道さんは、しゃべりながらも、目を閉じたまま数珠を小刻みに振っている。

「そ、その霊、いまも、このバスのなかにいるのかよ？」

もはや顔面蒼白なジャックさんは、周囲をきょろきょろと見回した。

入道さんは平然とした声で答える。

「ああ、いる。いまも、人数よりもひとつ多いぞ」

いまバスに乗っているのは、俺と小雪、入道さん、ジャックさん、モモちゃん、そして、教授の六人だ。それにたいして、魂魄が七つある、ということだ。

「そ、それ、ただの霊じゃなくて、ホントに悪霊なのか？」

「多分な。仮に悪い霊じゃなくてもよ、人間に巣食うタイプだってことは間違いねえ。だから、さっさと祓っちまった方がいい」

「す、巣食うって……、おい、取り憑くってことじゃんかよ」

「まあ、そうとも言うな」

ジャックさんは、そこで言葉を失った。モモちゃんも呆然とした顔をしている。ただひとり教授だけは身じろぎもせず、相変わらず半目のまま瞑想しているように見えた。

「じゃあ、そろそろ本格的にはじめるからよ、気楽に座っててくれ」

言われるまま、バスのなかの面々はそれぞれ各自の席の背もたれに背中をあずけた。

入道さんが目を開けた。

ぎゅっと眉間にしわを寄せ、眼光鋭くバスのなかを見渡す。

そして「ふううぅ」と長い息を吐きながら、ふたたび目を閉じた。鳩尾《みぞおち》の前あたりで、数珠をかけた両手を合わせ、マントラのような呪文をぶつぶつと唱えはじめた。大きな両手には、徐々に力が加えられていき、数珠が細かく震えてカチャカチャと微細な音を立てた。

俺は、ふと隣を見た。

小雪は、いつになく真剣な顔をして、すぐ斜め前で仁王立ちする入道さんの様子を見つめていた。

「大丈夫か？」

除霊の邪魔にならないよう、俺は小声で訊いた。

小雪は声を出さず、ただ、小さく二度、頷いて見せた。

そういえば、小雪はお化けや妖怪のたぐいが大の苦手なのだ。以前、嫌がる小雪を「こんなの子供だましだから平気だって」と、なだめながら遊園地のお化け屋敷に引っ張り込んだことがあるのだが、そのときはもう最初から最後まで絶叫につぐ絶叫で、出口に着く頃には声は嗄《か》れ、ほとんど腰が抜けて歩けなくなっていたのだった。

ふう、ふう、と無理に呼吸を整えながら、小雪は両手でおへそのあたりを押さえていた。かなり緊張しているようだ。

「心配ないって」

俺は、また小声でそう言った。

しかし、小雪は、入道さんの口から発せられる呪文が徐々に大きくなっていくにつれ、表情を硬くしていき、しまいには目を閉じてうつむいてしまった。もはや、まともには見ていられないのだ。

お化けなんてそもそも信じていない俺ですら、なんとなく、バスのなかに異様な空気が満ちてきたような気がして、ちょっと気分が悪くなりそうだった。

「大丈夫だって。そんなに怖がることないよ」

俺はフラれたばかりの元彼女の肩にそっと手を置いた。細い肩が小さく震えている。

と、その刹那――。

「あ～？」入道さんが、素っ頓狂な声を上げた。「なんだこりゃ」

見ると、入道さんはすでに合掌を解いていて、なぜか顔をほころばせていた。

「くくく。いやぁ、悪《わ》りいな。俺としたことがよ」

つるつるのスキンヘッドを掻きながら、入道さんは俺の方を見下ろした。

「え、どう……されました？」

「すまん、すまん。どうやら間違えちまった」

「は？」

「このバスに、悪霊なんて、いねえわ」

「ほ、ほんとかよ？」

ジャックさんが会話に割って入ってきた。

「ああ、ほんとだ。怖がらせて悪かったな。悪霊どころか、こいつはむしろ幸せを呼ぶ精霊に近い存在だ。祓おうにも、祓えねえや。てなわけで、俺もちょっくら小便してくらぁ」

そう言って笑うと、入道さんは下駄を鳴らしながらバスの外へと出ていった。

「はあ……」

隣で小雪が、とてつもなく深いため息をついた。悪霊ではないと聞いて、安堵したのだ。

「あらら、ため息をつくと?」

と、俺がまたからかおうとしたら、小雪が言葉をかぶせてきた。

「幸せを呼ぶ精霊がいるそうですから、わたしは、添乗員さんと違って不幸にはなりません」

ほんのいまさっきまで震えるほど怖がっていたのに、さっそくこの憎まれ口かよ。

「はいはい、そうですか。じゃあ、これからは俺も安心してため息をつけますね」

「わたし、トイレ行ってくる」

「え?」

掛け合いをスパッと断ち切った小雪は、妙にゆっくりとした動作で立ち上がると、俺の前を通ってバスの外へと出ていった。入れ替わりに、まどかさんが戻ってきた。

俺も、念のため行っておくかな……。

胸裏でひとりごとをつぶやいて立ち上がる。そして、バスに残ったお客さんたちに向かって言った。

「皆さん、お騒がせ致しましたが、とにかく悪霊じゃなくてよかったですね。ちょっと安心したところで、私もトイレに行かせていただきます」

「………」

返事は、ない。代わりに、ジャックさんが言った。

「あのさ、悪霊じゃなくても、何かがいるってことには変わりねえんだよな？」

「まあ、そう、なんですかね？」

「大丈夫なのかよ、このバスツアー」

「大丈夫、だと思います」

答えたのは、俺ではなく、驚いたことにモモちゃんだった。蚊の鳴くような声だが、ジャックさんにはちゃんと届いていた。

「あんたが大丈夫って……、根拠は、あんのかよ？」

ジャックさんが、斜め前に座るモモちゃんに訊ねた。普通にしゃべっていても、ピアスだらけの顔と寝かせたモヒカン頭のせいで威圧感がある。

「根拠は……、えっと……、えっと」

モモちゃんは不安げに視線を泳がせながら、答えを探しているようだった。こういうときに小雪がいてくれると、上手に間に割って入ってくれるのだが、いまはトイレだ。

「まあ、こういうのって、ほら、アレですから」

俺が、我ながら意味不明な言葉で間に入ろうとしたとき、モモちゃんが控えめな声を出した。

「嘘、ついてないからです」

え？

ジャックさんも、俺も、あらためてモモちゃんを見た。

「あの霊能者さん、嘘、ついてないから……」

モモちゃんは、同じ言葉を繰り返した。

俺とジャックさんは、なんとなく視線を合わせた。俺は、小さく頷いてみせた。ジャックさんも軽く頷き返すと「ま、いっか。俺も、ちょっくら小便いってくるわ」と言って立ち上がった。

このパンクな青年、意外と空気を読めるのかも知れない。

俺は少しホッとしながら「ぼくも、行きます」と言って、ジャックさんの後に続いた。


すみやかに用を足したあと、俺はトイレからバスへ向かって駐車場を横切るように歩いた。すると、少し前を歩く小雪の背中を見つけた。小雪はただ普通に歩いているだけなのに、どことなく両肩のあたりに生気がないように見えた。ふと、駆け寄りたい衝動に駆られたけれど、やめておいた。

いまは仕事中だし、そもそも、俺たちはもう恋人同士ではないのだ。

ざわつく気持ちと歩幅をぐっと抑え込み、俺は一定の距離を保ったまま小雪の後を歩いた。

思えば――、俺は、小雪と出会ってから、ずっと、ずっと、あの華奢で凛とした背中を、少し後ろから追いかけてばかりいた気がする。悔しいけれど、小雪よりも俺の方が「恋心」をいくらか多く抱えていて、だから、いつだって俺が「追いかける側」に回らされていたのだ。そして結局は、あの背中に追いつけないまま終わってしまって……。そのことを思うと、肩を並べるまでに成長できなかった自分が情けないし、やたらと悲しくもある。

ようするに俺は、未練たらたらなのだ。

歩きながら、ぼんやりとそんなことを考えていたら、また、ため息をこぼしそうになった。けれど、実際、ため息は出なかった。小雪のことを思うと、俺の内側はからからに枯渇して、ため息すら涸れてしまうらしい。

後ろ姿の小雪がゆっくりとバスのなかに入っていく。

十秒ほど置いて、俺も、それに続いた。

さて、仕事だ。気持ちを入れ替えろ。

俺は、自分の尻を叩く。

バスの座席を眺め渡した。お客さんは、ほぼすべて揃っていた。

やがて、トイレ休憩の十五分が過ぎた。

さらに、それから二分ほど過ぎた頃、屈託のないニコニコ顔で戻ってきたのは、中国人の陳さんだった。何やら両手に白いビニール袋をぶら下げている。

「おい、これ、食べるだろう。チョー美味いね。はい、あんたも食え。あんたも食べるだろう」

微妙に失礼な日本語を口にしながら、陳さんは、運転手のまどかさんはじめ、バスのなかの面々すべてに、ほっかほかの湯気が立った肉まんを配ってまわった。というか、有無も言わさず押し付けた。しかも、俺に手渡すときには、こんな台詞が添えられた。

「おい、添乗員。あんた、女にフラれたんだろう。しかし、もう大丈夫ね。美味いもの食う。元気出る。世界の人間みんな同じ。そうだろう。あははは」

それを隣で聞いていた小雪が、くすっと失笑した。

渋面を隠しながら、俺は、とりあえずお礼を言って、こっそり陳さんに耳打ちした。

「陳さん、すみません。このツアーは、皆さん落ち込むのが目的なので、こういう嬉しくなっちゃうようなプレゼントは今回だけってことでお願いします」

すると陳さんは、サングラスのなかで目を細め、余裕たっぷりの笑顔を作って答えた。

「おお、そうか、添乗員。オーケーね。でも、気にすんな。食え」

「…………」

理解してくれたのか、くれなかったのか。微妙な返事をした陳さんだったけれど、とにかく、みんなに肉まんを配り終えたら、とても満足げな顔で席に着いた。そして、それとほぼ同時に、あのキンキン声が車内に響き渡った。

「うわあ、これ、おいしー！」

るいるいさんの声が、車内をいっそう明るい雰囲気にしてしまう。

ああ、もう、なんてこった。

胸のなかでボヤいたとき、車内に音楽が流れはじめた。まどかさんが陰々滅々とするような失恋ソング集をかけてくれたのだ。普段はぶっきらぼうなまどかさんでさえも、いつもと違うこのツアーの明るすぎる空気を察して、ちょっと気を使ってくれたのだろう。

「まどかさん、ありがとうございます」

すぐ前の運転席にひょいと顔を出してそう言ったら、まどかさんも肉まんを頬張っていた。

「おっ、うまっ」

珍しく、まどかさんが嬉しそうにこっちを見た。

「ほんとですか。じゃあ、ぼくも食べます」

座席に座りなおして、俺も肉まんをかじった。

なるほど。甘みのある肉汁がじゅわっと舌に染み込んでくる。

「ほんとだ。これ、うまっ」

つい、誰かの同意が欲しくて、窓側を見てしまった。

しかし、小雪は肉まんを両手で持ったまま、どことなく困ったような顔をしていた。

「食べないの？　マジで美味いよ」

舌戦にならないよう、穏やかな口調でそう言ってみた。けれど、今日の小雪には通用しなかった。

「そんなに美味しいなら、添乗員さんにあげる」

いつも仕事中は「龍さん」と呼ぶのに、今日はどこまでも他人行儀に「添乗員さん」と呼び続けるつもりらしい。

「えっ、小泉さん、肉まん好きでしょ？」

俺の方は、苗字で呼んだ。仕事中はいつもそうしているのだ。

「まあね」

「あんまり、腹、減ってないの？」

「まあね」

同じ台詞をそっけなく繰り返した小雪が、こちらに肉まんを差し出してきた。

「あげる」

仕方なく、俺は受け取った。

両手に肉まんを持った俺は、「なんだか俺、えらい食いしん坊みたいだよなぁ」と苦笑してみせたけれど、小雪はそれには応えず、またぷいと窓の方を向いてしまった。

おいおい、仕事中なのに、そこまで拒絶するのかよ……。

あまりの自分の哀れさに、嘆きそうになっていたら——、
ブロビロロロ〜ン。

俺の代わりにバスが悲壮感たっぷりのエンジン音を響かせてくれた。

まどかさんは肉まんを食べ終えたようだ。

おんぼろバスは、ブルブルと胴体を震わせながら、ゆっくり動き出す。

もしかすると——。

このバスで小雪と旅をするのも、今回が最後になるのかも知れない。というか、別れたのだから、そうすべきではないか。小雪だって、いい気分でいられるはずもないし。

俺は、涸れて出もしないため息をこらえながら、左手に持った食べかけの肉まんにかぶりついた。すると、ひき肉の小さな塊がひとつ、ぽろりと膝の上にこぼれ落ちた。

「あ……」

買ったばかりの薄茶色のチノパンに、小さな脂のシミができてしまった。

ふと、俺の脳裏に、小雪の笑顔がちらついた。

それは、駅前のジーンズショップでこのチノパンを薦めてくれたときに向けられた、見慣れたいつもの笑顔だった。


俺が勤めている「株式会社あおぞらツアーズ」は、いわゆる自転車操業真っ只中だ。長引く不景気にじわじわと真綿で首を絞められながら、毎年のように事業規模を縮小し続けている。

二流と言われる大学を卒業後、この会社に入社してもう十六年になるが、俺はただの一度もボーナスをもらったことがないし、そのくせサービス残業はいつもてんこ盛りだった。もちろん、そんな会社の状況に嫌気がさした社員たちは、有能な人から順番に転職していった。

最盛期は五〇名以上いた社員のうち、いまも残っているのは、社長以下、たったの十五名。

その十五名のなかの一人であるまどかさんは、専属ドライバーとして雇われた契約社員で、小雪はいわゆるフリーランスの外注スタッフだ。

会社の経営がもっとも傾いたのは三年前だった。当時は、社長の自宅がいよいよ抵当に入れられたという噂が、まことしやかに囁かれていたほどで、社内の雰囲気も重く灰色がかっていて、従業員たちはことあるごとに湿っぽいため息を吐き散らかしていた。

俺が一年がかりで準備し、企画した「失恋バスツアー」を立ち上げたのも、ちょうどその頃だった。同僚からは「くだらない色物企画」などと揶揄されたりもしたけれど、ひょんなことからテレビの人気バラエティー番組でこのツアーが紹介されたのをきっかけに、いきなりのスマッシュヒットとなったのだった。

いまさら自分でいうのも何だけれど、あのとき、うちの会社が倒産せずに済んだのは、この「失恋バスツアー」があればこそだ。もちろん、そのことは社長もよく理解してくれていて、一昨年、俺は生まれてはじめて「社長賞」なる金一封を受け取ったのだった。ある朝、社員みんなの前で、社長から封筒を手渡されたときは、その思いがけないほどの厚みに舞い上がりそうになったものだ。

しかし、帰宅後、嬉々として開封してみると――。

「おいおい、高校生のお年玉かよ……」

思わず、俺はひとりごちた。

中身は、たったの一万円ぽっきりだったのだ。

やたらと封筒が分厚かったのは、社長からの直筆の手紙がどっさり入っていたせいだった。

しかし、その手紙は、読んでみると悪くはなかった。達筆な文字が、三つに折られた便箋五枚にわたってびっしりと埋め尽くされていて、正直、読了後の俺は、その内容にちょっぴり感動してしまったのだ。

社長いわく、親戚のコネとはいえ、君を採用して本当によかった。君には天性の企画力があるようだ。しかも、努力を惜しまず、最後までやり遂げる粘り強さも備えた人間である。ご両親のような穏やかで優しい性格も、お客に喜ばれる素養のひとつであろう。君の才能のおかげで、この会社は持ち直せるかも知れない。まさに君は我が社の希望の星である。他の誰よりも将来性を感じさせてくれる逸材だ。今回、会社のピンチを救ってくれた君のことを、社長として、ひとりの人間として、尊敬するとともに、心から感謝している——。

とまあ、そんなベタな褒め言葉をてんこ盛りで浴びせられてしまったものだから、おだてに弱い単純な俺は、退職などは考えもせず、その後もこつこつと自分なりに頑張り続けてきたのだった。そして、それから約二年を費やして、このツアーを我が社の「看板」と呼ばれるまでに育ててきたのだ。

小雪と出会えたのも、このツアーがきっかけだった。

まだ企画段階だった頃、俺はツアーバスに同乗してくれるフリーの心理カウンセラーを探していた。

カウンセラーに求めていた条件は、四つ。

一つ目は、失恋で心に傷を負った女性のお客さんたちが安心してしゃべれるよう、女性であること。

二つ目は、すでにある程度のカウンセリングの実績があること。

三つ目は、人柄がよく、仕事にたいして誠実であること。

そして四つ目は、申し訳ないけれど、安いギャラでも稼働してくれること。

以上の条件をもとに、思いつく限りの人脈とインターネットを駆使して適任者を探したのだった。

その結果、大学時代の恩師の、友人の、奥さんの、知人、という、かなり遠いご縁をたぐりよせることに成功した。そして、クリスマスが近い冬のある寒い夜、都会の小さな喫茶店で、はじめて俺は小雪と出会ったのだ。

それから俺たちは、「失恋バスツアー」に関する打ち合わせを繰り返した。正直いえば、俺も小雪も、最初からときめいていたわけではない。でも、お互いに妙な居心地の良さを感じていたことは事実で、そのせいか打ち解けるのは早かった。最初はお茶を飲みながら仕事の話をし、それだけでは飽き足りなくなると、ご飯を食べながら互いの人となりを知り、やがてお酒を酌み交わす仲になって、小雪は俺のことを「龍ちゃん」と呼んでくれるようになった。

それから俺たちは、勾配のゆるやかな恋の坂道をゆっくりと転がり落ちていくように、互いに好意を抱いていったのだった。

そして、記念すべき、はじめての「失恋バスツアー」の最後の晩餐のあと、俺は小雪をこっそり宿の外の海辺へと呼び出して告白をした。やわらかな潮騒に包まれ、乳白色の月明かりを浴びた小雪は、「なんとなく、今夜、告白してくれる気がしてた」と言って、くすぐったそうに微笑んだ。

以来、俺と小雪は、まさに二人三脚で助け合いながら、このツアーを育ててきたと言っても過言ではない。小雪は、いつだって気を利かせて添乗員の補佐的な役割を果たしてくれたし、逆に俺も小雪の足を引っ張らないよう、できる限りの努力をしてきたつもりだった。日頃から小雪にカウンセリングのいろはを教わりつつ、独学にも励んだことで、ある程度の心理学の知識や、傷ついた人にたいする会話術などを身につけたのだ。

昔から「子は鎹《かすがい》」というけれど、俺たちにとっては「失恋バスツアー」こそが、まさにそれだった。たまに小さな喧嘩をしたとしても、このツアーがあることで、二人は月に何度も一緒に旅に出ることになったし、そこで同じ風景を眺め、同じ食べ物を味わい、同じ風に吹かれることができたのだ。旅の途中、予想外のハプニングやピンチが訪れたときは、力を合わせ、阿吽《あうん》の呼吸でなんとか乗り越えてきた。俺たちはそうやって信頼関係をこつこつと築き上げてきたのだった。

もっといえば、このツアーがあるからこそ、二人それぞれの生活が成り立っているという現実もある。

なにしろ、いま、このツアーがなくなってしまったら、我が社はあっという間に倒産してしまうだろうし、小雪だって、そもそもはフリーのカウンセラーとしてぎりぎりの生活をしていたわけだから、たとえギャラが安かろうとも、この仕事からの安定的な収入に頼らざるを得なくなっているのだ。

もはや俺たちは恋人同士であると同時に、「失恋バスツアー」の育ての親であり、かつ、このツアーに生活を支えられた運命共同体でもあったのだ。

ところが、つい三日前、予想もしないような会話のほころびから、二人の間に深い亀裂が生じてしまったのだった。

三日前の夜——。

珍しく早めに仕事を終えた俺が、一人暮らしをしている2Kの賃貸マンションに帰ると、小雪がリビングでテレビを観ていた。いつものように合鍵で入ったのだ。

「あっ、龍ちゃん、お帰り。早かったね」

ソファーにもたれたまま、小雪は首だけこちらに向けて言った。

「うん。得意先で打ち合わせして、直帰してきた」

「いいね。たまにはサラリーマンもサボらないとね」

「別に、サボってるわけじゃないんですけど」

「まあまあ」小雪は少し疲れているのか、「よっこらせ」と言いながら、ソファーの背もたれから上体を起こした。

ふと見ると、傍のテーブルの上に、餃子とサラダが並んでいた。

「あれ、まさか、餃子、作っておいてくれたの？」

「ちょっと、まさかって、何よ」

「あはは。まさかは、まさかだよ」

言いながら、俺は笑った。

「はい。そのまさかで、皮からしっかり作らせて頂きましたよ」

「えっ、皮から作ったの？　嘘だろ？」

「はい。その通り、嘘です」小雪は悪戯っぽく笑った。「ほら、国道の裏手にある『桃龍《とうりゅう》門《もん》』っていう中華料理のお店が、すごく美味しいって雑誌で見たでしょ。その店に寄ってみたの」

「わざわざ？」

「うん。ありがたいでしょ？」

俺は、くすっと笑って、一応頷いておいた。

「でね、持ち帰り用の餃子を買ってきてあげたわけ」

「ふうん。それはたしかにありがたいけど、小雪の下らない嘘はいらなかったな」

「あはは。龍ちゃんを騙すのって、簡単すぎてつまんないよ」

「俺は、子供の頃から、素直ないい人間なんです」

言いながら小雪に背中を向けた俺は、着ていたスーツを脱いでハンガーにかけた。代わりに、洋服ダンスからゆったりめのTシャツとジャージを取り出し、さっと着替える。

「ちょっと考えれば、嘘だって分かるのに」

「考えるって、何を考えるわけ？」

「だって、わたし、今日はクライアントのところでセッションだったんだから、皮から作る暇なんてあるわけないじゃん」

「まあ、そうだけどさ……。つーか、この餃子、本当に美味そうだな。羽つきだし」俺はテーブルの前でしゃがんで、餃子の皿からラップを剝がした。「おお、美味そうな匂い。腹が鳴りそう」

「でしょ。お酢と胡椒だけつけて食べると最高に美味しいんだって、お店の人が言ってたよ」

「えっ、醬油は使わないの？」

「うん。使わないんだって」

「マジかよ」

「マジ」

「まさか、それも嘘だったりして？」

「あはは。それは本当です」

そんな感じで、俺たちはいつもどおりの、ごくごく自然な会話を交わし合っていた。でも、その直後からの小雪は、いつもどおりではなかったのだ。

俺がキッチンから二人分の箸と、冷えた缶ビールを持ってきたとき——。

「あ、ごめん。わたし、今日はいいや」

と、両方の手のひらを前に出してみせたのだ。

「え、どうして？　どこかで飯を食っちゃったとか？」

「ううん。なんか、今日はちょっと、食欲がなくて」

よくよく顔を見てみると、なんとなく血色がよくない気もした。

「風邪か？」

「ううん、違うと思う。熱ないし」

「餃子も食べないの？」

「うん」

「せっかく自分で買ってきたのに？」

「ごめん。龍ちゃん、まるっと食べちゃってよ」

そういえば以前、お腹を下していたときの小雪が、いまとまったく同じような台詞を口にしていたのを思い出した。だから俺はもう、それ以上、訊くのはやめておくことにした。

「そっか。じゃあ、まあ、遠慮なく頂くよ。俺、すげえ腹ペコなんだ」

いただきます、と言って、ビールを飲み、餃子を頬張った。咀嚼《そしゃく》した刹那、まるで小籠《しょうろん》包《ぽう》のように肉汁がどっとあふれ出た。その肉汁の甘みに、酢と胡椒の風味が見事にマッチしている。有名なグルメ雑誌で紹介されるだけあって、すこぶる美味い。

「なるほど。醤油なしでもいけるよ。最高だね」

「ほんと？　よかった」

「こりゃ、箸が止まらなくなりそうだ」

もともと餃子が好きな俺が、目が無くなりそうなくらいに喜んでいたら――、ふいに小雪が、ちょっとあらたまったように背筋を伸ばして「あのさ」と切り出してきた。

「ん？」

ビールのグラスに手を伸ばしかけたまま、俺は顔を上げた。

「ちょっと、龍ちゃんに、言いたいことがあるんだけど」

言いたい、こと？

「え、なに？　そんな真面目な顔して」

一瞬、俺は、自分が何か粗相でもしたかと思考を巡らせた。でも、とくに思い当たるふしはなかった。

「まあ、なんて言うかさ……、ちょっと、重たい話なんだけどね」

「重たい、話？」

「うん」

こんな風に小雪が口ごもるのは珍しい。俺はグラスに伸ばしていた手を戻し、正面から小雪を見た。

「なに？」

「あのね、これを言っちゃうと……、龍ちゃんに――」

　と、小雪がしゃべりはじめた瞬間、俺にはピンときてしまった。

「あ、ちょっと待って！」

「えっ？」

　俺には、分かる。

　そろそろ、結婚のことを考えて欲しいんだけど――。

　小雪は、きっとそう言うつもりだ。間違いない。

　この一年ほどの間、それとなく小雪は、言葉の端々に自分の結婚願望を匂わせ続けてきたきらいがあった。

　そして、俺は、それに応える準備ができていた。

　こっそり指輪だって買ってあるのだ。

　ただ、いまはプロポーズをするタイミングを見計らっている、というか、あと数日後まで、あえてとってあるのだった。だから、このタイミングで小雪からその話題を切り出されるのは、困る。とても困る。

「あのさ、俺、小雪が何を言いたいか、だいたい想像できるんだけど」

「え、龍ちゃん……、分かるの？」

　小雪は、どこか切実な感じの目で俺を見た。

　この目。やっぱり、そうだ。

「うん。分かるよ」そう言っておいて、俺はあらぬ方へと会話の舵を切った。「木下《きのした》課長のことだろ?」

俺の上司にして天敵ともいえる、イヤミな課長の名前を出した。

「え……」

当然、小雪は、ぽかんとした顔で俺を見た。

「あのジジイ、俺を降格させようと悪巧みをしてるって、昼間、小雪がメールしてくれたじゃん」

「あ、えっと」

「その話、詳しく教えてくれよ。こっちも対策を練っておかないと」

俺は、ほとんど力業《ちからわざ》でもって、話題を仕事の方へと向けた。

「ああ、それは、えっと――」小雪は、やや不本意そうな顔をしつつも、大事な用件でもあるのだろう、とりあえずは話に乗ってくれた。「昼間、杏里《あんり》ちゃんがね、電話でこっそり教えてくれたの」

杏里ちゃんというのは、我が社「あおぞらツアーズ」で修学旅行などの法人営業を担当している後輩だ。本名は山崎《やまざき》杏里。年齢はたしか二八歳くらいだったと思うが、まるで女子高生のようによくしゃべるので、社内では若干、悪目立ちしている感がある。ところが、たまたま小雪と同じ女子大の出身だということが分かって以来、山崎杏里はときどき来社する小雪のことを慕うようになり、いまでは二人でご飯を食べに行くほど仲がいいらしいのだ。

「杏里ちゃんが言うにはね、今度の『失恋バスツアー』の参加者、注意した方がいいんだって」

「注意？　どういうこと？」

「ツアーに参加するお客さん、木下課長が選んだんでしょ？」

「………」俺は、想定外の展開に、一瞬、言葉を失いかけた。「それって……、え、まさか」

「うん。あの課長、今回のツアー応募者のなかから、わざとプロフィールのヤバそうな人ばかり選んで当選させたんだって」

小雪はまじめな顔で言うけれど、さすがにそれは信じられない。というか、信じたくない。

「いやぁ、いくらあのイヤミ課長でも、そこまでは……」

「ううん。杏里ちゃん、この間の送別会で酔っ払った木下課長から直接聞いたって言ってたよ」

「え……」

本人から直接、ということは、それはさすがに事実である可能性が高い。それに、山崎杏里はかなりのおしゃべりだが、竹を割ったような性格をしているから、そんなつまらないことで嘘をつくとも思えない。

「マジかよ、あのイヤミ課長」

ひとりごとのように言って、俺は深々と嘆息した。

唇の左端だけを吊り上げて「イヒヒ」と笑う木下課長の底意地の悪そうな顔が、俺の脳裏にちらつく。

「龍ちゃん」

「ん？」

「今回、ツアーの応募者が多かったんでしょ？」

小雪が心配そうな声で言う。

「うーん、今回の人選に、俺は関わってないからさ、正直、分からないんだよな」

「失恋バスツアー」には、毎回の募集人員（バスのサイズに合わせた九名）を超える人数の申し込みがしばしばある。そういうときは「抽選」をして、落選者にはキャンセル待ちをしてもらったりもするのだが、すると今度は「応募してもなかなか参加できない人気ツアー」というプレミアム感が生じるらしく、それがネットに流れて噂になったりもして——、結果、ロングセラー企画となっているフシもある。実際のところ、その「抽選」は、いわゆる公正な「抽選」ではなく、お客さんが書いた申し込みフォームの内容をチェックした上で、こちら側で当選者をチョイスしているのが現実だった。そして、その「抽選」の作業もまた、ツアー発案者である俺が担当しているのだ。

ところが今回は、なぜか木下課長みずからが、その仕事を買って出ようとしたのだった。

俺は、そのときの不自然な会話を思い出した。

「やあ、天草くん、相変わらず忙しそうだねぇ」

デスクに張り付いて急ぎの仕事をしている俺の背後に立った木下課長が、やけに悠長な声で話しかけてきた。

「え？　まあ、いろいろ抱えちゃってて」

「ふうん。じゃあ、君が明日からの添乗に行ってる間に、ぼくが次の『失恋バスツアー』のお客さん選びと、関連書類のまとめをやっておこうか」

まったくもって、それはイヤミ課長らしからぬ台詞だった。だから、俺も当然、いぶかしんだのだ。

「え……」

「ぼくは、いまなら少し余裕があるからさ、代わりにやっておくよ」

「課長が？」

「うん。ぼくが」

「ほ、本当、ですか？」

「なんだよ、ぼくが嘘をついたことある？」

「あ、いえ。ない、です」

掃いて捨てるほど「ある」とは思ったけれど、さすがに直属の上司にたいして、そのまま答えるわけにはいかない。

「だろ。じゃあ、任しておけって。天草くんは明日からの添乗をしっかり頼むよ」

「はい……。助かります。じゃあ、えっと……宜しくお願いします」

そして俺は、翌日から「失恋バスツアー」ではなく、高齢者向けの二泊三日のツアーの添乗に出たのだが、その間に、木下課長はプロフィールに問題のありそうな参加者をあえてチョイスするという悪行に出ていたというわけだ。

そのツアーの添乗を終えて、俺がオフィスに戻ると、木下課長はいつもの薄笑いを浮かべながら近づいてきた。そして、クリアファイルに入った書類をこちらに差し出したのだ。

「天草くん、これな。『失恋バスツアー』の参加者の資料、ぼくが作っておいたから」

ぼくが、という三文字を強調して言ったのがこの人らしいけれど、とにかく、本当にやっておいてくれたらしい。

単純馬鹿な俺は、そのとき、少しばかり感動してしまったのだ。だから思わずペコリと頭を下げ、「ありがとうございます」と言ってファイルを受け取った。そして、旅先で自分用に買ってきた地酒をそのまま課長に手渡した。

「これ、よかったら。お礼ってわけじゃないんですけど」

「そんなに気を使わなくてもいいのに」

「いや、つまらないものですが」

ようするに俺は、そんな感じで、まんまとしてやられたわけだ。

「ちくしょう。めちゃくちゃ腹立つなぁ……」

俺から地酒を受け取ったときの課長の小憎らしい薄笑いを思い出すと、胃のあたりに怒りの黒い熱が生じはじめた。せっかく小雪が買ってきてくれたとびきりの餃子とビールを詰め込んだ胃袋だというのに。

「あの課長さ」小雪が、やれやれ、といった顔で続けた。「龍ちゃんが社長に気に入られて、出世コースにのってることに嫉妬してるんだってさ。歳の離れた課長補佐に先を越されるのが、よほど怖いんだろうね」

「かもな」

「それで、わざと龍ちゃんにミスをさせて、糾弾しようと手ぐすね引いて……」

小雪の話を聞いていたら、プロポーズがどうのこうのなんて話は、いつの間にか俺のなかから霧散していた。

「ねえ、龍ちゃん」

「ん？」

俺は、胃のなかの熱を冷ましたくて、ビールをごくりと飲んだ。けれど、ちっとも冷めやしない。

「いまの会社のことなんだけど」

「会社って、うちの？」

「うん。あおぞらツアーズ」

「が……、どした？」

小雪は、ほんの一瞬、言い淀んだけれど、しかし、きっぱりとこう言った。

「そろそろね、見切りつけちゃったらどうかと思うの」

「は？　見切り？」

小雪の突拍子もないような台詞を耳にした俺は、ビールのグラスを手にしたまま小首を傾げて固まった。

「だって、うちの会社、いまだに経営はぎりぎりだし、リアルに龍ちゃんの足を引っ張る上司がいることが分かったわけだし、今後もきっと引っ張られるよ」

「え……、そんな、だからって、それは話が飛びすぎだろ。ちょっと待てよ」

しかし、小雪の唇は待ってはくれなかった。

「それに、龍ちゃん、このあいだ東西ツーリストの知り合いから誘われてるって言ってたでしょ？　それってさ、はっきり言って、ヘッドハンティングじゃん。キャリアアップする、いいチャンスだと思うよ」

テーブルの上にやや身を乗り出し、小雪はまっすぐに俺の目を見ていた。

「それは、まあ、そうかも知れないけどさ」

たしかに、そういう引き抜きの話があるのは事実だった。先方は「失恋バスツアー」を成功させた俺の企画力に興味を持ってくれたらしいのだが、正直、俺には転職する気なんてさらさらないから、いずれやんわり断ろうと思っていたところだったのだ。

「いったん冷静になって、シンプルに考えてみなよ。東西ツーリストの方が、ずっといい会社じゃん。親会社が一部上場だから潰れる心配もないし、ボーナスだってちゃんと出るよ。

家から会社までの距離も近くなるから、通勤もだいぶラクになるじゃん」

「いや、だから、ちょっと待てってば。なんで急にそんな話になるんだよ」

「なんでって……、心配してるからだよ」

小雪がちょっと唇を尖らせた。

その顔を見て、俺はハッとした。

あ、なるほど。そうか。そうだったのか。

もしかすると、今日、小雪は、このことを言おうとしていたのではないか。プロポーズをせかそうとしているのではなくて、むしろ結婚したあとの二人の生活の安定を考えて、転職を進言しようとしていた、というわけか。

だとすれば——、話は早い。

俺は、俺の気持ちをそのまま言えばいいだけだ。プロポーズは当初の予定どおりに敢行できそうだし。

少し安堵した俺は、餃子を口に放り込んだ。コクのある甘い肉汁が舌の上にどっとあふれ出す。ビールをグラスに注ぎ、濃厚な旨味と一緒にごくごく喉に流し込む。

「ふう。美味い。まあ、そんなに心配すんなって。いまの会社で大丈夫だよ、俺は」

「え？」

「イヤミ課長なんかに絶対に負けるつもりはないし、経営状況だって、俺が頑張って安定させるからさ。それにさ、俺、親戚のコネで入社してるから、そう簡単には辞められないし」

「え、でもさ――」

「ちょっと考えてみろよ。俺が辞めたら、もう俺たち一緒に『失恋バスツアー』に行けなくなるんだぞ。小雪だって、二人で必死に育ててきたツアーを、そんなに簡単に捨てられないだろ？　社長だってさ、もう少し経営が安定してきたら、銀行からカネを借りて、いまよりも大きなツアーバスを買ってくれるって言ってるし。まあ、中古のおんぼろバスだろうけど」

そこまで言って俺が苦笑したとき、小雪は「ふう」と、やけに湿っぽい息を吐いて、肩を落とした。そして、また少しあらたまったような顔をしたのだ。

「外資に買収されても？」

「は？」

「龍ちゃんの会社、もうすぐ外資系の会社に買収されるって噂が流れてるよ。そしたら『失恋バスツアー』だってなくなるかも知れないじゃん」

「小雪、その噂、誰に聞いたんだ？」

「杏里ちゃんだよ」

「…………」

俺は、腕を組んだ。山崎杏里、口が軽すぎる。

たしかに、半月ほど前に、外資に買収されるのではないかという噂を小耳に挟んだことは、ある。でも、その噂の出処を確かめようとしても、どうにもはっきりしなかったのだ。つまり、所詮はただの噂話としか言いようがない。それ以上でも以下でもないのだ。それこそイヤミな木下課長ですら「こんな傾いた小さな会社を買収するような阿呆な経営者、世界中探したっているわけないだろ」と自嘲していたくらいだ。

「小雪、ちょっと冷静になろう」

「は？　わたしは冷静だよ、ずっと」

「そうか。うん、まあ、わかった。でもさ、買収ってのは、あくまでも社内でほんの一時的に流れただけの、ただの噂話なんだよ。噂話で俺の人生を左右させるわけにはいかないだろ。つーか、そもそもうちみたいな傾いた小さな会社を買い取って、どうするんだよ？　あり得ないって、そんなの」

俺は木下課長の台詞をちょいと拝借した。

「………」

「それにさ、万一、買収してくれたなら、むしろラッキーだろ。資金が潤沢になって、経営が安定していくわけなんだから」

「まあ、安定するなら、それは、いいことかも知れないけど――」

「だろ？」

「でもさ、わたし、リスクはなるべく少なくしておいて損はないと思うんだよね。東西ツーリストの方が――」

「大丈夫だってば」俺は、少し強引に言葉をかぶせた。「そのリスクも、俺が『失恋バスツアー』でなんとかするから」

「だから、わたしは、それができなかったときのことを言ってるの」じわり、と小雪の声が気色ばんできた。「いまは、たまたま『失恋バスツアー』が当たってるからいいけど、たまたまは、人生にそう何度も来ないものでしょ?」

俺の内側には、もちろん「たまたま」という単語が引っかかった。

「いま、たまたまって言ったよな?」

「言ったよ」

「俺の『失恋バスツアー』のヒットは、たまたまだって言うわけか?」

「だって、そうじゃん。たまたまテレビで紹介されたのがラッキーだったって、龍ちゃん自分でも言ってたじゃん」

たしかに、それは言った。だけど――。

「なんつーか、その言い方、ちょっと腹立つなぁ」

「なんでよ?」

「俺がまるで仕事のできない人間みたいな言い方だからだよ」

「別に、そういう意味じゃないけど――」

「けど、なんだよ?」

少し眉間に皺を寄せて俺が憤然としたら、小雪は乗り出していた上半身をゆっくりと引き戻し、いったん呼吸を整えた。そして、ふいに冷静な声のトーンで、こう言ったのだ。

「会社の人たち、みんな言ってるよ」

「……何て？」

「色物だって」

「は？」

「あの『失恋バスツアー』は色物企画だって。色物だから、いずれは流行りも終わるって」

一瞬、俺は返す言葉を失っていた。会社の連中に陰口を叩かれるのはともかく、小雪の口から「色物」という単語が出てくるとは思わなかったし、これまで二人三脚で育ててきた「失恋バスツアー」を、まさか小雪にけなされるなんて想像もつかなかったのだ。

「色物、か」

「………」

「小雪は、どう思ってんだよ」

どこか祈るような気持ちで、俺は訊いた。

「そりゃあ、わたしは」と、いったん言いかけてから、小雪は息を吸い、そして、ゆっくりとした口調で言い直した。「わたしも……、いつかは終わる——可能性は、あるかもって、思うよ」

あえて遠回しの表現にしたものの、結局は小雪も「失恋バスツアー」の未来にさほどの希望も抱いてはいないのだ。

「はあ。なんだよ。マジかよ……」

肩を落とした俺は、とても深いため息をついて、グラスに半分ほど残っていたビールを一気に飲み干した。

「ねえ、龍ちゃん」

「…………」

俺は、返事をする気にもならなかった。

それでも、小雪は続けた。

「はじまったものは、いつかは終わるでしょ。終わったときのことを考えておくのって、リスクヘッジとしては、そんなに間違ってないじゃん？　もしも『失恋バスツアー』が終わったら、龍ちゃんの会社、もう駄目だよね。それは確実でしょ？　他社から才能を買われた龍ちゃんにはさ、もっと安定した未来が選択肢にあるわけなんだからさ――」

「小雪」名前を呼んで、俺は小雪の言葉を制した。「お前さ、なんか、どこぞの母ちゃんみたいだな」

「え？」

「さっきから、安定、安定、安定ってさ。自分はフリーランスで楽しく仕事をしてるくせに、俺にだけ安定を選べって言うのかよ」

「ちょっと、なに、その言い方」

小雪は、心外だ、といわんばかりの顔をした。

「気に障る言い方をしてんのは、そっちだろう」

少し声をとがらせた俺の目を、小雪は正面から見据えてきた。その目に、普段は見せないような切実な色が浮かんでいるな――と思ったら、じわりと瞳が潤んだように見えた。でも、すぐに、ゆっくりと深い呼吸をした小雪は、涙をこらえることに成功したようだった。

「わたしがフリーで不安定だから、せめて龍ちゃんには安定してて欲しいって思ってるんだけど。それって、悪いこと？」

「……………」

俺は、いまの小雪の言葉の意味を考えた。

つまり、二人の財布は、将来は一緒ってことだろうか？

だとすれば、いまの言葉は、逆プロポーズになっていないか？

この流れは、よくない。

「ねえ、わたし、悪いことかって訊いてるんだけど？」

「べつに、悪くはないよ、そりゃ」

「じゃあ、なんでわたしがそんな言い方をされなくちゃいけないわけ？」

「は？」

「わたしのこと、どこぞの母ちゃんみたいだとか、フリーで自分だけ楽しんでるとか、そんな言い方される覚えはないんだけど」

かりかりした小雪の言葉に、俺は決して小さくはないストレスを感じていた。

「じゃあ、根本的なことを訊くぞ。そもそも俺の人生を俺が決めて、何が悪いんだよ？　安定か冒険か、フリーかサラリーマンか、いまの会社か別の会社か、どちらを選ぶのか、決めるのは俺だろ？　違うか？」

「俺の、人生？」

小雪は意図的に、俺の、でいったん言葉を切るようにして言った。

「そうだよ。俺が生きるのは俺の人生で、小雪が生きるのは小雪の人生だろ」

言い終えた瞬間、俺は胸の浅いところでチクリと痛みを感じていた。後悔していたのだ。思わず口をついて出てしまった、無神経かつ不本意な言葉に。

二人の人生――を描いてくれている小雪の顔から、薄い膜を剝がすかのように、表情がすっと消えていくのが分かった。

なんだか、小雪がこのまま俺の前から風のように消えてしまいそうな気がして――、俺はごくりと唾を飲み込んだ。と同時に、俺の脳裏には、小雪の悲しい生い立ちが巡りはじめた。


小雪の父は、ベタなテレビドラマで見るような典型的なアルコール依存症だったという。ろくに仕事もせず、酔えばいつも奥さんに絡み、最後は決まって暴力を振るっていたそうだ。幼い小雪でさえも、しばしばその犠牲になっていたらしい。だから、小雪にとっての「父親」とは、ひたすら恐怖の対象でしかなかった。

両親が離婚したのは、小雪が五歳のときだった。以来、小雪は母子家庭の子として育てられることになる。母はなるべく時間の融通の利く会社に勤め、そこで事務をしながら必死に生計を立てた。しかし、いつもいい母親でいられるほど強い人ではなかったらしい。というのも、夜、仕事から帰ると、安アパートの台所で自分の不遇な人生を嘆いては、溜まったストレスを言葉の刃物に変え、それを幼い小雪に向けて執拗に投げつけていたのだ。いわゆる「言葉のドメスティック・バイオレンス」というやつだ。いとけない小雪の心は、実母の口から吐き出される言葉によって、無数の傷を刻み付けられた。そして、その傷口からは、四六時中じくじくと血がにじんでいたという。

それでも、幼子が頼れる存在は、やはり母だけなのだ。

小雪は、母に嫌われることを極端に恐れるあまり、甘えることもせず、ひたすら手のかからない「いい子のふり」をし続けた。そして、それだけが唯一の、言葉の刃物にたいする防御方法だったのだ。

やがて小雪は、自分がこの世に生まれてきたことにたいして、鬱々とした罪悪感を抱くようになった。不安定な精神状態のまま思春期を過ごし、孤独に押しつぶされそうな日々に耐えながらも、なんとか大学を卒業した。学費は奨学金制度を利用したそうだ。

卒業後、中規模な厚紙加工メーカーの事務職に就くと、小雪は働いて奨学金を返しながら心理学を学びはじめた。そして、優良なカウンセラーになるべく多くの民間資格を取得したのだった。

現在、紆余曲折を経て夢のカウンセラーとなった小雪は、こつこつと経験を積み上げ、腕を磨き、かつての自分のように心から血を流す人たちに寄り添い続けている。

「龍ちゃん、わたしね、腕のいいカウンセラーになって、まず最初に救ってあげたかったのは――、きっと、わたし自身の心だったんだよね……」

一年ほど前、ほろ酔いの小雪が、俺にそうこぼしたことがある。そのときの小雪は「えへへ」と、照れくさそうに泣き笑いをしていたけれど、俺が小雪の涙を見たのは、それがはじめてのことだった。

「ねえ」

と、小雪が小さな声を出した。

「え……、なんだよ」

と、我に返った俺が答える。

「人生に安定を求めるのって、そんなに悪いことかな?」

小雪は、相変わらず冷静な声色で問いかけてきた。

「だから、別に、それが悪いことだなんて、俺は言ってないだろ」

小雪とは逆に、なに不自由のない中流家庭で育てられた俺は、少したじろいだような口調になってしまう。

「そう」

「ああ」

そこで、ふと会話が止んだ。

変に湿っぽいような沈黙がテーブルの上に降り積もっていく。

手を伸ばせば触れられる距離にいるのに、なぜだろう、小雪との距離がずいぶんと離れてしまったような気がしていた。

はらり、はらり。

小雪の背後で、使い古したレースのカーテンが揺れた。

ベランダに出られる掃き出し窓が、少しだけ開いていたのだ。そこから、五月の涼しい夜風が忍び込んでくる。夜風は、どこか遠くの闇から人の声を運んできた。それは酔っ払ったような若い男女の奇声だった。

なんとなく俺は、テーブルの上に視線を落とした。小雪が「俺だけ」のために買ってきてくれた餃子の残りが、いくつか皿の上に転がっていた。空っぽのビールグラスと、飲みかけの缶ビール。

沈黙の重さに堪《た》えかねて、俺はなにかしゃべろうとした。

でも、先に動いたのは小雪の唇だった。

「やっぱりさ——」

「え?」

「龍ちゃんには、分かんないのかなぁ」

「なにが……」

「幸せな家庭で、愛情を注がれながら育った人とは、考え方が根っこから違うのかもって」

「なんだよ、それ」

「わたしには、龍ちゃんと違って、経験上、怖いものがたくさんあるんだよ」

「怖い、もの？」

「うん」

「例えば？」

「例えば……、ひとりぼっちになること、とか」そう言って小雪は、すっと俺から視線を外した。そして、宙を見詰めるようにして「怖いもの」をあげていった。「暴力はもちろん、きつい言葉も怖いし、大声も怖い。安心できる居場所がなくなることも、お金がなくなることも、不安定な生活も——そういうの、ぜんぶ怖いよ」

「それなのに、フリーになったのかよ」

小雪の視線が、ふたたび俺にまっすぐ注がれた。

「そんなことといっても、カウンセラーはフリーが基本だし、わたしは、わたしなりに、できるだけ生活を安定させようと思って、あちこちの企業の相談室に雇われたりしてきたでしょ？　で、その流れで龍ちゃんを紹介されて、一緒に仕事することになったんじゃん」

「………」

「いろんなことが怖いからさ、わたしもそれなりに考えながらフリーやってきたんだよね。でも、龍ちゃんにはそういう感覚がない気がする」

「どうして、ないって決めつけるんだよ」

「実家」

「は？」

「だって、龍ちゃん、大人になったいまでも実家にべったりなままじゃん」

「実家に？　べったり？」

「うん。超べったり」

俺は、これ見よがしにため息をついた。

そもそも小雪には、ずいぶん前からマザコン、もしくはファミコン（ファミリー・コンプレックス）なのではないかという疑惑をかけられているのだ。たしかに俺の家族は仲がいい方だとは思うが、決してマザコンでもファミコンでもない。それを証明したくて、俺はこれまでに何度か、家族と小雪を会わせてきた。実家に招いたこともあれば、外食をしたこともある。そして、その結果、小雪とうちの母と姉は、かなりウマが合うことが判明したのだ。毎回、女同士のおしゃべりがやたらと盛り上がって、最後は互いに連絡先を交換し合っていたほどだ。

「たしかに、うちは家族の仲は悪くないけどさ、そんなに極端にべったりってことはないだろ？　小雪だって、うちのお袋のことも、姉ちゃんのことも、よく知ってるじゃん」

「知ってるよ」

「知ってたら、そうじゃないって――」

「ううん。知ってるわたしから見たら、むしろ極端にべったりだよ。ちょっと気持ち悪いくらい」

「あのなぁ。気持ち悪い、は余計だろ」

「だって、そうなんだもん」

小雪の言葉には、あきらかに棘があった。

「じゃあ、言ってみろよ。俺のどこが、べったり、なんだよ？」

「そんなの、いくらでもあるよ。毎年、家族の誕生日は必ず全員が集まってお祝いするとか、年末年始は必ず自宅にいてお正月を家族みんなで迎えなきゃいけないとか、しかも初詣も家族で行くって決まってるとか、そういうの、普通はないでしょ？　いまどき、高校生だって誕生日とか初詣は、友達と一緒だよ」

「…………」

「それにさ、龍ちゃんって、家族に電話とかメールをする回数が異常に多いじゃん。『失恋バスツアー』のときだって、携帯であちこちの写真を撮りまくって、それをやたらと送ってるし。なんでいちいち自分の状況を報告するの？　ああいうの、普通の男の人はやらないと思うよ」

そう言って、小雪は眉をハの字にした。やれやれ、情けない男だな、と顔に書いてある気がして、俺はいっそうイラッとしてしまう。

「旅先から俺が送ったすべてのメールが家族宛てとは限らないだろ」

「ふうん。じゃあ、誰に送ってるわけ？　あんなに一日に何回も、何回も」

「…………」

「ああ〜、まさか、女じゃないでしょうねぇ？」

さすがに、その台詞だけは、多少なりとも冗談めかしてくれたけれど、とはいえ、俺を責めていることには変わりない。

とりあえず「阿呆かっ」と、俺は鼻で嗤《わら》ってやった。たとえ写真を送っている相手の性別が女性だとしても、浮気相手だとかそんなのではない。「俺には、俺なりに、いろいろあるんだよ」

「いろいろ、ね。はいはい。まあ、とにかく、龍ちゃんはマザコンっていうか、ファミコンだってことは認めた方がいいよ。認めた上で、そろそろ精神的な家族離れをしたらどう？　ご両親だって、その方が安心するんじゃない？　ようやくうちの息子も一本立ちできたかって、むしろ大喜びしてくれるかもよ」

小雪の言葉に、いよいよ棘を超える「悪意」が込められてきた。なぜ「悪意」を感じるのか？　その理由は、はっきりと分かっていた。俺のことだけではなく、俺の家族までひっくるめて馬鹿にされた気がしたからだ。幼少期からずっと「まじめで温厚な人」で通ってきた俺も、ここまで言われると、さすがに穏やかではいられない。

「お前さ、もしかして、俺の家族にやきもち焼いてんじゃないの？」

「まさか。龍ちゃん、どんだけ自信家なわけ？」

「じゃあ、分かった。自分の悲しい生い立ちと、俺の恵まれた生い立ちを比べて、一人で勝手に負い目を感じてるんだろ」

「…………」

「だから、ふたこと目には、嫌味ったらしく俺のことをファミコンだなんだって言うんだな」

小雪の表情がみるみるこわばっていく。

「ほらな、図星だ」

このときの俺は、自分でもちょっと意外なくらいに嫌な奴になっていた。それが分かっているのに、なぜだろう、さらにひどい台詞を吐いてしまったのだ。

「俺にファミコンをやめろとか言う前にさ、小雪の方こそ、生い立ちコンプレックスをやめた方がいいと思うな」

おい、馬鹿、なに言ってんだ、俺――。

胸のなかにいる「まともな俺」が、現実の俺を諫《いさ》めたとき、小雪の黒い瞳がゆらりと揺れた気がした。

あっ、いまの嘘、嘘だよ、ごめん――。

心のどこかで慌てて謝りながら、それでも現実の俺は、自分自身の口が動くのを止めることが出来なかった。

「泣いたって、なにも変わらないけどな」

「…………」

「なんてな」

と、わざとらしく取り繕うのが、そのときの俺の精一杯だった。

はらり、はらり。

いまにも泣きそうな小雪の背後で、レースのカーテンがゆっくりと揺れた。

ついさっき俺の舌をトロかせたとびきりの餃子が、いまは皿の上に転がされた何かの屍体のように見える。

小雪の下まぶたに、透明なしずくがぷっくりと膨れ上がっていて、それが、つるりと頬を伝い落ちた。

「はあ……。なんか、嫌だなぁ」

小雪は、涙の伝った痕を、右手の親指ですっと拭うと、空虚な感じのため息をもらした。

そして、そのままボソッとつぶやいた。

「わたし、十年後もこのままだったら、どうしよう」

やたらと実感の込められた台詞に、俺は返す言葉が見つからなかった。

「気づいたときには、龍ちゃんのせいで、子供を産めない年齢になっちゃってたりして」

小雪の涙は、もう止まっていた。

そもそも小雪は、あまり泣かない女なのだ。

ちょっと上目遣いに俺を見る小雪の視線からは、いつの間にか険《けん》がなくなっていた。

「あのさ、いま、子供の話なんて、ぜんぜん興味ないんだけど」

俺は、苛立ちと罪悪感とのはざまで揺れながら、そう返した。

嘘ではなかった。

いまは、子供の話なんて、どうでもいい。

そんなことよりも、まずは、小雪にしっかりとプロポーズをすることの方が百倍大事だし、さらにそれ以前に、いまのこの二人の険悪な状況をなんとかすることの方が重要だ。

それなのに小雪は、人生における大切なモノすべてを諦めてしまったような、やけに遠い目をして、こうつぶやいたのだ。

「そっかぁ。やっぱ、興味、ないんだ」

「え……」

「龍ちゃんが興味あるのは、実家の家族だけだもんね」

チクリと嫌味を返されて、また俺はイラッとしてしまう。

「あのさ、俺が何に興味があろうと、なかろうと、いまはそんなのどうでもいいじゃん」

「うん。そうだね。どうでもいいよ、もう」

言葉をポイと放り投げるように言うと、小雪は「はあ」と声に出して嘆息した。

「おい、なんだよ、その言い方」

「………」

「お前さ、冗談抜きで過去に縛られるの、もうやめろって。カウンセラーなんだから、不幸な過去じゃなくて、幸福な未来を見るべきだってことぐらい知ってるだろ?」

つまり、俺との未来をさ――。

と言うのは、小雪の誕生日＝六日後の「失恋バスツアー」の最後の晩餐のあと、と決めている。だから、いまは言えない。

それなのに、なんなんだよ、この展開は。

まるで急坂を転げ落ちていくみたいに、二人の会話がひたすらネガティブな方へと進んでいるではないか。

「ほんと、うん。分かった。もう、いいや」

急にさっぱりとした口調で言って、小雪はゆっくりと立ち上がった。

「え……」

俺は、ちょっとポカンとして、あぐらをかいたまま小雪を見上げた。

「龍ちゃん」

「え……」

「もう、終わりにしようよ」

「は？」

「別れよう」

「は？」

「さよならしようって言ったの」

「えっ？ ちょっ、な、なに言ってんだよ」

「なんかね、やっぱりもう駄目だなあって、わたし分かったから」

小雪は力のない目で俺を見下ろし、そして少し淋しそうに微笑んだ。

どうやら、本気らしい。

「なんだよ。俺のなにが駄目なんだよ」

「いま、いろいろ話したじゃん。あれも、これも、だよ」

「あれもこれもって……、言ってくんなきゃ分かんないだろ」

「いま話してたことだよ」

小雪は首を左右に小さく振りながら、苦笑して見せた。

「だから、それが何なのか、分かんないって言ってんの」

「ね、やっぱり、分からないでしょ?」

「…………」

「龍ちゃんって、優しいのに鈍感男だよね、やっぱ」

苦笑したままの小雪の目に、ほんのわずか、憐憫《れんびん》の色が浮かんだ気がした。

鈍感男――。

それは、マザコン、ファミコンと同じくらいの回数、小雪に言われ続けてきた言葉だった。

でも、今回は、違う。俺は決して鈍感なわけではないのだ。そう言い切るだけの自信がある。なにしろ俺は、ちゃんと気づいているのだから。小雪が結婚をしたがっていることも。

だからこそ将来の安定を願っていることも。

でも、小雪のそういう想いをひとまとめにして、あと六日間だけ待っていてくれよ、とも思う。

六日後は、小雪の誕生日じゃないか。

その日に、俺がプロポーズをする可能性だって、充分にあるだろう。それを想像できない小雪の方こそ、むしろ「鈍感女」なのではないか。

「言っとくけど、鈍感なのは、そっちじゃないの？」

うっかり口をついて出た俺の言葉など、どこ吹く風で、小雪はさっさと傍のバッグを手にした。そして、これまで見たことがないような、悲しげな笑みを浮かべたのだ。

なんだよ、その笑顔——。

「じゃあね、龍ちゃん。さよなら」

え——。

「いままで、ありがとうございました」

「ちょ……」

小雪が俺に背を向けた。

そして、そのまま部屋のドアを開けて、玄関へと歩いていく。

最後に見せたあの悲しげな笑みに呆然としていた俺は、その華奢な背中を呼び止めることが出来なかった。

ただ、頭のなかで、

嘘だろ？

と繰り返しつぶやくだけだった。

カチャ。

玄関のドアを小雪が開けた音がした。

部屋のなかを涼しい風が通り抜け、俺の正面のレースのカーテンがまた、ひらり、と揺れた。

パタン。

今度は、ドアの閉まる音が聞こえてくる。

揺れていたカーテンが、すうっと静止した。

ほんのついさっき、美味しい餃子をわざわざ「俺だけ」のために買ってきてくれた彼女に、俺はフラれていた。


空色のバスが走り出して少しすると、ようやく車内に充満していた肉まんの匂いが薄れてきた。

隣の小雪は、いつもこのツアーに持ってくる小さなショルダーバッグのなかから、レモン味のタブレットを取り出して、それを一粒口に入れた。いつもなら「龍ちゃんも、食べる？」と小首を傾げるようにしてこちらを見上げるところだが、今日はそんな素振りのかけらもない。ただ黙って奥歯でカリカリとタブレットを嚙んでいるだけだ。強めの酸味と爽やかなレモンの香りがするこの清涼菓子は、ここ最近、小雪のお気に入りだった。

「あのさ」

俺は、小雪の横顔に声をかけた。

すると小雪は、ちょっと面倒臭そうな顔をして、「ん」と、タブレットの入ったケースをこちらに差し出した。

「え？　違うよ」

「じゃあ、なに？」

「なにって……。ちょっと、話しておきたいことがあるんだよ。仕事の話なんだけど」

「ふうん」

小雪はタブレットのケースをショルダーバッグにしまった。あまりにも素っ気ないその態度に、俺はひとこと言っておくことにした。

「仕事の話の前に、ちょっと頼みがあるんだけど」

「………」

「とりあえず、このツアーの間は休戦ってことにしない？」

「休戦？」

「そう。べつに停戦でもいいけど」

「わたし、そもそも、添乗員さんと戦っていませんけど？」

俺はため息をついた。

「だ～か～ら～、そういうのをやめようってこと。このツアーの間だけでいいから、いつもどおりにしてくれないかな。ツアーは俺たちにとっては仕事なんだし。お互いにプロだろ。こんな状況じゃ、いい仕事ができないじゃん。それに、なんか、もう、面倒臭いよ」

「………」

「な、そうしよう。お互いにプロとして」

小雪は、少しの間、前を向いたまま黙っていたけれど、プロとして、という言葉には異論を挟めないようで、「まあ……、じゃあ、分かった」と、やや不満げにつぶやいた。

ホッとした俺は、小雪の気持ちが変わらないよう、念のため「よかった。ありがとうな」とだめ押しをしておいた。ありがとう、と感謝されて気分の悪い人間はいない。

「で、なに？」

「え？」

「わたしに話しておきたいことがあるんでしょ？」

「あ、うん、そうだった」俺は、小雪の耳元に少し顔を寄せて、小さな声で言った。「参加者のモモちゃんって娘のことなんだけどさ」

すると小雪は、すぐに「ああ、それね。分かってるよ」と言って、小さく頷いた。「彼女、リスカしてるもんね」

この反応には、正直、驚いた。

「え、気づいてたの？」

「当たり前でしょ。わたし、一応、プロですから」ちょっと誇らしげに言って、小雪は続けた。「っていうか、その話の前に、やることがあるから、わたし」

「やること？」

小雪は言葉を発せずに頷くと、俺にだけ見えるよう、後ろの席を指差した。

「桜子さん？」

俺はひそひそ声で訊いた。

黙って頷いた小雪は、「ちょっと待ってて」と言ってショルダーバッグを手に立ち上がると、すぐ後ろにいる桜子さんの隣の席へと移動していった。

いったい何をするつもりだろう——。

かなり気にはなったけれど、俺は後ろを振り返るようなことはせず、シートに背中をあずけたまま、じっと耳をそばだてていた。しかし、オンボロバスの音がうるさいせいで、小声でしゃべっている二人の会話は、断片的にしか拾えなかった。それでも、二人して、ちょっぴり楽しそうな雰囲気で話しているということだけは分かった。時折、ふふふ、と桜子さんの上品な笑い声が洩れ聞こえてくるのだ。

数分後、小雪が俺の隣に戻ってきた。ショルダーバッグを太ももの上に載せると、中からレモン味のタブレットを取り出して、また一粒口に入れ、「ふう」と息をつく。

「何してたの？」

当然、俺は訊いた。

「桜子さんの、あの大きな白いハット」

「うん」

「脱げるようにしてあげたの」

「え？」

「ようするにね――」

それから小雪は、後ろの桜子さんに聞こえないよう、とても、とても、小さな声でしゃべりはじめた。

いわく、さっきのトイレ休憩のときに、小雪はさりげなく桜子さんに訊いたらしいのだ。「どうしてバスのなかでもハットをかぶっているの？」と。すると桜子さんは、ちょっと恥ずかしそうに頬を赤らめながら、「（失恋の）ストレスで髪の毛が抜けてしまったので……」と答えたのだという。いわゆる十円ハゲというやつだった。そこで小雪は、バスの走行中、さりげなく桜子さんの隣に座って、軽い雑談を交わしながら、まさにその脱毛部分に結び目をぴったり合わせたポニーテールを結ってあげたのだった。

「後頭部のちょっと右上あたりにね、けっこう目立つのがあったから」

「なるほど。そっか……」

「ま、そりゃあ女の子としては、隠したいじゃない？」

「だろうね。で、あのハットは？」

「桜子さんが、自分で網棚に載せた」

なんでもない顔で、小雪は言う。

「なあ、小雪」

「ん？」

「さすがだな」

「え？」

「敏腕だよ」

俺は、心の声をそのまま口にした。

「べつに、ふつうだけど」

「ううん。敏腕だと思うよ。それに、そういう気の利かせ方って、男には、ちょっとできないからさ」

俺がまっすぐに褒めたら、小雪は少し照れくさかったのだろう、またレモン味のタブレットを黙ってこちらに差し出してきた。

「ああ、サンキュ」

ここで断るのもなんだから、一粒もらっておいた。口に放り込むと、顔をしかめたくなるような酸っぱさが舌の上で弾ける。

「これ、こんなに酸っぱかったっけ？」

「え、美味しいじゃん」小雪はそう言って、もう一粒を口に入れ、カリカリと嚙みはじめた。

そして、俺がいちばん気になっていることに話題を戻した。「さっきの話だけど、モモちゃんのことは心配しないでいいよ。わたし、さりげなく探っておくから」

「うん。俺も注意しておくけど、念のため、頼むわ」

「まかしといて。この敏腕に」

小雪は自分の腕を軽くポンポンと叩いて、口角をきゅっと上げてみせた。

それは久しぶりに見る小雪の素の笑顔だった。


山あいの廃村に、時折、ゆるやかな風が吹いた。

風はひんやりとして湿っぽく、少し不快に感じるほど首筋にまとわりついてくる。

ツアー一行はいま、初日のランチを摂るため、山奥に捨て置かれたような無人の公園の跡地にそれぞれ散らばっていた。

バスから降りるときに俺が参加者に配ったのは、梅干しのおにぎり三つと、ペットボトルのお茶。それと、百円ショップで売られている一人用の小さなレジャーシート一枚のみ。こういう安上がりなメニューでランチを済ませられるから、「失恋バスツアー」の利幅は大きくなる。つまり、社長に喜ばれるのだ。

それにしても——。

この公園跡地は、いつ来てもうら淋しい空気を漂わせていた。

村がゴーストタウン化して久しいせいだろう、まったくもって整備も手入れもなされていないのだ。赤土の地面のあちこちには雑草の草むらが点在しているし、いくつかある遊具もすっかり錆びついて薄気味悪く、まるで何かの墓標を思わせた。

とりわけブランコの傷みはひどい。片方の鎖がぷっつりと上の方で切れていて、斜めにぶら下がった座面が地面に引きずられているのだ。座面の落ちた側からは、錆びた鎖が茶色い蛇のようにうねうねと地面を這っている。夜だったら「うら淋しい」を通り越して「不気味」と言いたくなるだろう。

しかも、今日はうっすらと霧が出ていた。

弱い風が吹くと、まるでドライアイスの白煙のように、霧が音もなく地面の上をゆっくりと移動していく。

公園の入り口は舗装道路に面しているが、奥の方は暗い雑木林に隣接していた。その樹々が霧で淡く霞んでいるせいで、やたらと幽玄な雰囲気を醸し出している。ふと見たら、雑木林の縁に足のない女でも浮かんでいそうな気さえしてくる。

また、すうっと不気味な風が吹いた。

霧がゆっくりと動き、さやさやと葉擦れの音が頭上を漂う。

それ以外の音は、まったくと言っていいほど聞こえてこない。

とても、とても、静かで、うそ寒いような公園なのだ。まさに「失恋バスツアー」にはもってこいの場所である。

「わー、やっぱり、なんか、雨が降りそうな匂いがするぅ。いただきまーす。あ、このおにぎり、めっちゃ美味しい」

公園の右側、朽ち果てたベンチの傍で、るいるいさんのキンキン声が弾けた。無邪気すぎるこの声が響くと、幽静だった公園の風情が一気に吹き飛ばされて、霧まで晴れてきそうだった。

しかし、それでも他の参加者たちは、一人ひとり適当な場所にレジャーシートを敷いて、黙って静かにおにぎりを口に運んでいた。

じつは、ここに到着するまでのバスのなかで、俺はお客さんたちにいっそう落ち込んでもらおうと、ツアー恒例のちょっとしたゲームを催したのだった。

その名も「ネガティブ言葉ゲーム」。

やり方は単純だ。ようするに最初の人が「ネガティブ」と言ったら、次の人からは、前の人が口にした単語から連想されるネガティブな響きを持つ言葉を口にする、というシンプルな言葉遊びである。もちろん、同じ言葉でも、人によって受け取り方も違えば、意味合いも、響き方も違ってくる。だから、このゲームでは勝敗をつけない。大切なのは、各人が口にした鬱々とするような単語の意味をいちいち自分の心に染み込ませ、その言葉の持つネガティブな影響力によってしっかり落ち込むことなのだ。

ちなみに、さっきのバスのなかでは、こんな具合でゲームが進んだ。まずマイクを持った俺が「ネガティブ」と口火を切ると、席順ですぐ後ろの桜子さんにマイクを回す。そして桜子さんは「淋しい」と言い、その後ろのヒロミンさんにマイクが回り「不幸」、その後ろのモモちゃんが「裏切り……」、そしてるいるいさんが「嘘つきっ！」、教授が「憎しみ」、ジャックさんが「月のない夜」、ここで一部に失笑が起きたが、陳さんが「独りぼっち」と続け、サブローさんが「不治の病」、入道さんが「藁人形」、そして小雪が淡々と「永遠の別れ」と言った。

永遠の別れ――。

その小雪の言葉に、一瞬、胸を詰まらせた俺は、思わず「復縁」とポジティブな単語を口にしそうになったけれど、でも、その想いをぐっと飲み込んで「惨め」と言い、また後ろの席の桜子さんへとバトン（実際はマイクだけど）タッチしたのだった。

朝からバスのなかを延々と流れ続ける鬱々とした失恋ソングをBGMに、こんな地味で気分の悪いゲームをやってきただけあって、この公園に着く頃には、失恋したてのお客さんたちのテンションはドヨヨ～ンと音が聞こえてきそうなくらいに下がっていた。つまり、このツアーとしては、とてもいい傾向なのだった。だからこそ、るいるいさんの能天気な声を聞いても、誰一人として反応しなかったのだろう。

俺は、公園の入り口のすぐ脇にある草むらの上にレジャーシートを敷いていた。あぐらをかいて、ひとり空を見上げる。空といっても、霧のせいで、ただの白い広がりなのだが、それでもたしかにるいるいさんの言うとおり、雨を予感させるような湿った埃っぽい匂いが園内に満ちている気がした。

朝、出発した頃は晴れていたのだが、おんぼろバスが九十九折《つづらおり》の山道を登っていくにつれ、天候がどんどん変わってきたのだ。

山の天気だから、もしかすると今後、突然の雨があるかも知れない。しかし、それでも、どうってことはない。雨に降られたら、ただ、お客さんたちにバスのなかへと移動してもらい、それぞれの座席で食事をしてもらえばいいだけなのだ。もっと言えば、そういうマイナスの出来事は、このツアーにもってこいの侘しい演出となるのである。

俺は、参加者と同じおにぎりを頬張った。腐らないよう、朝からクーラーボックスに入れてあったから、まだ少しひんやりしていた。それでも、よく嚙んで食べれば、米の甘みがしっかりと感じられて、なかなか美味しいおにぎりだった。

梅干しの酸っぱさに顔をしかめつつ、うっすら白く霞む公園を見渡した。

右手奥にある壊れたブランコの近くには、モモちゃんと小雪の姿があった。二人は一枚の小さなレジャーシートの上で、互いに肩を寄せ合うように腰を下ろし、おにぎりを頬張っていた。

小雪は、さっそくモモちゃんの心の様子を探っているのだ。

小雪いわく、一緒にご飯を食べるというのは、互いの心の距離を近くするのにもってこいの行為らしい。しかも、肩を並べて同じ方向を見ながら会話をしていると、不思議と同じ未来を見つめる「同志」のような錯覚に陥りやすくなるという。まさにいま小雪は、二人の間にそういう状況を作り出すことで、モモちゃんの心の扉を開こうとしているに違いない。そして、おそらく、あの二人はまもなく、やさしい信頼関係で結ばれた「仲良し」になってしまうのだろう。小雪は、人と仲良くなることにかけては、いつだって天才的なのだ。

いちばん仲良くしたいのは、俺なんだけどな——。

ふう、と嘆息して、俺は小雪とモモちゃんから視線を逸らした。

公園のいちばん奥の砂場のあたりには、顔中ピアスだらけのパンクロッカー（予定）のジャックさんの姿があった。その少し左手には、酒屋を引退した好々爺《こうこうや》、サブローさんの痩せた背中が見えている。さらに視線を移すと、白いハットを脱いだポニーテールの桜子さんがシートの上で正座していて、その近くにはまるで瞑想でもしているように細い目をした教授の姿があった。入道さんや陳さん、フォトグラファーのヒロミンさんたちも、各人各様《かくじんかくよう》にレジャーシートを広げ、静かなランチタイムを過ごしている。

運転手のまどかさんは、あまり遠くには行かず、公園の入り口に近い植え込みのコンクリートの縁に浅く腰掛けていた。すでにおにぎりはたいらげてしまったようで、さっそくぷかぷかと紫煙をくゆらせている。

俺は二つ目のおにぎりにとりかかりつつ、ちらりと腕時計を見た。自由時間を兼ねたランチタイムは、まだたっぷり残されている。

過去のこのツアーでは、食後にのんびり昼寝をする人もいれば、失恋したときのショックを思い出して鬱々と考え込む人もいた。ひとり静かに『人類失格』を読む人もいたし、廃村をとぼとぼと背中をまるめて散歩する人もいた。そして毎回、必ずといっていいほどいるのが、淋しさのあまり俺や小雪に話しかけてくる人だ。

さて、あのイヤミ課長が選りすぐった今回のツアー参加者たちは、いったいどんな食後を過ごすのだろうか……。

俺は、ぼんやりと、そんなことを思いながら、おにぎりを咀嚼していた。

と、そのとき――。

公園の奥の方で妙な声が上がった。

「う、うわあっ、うわっ、ちょっ――、うわあああぁ！」

男の悲鳴だった。

俺は反射的に顔を上げ、声の方を見た。

声の主は、ジャックさんだった。寝かせた金色のモヒカンを振り乱し、つんのめって転びそうになりながら、公園の真ん中に向かって必死に走っていた。

何かから、逃げているようだ。

まさか、幽霊じゃないよな?

そう思ったのとほぼ同時に、俺もまた声を出していた。

「あっ!」

公園に面した薄暗い雑木林から、黒っぽい獣のようなものが飛び出してきたのだ。

一瞬、俺は自分の目を疑った。

しかし、それは疑いようのないくらいに身体が大きく、インパクトのある、紛れもないイノシシだった。

う、嘘だろ――。

弾かれるように俺は立ち上がった。と、そのとき、うっかり口のなかの米粒をひとつ気管に吸い込んでしまったらしく、げほげほと激しくむせてしまった。

呼吸が、苦しい。

こんなときに、なんてこった！

心中で悪態をつきながらも公園内をざっと見渡す。

お客さんたちはすでに突然のイノシシの乱入に気づき、みな一様に慌てた様子で立ち上がっていた。しかし、立つには立ったものの、その先の行動までは思考が展開していないようだった。皆、ただ呆然と突っ立っていたのだ。

バフゥ。

バフゥ。

イノシシは荒ぶった呼吸音を響かせつつ、公園の中央へと小走りで入ってきた。前方に突き出した焦げ茶色の鼻の脇に、反り返った鋭い牙が見えている。動物園でも見たことのないような、非常に大きな雄のイノシシだった。

「おっ、おいっ！　みんな、逃げろ！　高いところに登れる奴は、登るんだ！」

野太い声が園内に響き渡った。入道さんの声だった。

俺は相変わらず激しくむせたまま、それでも小雪の方を見た。

小雪は、恐怖にすくみ上がったモモちゃんの肩を、横から抱きしめてかばうような格好をしていた。

その小雪が、こちらを振り向いた。

俺と目が合った。

「おい、添乗員なんだから、何とかしろよ」

すぐ後ろで声がした。

振り返らなくても分かる。まどかさんだ。

イノシシは公園の中央あたりまでくると、ぐるぐると小さな円を描くように小走りを続けた。

風が吹き、園内にかかっている淡い霧がゆっくりと動いていく。

ふいにイノシシは足を止めた。

そして、次の瞬間、前脚で、ゴリ、ゴリ、と地面を削るような動作をして見せた。周囲にいる人間たちを威嚇しているのだ。

イノシシは、その鼻先を小雪とモモちゃんの方に向けた。二人を攻撃対象としているのは、誰の目にも明らかだった。

ま、まずい――。

俺は咳き込みながらも、よろよろと歩き出した。

本当は、猛ダッシュをしたかったのだが、経験したことのない恐怖が俺の膝から力を奪い、まともに走れなかったのだ。

モモちゃんを必死に抱きしめた小雪が、イノシシの殺気に気圧されて後ずさりする。

また、俺を見た。

その目が、「龍ちゃん、助けて」と言っている。

俺は、小さく頷いて見せて、

「こ、こ……」

小雪！

と叫ぼうとしたその刹那——、視界の端で何かが動いた。

え？

そのとき、俺の目は、あまりにも想定外な光景を捉えていた。

痩せぎすの老人がひょこひょこと現れたと思ったら、小雪とイノシシの間に割って入ったのだ。

老人は小雪たちを背にして、イノシシと対峙した。
サ、サブローさん……。
呟き込んだままの俺は、声にならない声をもらしていた。

「馬鹿、あんた、何やってんだ。逃げろ！　女たちも、逃げろ！」

入道さんの野太い声が響いても、サブローさんは直立したまま微動だにしなかった。俺は、その光景に見とれたようにポカンとしてしまい、走り出そうとしていた足が止まっていた。

バフゥ！

バフゥ！

サブローさんの登場に刺激されたのか、イノシシの鼻息がさっきよりも一段と激しさを増した。

「龍ちゃん！」

懇願するような声で、小雪が俺の名を呼んだ。

しかし、俺は、うん、うん——と頷くばかりで声すらも出せず、しかも、肝心の足は、地面に根が生えてしまったかのように動かせなかった。

バフゥ！

サブローさんは杭のように突っ立ったまま、二〇メートルほど先にいるイノシシをじっと見つめていた。その右手に握られているのは、黒い洋傘だった。

まさか、あんな傘一本で、巨大なイノシシと渡り合おうというのか……。

無謀にもほどがある。

「おい、何やってんだ、おめえ、早く行けよっ！」

ドスのきいたまどかさんの声が、俺の背中に刺さった。

その声が俺の目を覚まさせた。足から生えていた根が、ふと消えて、反射的に前へと進み出した。

しかし、その刹那——。

バフゥ！

イノシシが赤土を蹴立てて猛進しはじめた。
ヤ、ヤバい！
「小雪！」

咳き込んでいた俺の口から、ようやく声が出た。

小雪はふたたび「龍ちゃん！」と俺を呼んだ。

そして、そこから先はスローモーションだった。

全身から強烈な野性の殺気を放ちながら突進するイノシシ。

対するサブローさんは、手にしていた黒い洋傘をすっと前に突き出した。

先端をイノシシの方に向けたのだ。

しかし、それにはかまわず、イノシシはドスドスと低い音を響かせ、さらに巨体を加速させていく。

サブローさんとイノシシ、両者の距離が一瞬にして縮まった。

もう駄目だ。

激突する。

サブローさんっ！

「きゃぁ！」

どこかで上がった女性の悲鳴。

と、次の瞬間――。

ボフッ！


布が強い風をはらませるような音がした。

サブローさんの黒い洋傘が、ワンタッチで勢いよく開いたのだ。

すると、どうしたことか、猪突猛進していたイノシシは、四肢を前方に突き出すようにして強引にブレーキをかけると、開いた傘ギリギリのところで急停止した。しかも、非常に慌てた様子でUターンしたと思ったら、そのまま霧に霞んだ藪のなかへと逃げ込んでいくではないか。

バキバキ、バキ、バキバキ、バキ……。

しばらくの間、イノシシが藪のなかを突き進んでいく音が聞こえていたけれど、やがてその音も白い霧に吸い込まれるように霧散した。

公園内に、重苦しい静寂が漂った。

すうっと風が吹き、霧がゆっくりと地面の上を滑っていく。

ごほっ、げほっ――。

俺は、思い出したように咳き込んだ。

とても場違いな感じのその咳が、期せずして静寂を破り、園内に散らばっていた俺たちは現実へと引き戻された。

張り詰めていた緊張が、ゆっくりとほどけていくのが分かる。

「はぁ……」

力ないため息をもらして、小雪とモモちゃんがへなへなと地面に座り込んだ。安心したら、腰が抜けてしまったのだ。

「いやぁ、おっかなかったぁ……」

サブローさんが禿げた頭を掻きながら、冗談ともつかないような口調でひとりごとを口にした。そして、開いていた洋傘を元どおりに閉じると、ゆっくり後ろを振り向いた。

地面にへたり込んだ女性二人を見下ろし、にっこりと目を細める。

「お二人さん、大丈夫かい？」

「は、はい……」かろうじて返事ができたのは、小雪だった。「ありがとうございました。モモちゃん、大丈夫？」

礼を言った小雪は、そのままモモちゃんの背中を撫でた。

「はい……」

モモちゃんは蚊の鳴くような声で応えた。

そして俺は、いまさらながら、サブローさんの隣にたどり着いた。

しかし、まだ、咳が止まらない。

自分の情けなさと格好悪さに、消えてなくなりたいような思いを抱きつつも、サブローさんに小さく頭を下げた。

「ど、どうも、ごふっ、げほっ、助かりました。ありがとうございます」

「いやいや、私は何も。それより添乗員さん、何でむせてるの？」

痩せぎすのサブローさんが、心配そうな顔をしてくれた。

「いや、あの……、じつは、イノシシに驚いた拍子に、おにぎりのご飯粒が、げほっ、気管に入っちゃったみたいでして、げほっ、ごほっ、ごほっ」

「ああ、それは苦しいですねぇ」

「す、すみません」

もう一度、小さく頭を下げながら、地面にへたり込んだままの小雪を見下ろした。小雪は上目遣いで俺を一瞥《いちべつ》すると、視線をすっとモモちゃんに移した。

「モモちゃん、もう大丈夫だよ」

「はい」

小雪が先に立ち上がり、モモちゃんの手を引いて立たせてやった。

その様子を眺めながら、俺はまた小さく咳き込んだ。

立ち上がった二人の足元には、土にまみれた食べかけのおにぎりが二つ転がっていた。

「あ、えっと……、ごほっ、ごほっ、予備のおにぎり、まだバスにあるんで」

咳き込みながら、かろうじて出したその声を、小雪はさらりと無視した。

「あぁ、モモちゃん、お尻のとこ、土が付いちゃったね」

眉をハの字にして苦笑した小雪が、モモちゃんの汚れたスカートをパタパタとはたきはじめた。

会話をスルーされた俺は、ただぼんやりと突っ立っているしかない。

すると斜め後ろから、サブローさんが穏やかな声を出した。

「添乗員さん、咳、少しおさまりましたね」

「ええ、まあ……」

俺は生返事をして、土にまみれた二つのおにぎりをそっと拾った。

「モモちゃん、バスに戻って、またご飯を食べようよ」

小雪は、こちらを見ずに言った。

「はい」

俺をちらりと見たのは、むしろモモちゃんの方だった。

せめて愛想笑いでも返そうと思ったのだが、残念ながら唇の端っこがひくひく動いただけで、ちっとも上手くいかなかった。

二人の細い背中が、俺から離れていく。

サブローさんが「あれ、雨ですね」とつぶやいて、さっき閉じたばかりの黒い洋傘をふたたび開いた。

「ですね」

俺は、両手に土のついたおにぎりを持ったまま上を向いた。

白く靄《もや》のかかった空から、ぱらぱらと冷たいしずくが落ちてきた。


雨は、本降りにはならなかった。

しかし、またあのイノシシが乱入してきたら危険なので、俺はお客さんたちに声をかけてバスに戻ってもらった。停まった車窓越しに、寂れた雨の公園を眺めながらの侘しいランチである。

小雪は、俺の隣にいるのが嫌なのか、あるいは「仕事」の続きなのかは分からないが、モモちゃんの隣の席に移動していた。俺は俺で、やっぱり小雪の隣の席には居づらいから、サブローさんの隣へと逃げていた。

「あの、サブローさん」

「はい、何でしょう」

「さっきは、本当にありがとうございました」

添乗員として、あらためて礼を言った。

「いえいえ。そんなにありがたがられるほどのことじゃないですよ」

サブローさんは、いかにも古い人らしく謙虚な言葉を口にしながら、ちょっと照れくさそうな笑みを浮かべた。

「あの傘の使い方って……」

「ああ、あれはね、以前、テレビで紹介されてたんです」

「テレビで？」

「ええ。突進してくるイノシシを簡単に撃退できる、とても意外な方法があるって。番組名は――、えっと、忘れちゃいましたけど、何かのバラエティ番組でしたね」

「へえ。そんな番組があるんですね」

「そうなんです。イノシシってね、急に大きくなるものが苦手で、驚いて逃げ出す習性があるんだそうですよ」

「それがまさに、傘を急に開いて驚かせる撃退法だったと」

「そういうことです。なんだか、おかしな撃退法ですよね」

「でも、そのおかしな撃退法が、まさかこんなところで現実的に役に立つとは――」

「あはは。そりゃあ、私だって思いませんでしたよ」

「ですよね」と言って、俺も釣られて笑う。「とにかく、サブローさんがそれを知っててくださったおかげで、みんな命拾いをしました。ぼくも、まさか、このツアーの最中に野生の動物に襲われるなんて……、完全に想定外で、初体験のトラブルです」

「それは、そうでしょうねぇ」

「はい。本当にもう、びっくりしちゃって……」

「あ、そうそう、この公園にバスが着いて、いざ我々が降りようってときにね、るいるいさんが『なんか雨が降りそうだよね～』って私に言ったんですよ。それで私、ふと、じゃあ傘を持っていこうかな、と思って」

「え、そうだったんですか」

「そうなんです。持っていって正解でした。違う意味で」

サブローさんは、屈託のない笑みを浮かべた。

「じゃあ、じつは、るいるいさんも陰の立役者だったんですね」

「そういうことになりますね」

「でも、るいるいさん自身は、傘を……」

「持ってませんでしたね」

俺とサブローさんは、あのキンキン声を思い出して、ふふふ、と小さく笑い合った。

「それにしても、サブローさんって、勇気がありますね」

「いやいや」

「イノシシ、怖くなかったですか？」

「そりゃ、めちゃくちゃ怖かったですよ。もう、おしっこちびりそうなくらい」

冗談めかしたサブローさんは、顔をしわしわにしてみせた。

「それなのに、あたりまえのようにイノシシの前に飛び出して……」俺は、あの瞬間の驚愕を思い出しながら続けた。「恥ずかしながら、ぼくなんて完全にビビっちゃって、膝が震えて動けませんでしたから」

「相手は、でっかいイノシシですから、それがふつうでしょう」

「でも、サブローさんはふつうじゃなかった。男として、本当に尊敬します」

と、俺がストレートに褒めたら――、なぜだろう、サブローさんはどことなく影の薄いような感じの微笑を浮かべたのだった。そして「まあ、私は……」と何かを言いかけて、いったん口を閉じた。それから、あらためて小さな笑みを作り直した。

「私は、ほら、見てのとおり、老い先みじかい老体ですから。添乗員さんみたいな若い人と比べると、残り時間が少ない分だけ命が軽く感じられてしまうのかも知れません。残り少ないのは、髪の毛だけじゃないんですよ」

若干、芝居がかったような声色《こわいろ》で自虐ネタを口にすると、サブローさんは毛のない頭頂部をペチペチと叩いて見せた。

「…………」

俺は笑っていいものかどうか少し迷ったけれど、結局は、微妙な薄ら笑いを浮かべながら「いやいや、そんな」などと意味のない台詞を口にしていた。

するとサブローさんは、視線を宙に漂わせながら、またさっきと同じ影の薄い微笑みを浮かべた。

この微笑み、どこかで見たことがある気が――。

ふいにデジャヴのような感覚に陥った俺は、過去の記憶を探ってみた。しかし、すぐには見つかりそうになかった。

「若いってのは、いいものですね」

サブローさんが、ぼそっと言う。

「え？」

「だって、この先、まだまだ何でもできるんですから」

「何でも、できます……かね？」

俺は、少し頬のこけた横顔に向かって問いかけた。

「きっと、できますよ」

「失敗して、やり直したいって思っていることも、ですか？」

俺の脳裏には小雪の顔がちらついていた。

ようするに、サブローさんに肯定してもらいたくて、俺はそんなくだらない質問をしたのだ。どうせ気休めにしかならないと知りながら。

そして、やさしいサブローさんは、俺の予想どおり小さく頷いてくれた。

「もちろんです。時間があれば、やり直すチャンスだって来ますから」

そう言った後、サブローさんは、なんとなく気持ちを整理するような感じで「ふう」と短く息を吐くと、そのまま車窓の向こう、小雨に濡れた公園に視線を送った。

「時間こそが、我々の宝物ですからね」

外を見たまま、静かに言う。

「あの、それって」

どういう意味ですか？　と俺が訊ねる前に、サブローさんはイノシシが逃げていった藪のあたりを眺めながら答えてくれた。

「時間って、命のことですから」

「…………」

俺は、そんなサブローさんの横顔を眺めながら、返す言葉を探した。しかし、適当な台詞が俺の内側には見当たらなかった。だから、とりあえず、当たり障りのない言葉をそっと口にした。

「そうですね。なんか、ありがとうございます」

サブローさんは、かすかに微笑んだように見えた。もしかすると、気のせいかも知れないけれど。

それから少しのあいだ、会話は途切れたままだった。

なるべく沈黙を重くしたくないから、俺もサブローさんと同じように、イノシシが消えた藪のあたりをぼんやりと眺めていた。

やがて――、

「やっぱり、怖いよなぁ……」

と、サブローさんがつぶやいた。

「相手は、でっかいイノシシですから、それがふつうです」

俺は、さっきのサブローさんの台詞をパクった。

サブローさんは、くすっと小さく吹き出してくれた。そして、その笑みの余韻を頬に残したままこちらを向いた。

「死ぬのは、誰だって怖いですよね」

そう言ったときの笑みは、もう、さっきのような影の薄い微笑ではなくなっていた。

「怖いと思います。すごく」

俺は小さく頷いた。

「ねえ、添乗員さん」

「はい？」

「人は、どんなに死が怖くても」

「…………」

「いつかは、死ぬんですよね」

サブローさんは、少し遠い目をしてそう言った。

「えっと、サブローさん……」

俺の顔に、心配です、と書いてあったのだろう、サブローさんはちょっと慌てて取り繕うように笑ってみせた。

「あは。いやいや、なんか、すみませんね。人間、歳をとるとね、残りの人生が短いなぁって、しばしば感傷的に考えてしまうんです」

「歳を、とると？」

「ええ、まったく、歳はとりたくないですねぇ」

歳をとっていなくても、残りの人生の短さを憶《おも》う人はいるんですよ――。

知らずしらず俺は、胸裏でそうつぶやいていた。

でも、声にはしなかったし、胸の奥からこみあげてくる熱っぽいため息も、ぐっと飲み込んだ。

このとき、俺の脳裏には、美優《みゆ》の笑顔がちらついたのだ。

四年前、再生不良性貧血という難病で亡くなった妹が、最期に病院のベッドの上で俺に見せてくれた、とても儚《はかな》い笑顔だった。

儚い笑顔。

影の薄い笑み。

俺は、ハッとして顔を上げた。

まさか、と思いながらサブローさんを見ている自分が少し嫌だった。


【小泉小雪】


小さな道の駅で、短いトイレ休憩があった。

全員が揃ったところで、バスはふたたび走り出す。

わたしは自分の座席に戻っていた。背もたれに上体をあずけ、ぼんやりと窓の外を眺める。

薄曇りのせいで、田舎町の風景は沈んで見えた。こういうのっぺりとした景色は、心をフラットにしてくれるけれど、すぐに飽きてくるのが難点だ。

ときどき、隣の席から視線を感じた。龍ちゃんはきっと、いつものやさしい視線を向けてくれているのだろう。この人は、根っからのお人好しで、馬鹿正直で、疑うことを知らない犬のようなところがある。だからこそ、男女問わず、周囲から愛されているのだけど。

わたしは、ふと考える。

いま、本当のことを話したら、どうなるだろう――。

窓の外の風景は、ひたすら単調だった。ぽつぽつと現れては後ろに流れていく山あいの古い民家。てっぺんが丸い山々。薄汚れたガードレール。苗を植えたばかりの田んぼ。その田んぼは四角い大きな鏡のように、冴えない灰色の空をひらひらと映していた。

わたしはそっと目を閉じた。

まぶたの裏に、かつての母の後ろ姿が浮かんできた。

輪郭が少し曖昧で、陰鬱な映像だ。母は、安アパートの狭い台所に無言で立っていた。まだ年端もいかない小さなわたしは、目の前にある母の茶色いスカートを引っ張って「ねえ……」と声をかけたがっていた。しかし、たったそれだけのことができない。心がひるんで、出しかけた手を引っ込めてしまうのだ。そうこうしているうちに、母の背中がすうっと遠ざかっていく。陰気で薄暗かった台所が、いっそう暗くなっていく。幼いわたしは、ひとりぼっちになってしまう恐怖に耐えながらも、じっと黙って、手の届かないところへと消えてゆく母の背中を見詰めていた。やがて母の背中は遠くの闇に吸い込まれるように消えてしまった。暗がりにひとり取り残されたわたしの左腕には、やわらかな感触があった。ちょっと不細工な顔をした黒い熊のぬいぐるみを抱いているのだ。わたしは唇を噛んで涙をこらえると、そのぬいぐるみを抱く腕にぎゅっと力を込めた。

無抵抗なやわらかさ――。

その感触は、なぜかわたしをとても悲しくさせるのだった。

これは、わたしが思春期だった頃にはじまり、以来、何度も、何度も、脳裏で再生され続けてきた映像だった。心のごく浅いところにタトゥーのように刻まれ、どうやっても消し去ることのできない記憶の欠片《かけら》のようなものらしい。できることなら、パソコンのデータみたいにさくっと消去してしまいたいのだけれど、わたしが消そうとすればするほど、むしろ深く刻み込まれてしまう感がある。だからもう、わたしはすっかり諦めていた。うっかりこの映像が流れてしまったら、なるべく心を空っぽにしつつ、自分とは無関係なものとして傍観する。それが、わたしにとって最も痛みをともなわないやり方だから。

バスの速度が落ちて、交差点で右折した。

わたしは閉じていた目をゆっくり開けた。窓の外には、いつの間にか広々とした牧場が広がっていた。雨上がりの濡れた牧草を、数頭の牛たちが気だるそうに食《は》んでいる。

隣の龍ちゃんに聞こえないよう、静かに、ゆっくりと、ため息をついた。ふいに、またレモンの酸味が欲しくなり、膝の上のショルダーバッグからタブレットを取り出して、口に入れる。

　それを見ていた龍ちゃんが、わたしの左肩をツンとつついた。

　ん？　という感じで振り向くと、眉をハの字にした龍ちゃんがわたしを見下ろした。

「もしかして、具合でも悪い？」

　わたしは首を振った。

「大丈夫だけど」

「そっか。なら、まあ、いいんだけど」

「うん」と、小さく頷く。

　わたしは昔から、伝えたいことをまっすぐに伝えられないタイプの人間だ。しかも、伝えなくてはならない大事なことほど、どうしても伝えられなくなってしまうという困った人なのだ。子供の頃からずっとそう。実の母親に「わたしを愛して欲しい」「かまって欲しい」「優しくして欲しい」というシンプルな思いすら伝えることができなかったのだから。

「食べる？」

　わたしは、レモン味のタブレットを差し出した。

「あ、いいや。それ、酸っぱすぎるし」

「そう？」

「小雪、よく、そんなの食べられるよな。しかも、噛んで」

　少し目を細めるようにして、龍ちゃんが微笑んだ。

裏表のない、やさしい笑い方。

こんなにやさしい人なら――、現状のわたしのことも、まるごと受け入れて、真綿にくるんで慈しむように扱ってくれるのではないか。でも、わたしは、そうして欲しいという「要求」ができないのだった。もしも、その「要求」を撥《は》ね付けられたら、と思うと、心も身体も硬直して、喉元まで出かかった言葉をぐっと飲み込んでしまうから。

他人への「要求」とは、ある種の「甘え」と似ている。もちろん「甘え」が必ずしも悪いものだとは思っていないけれど、でも、そもそもわたしは、他人に甘える方法を知らないのだった。他人に甘えさせてあげることなら、いとも簡単に、しかも、いくらだってできるのに。

「ふつうに酸っぱくて、美味しいと思うけど」

「それ、ふつうじゃないよ」

「ふつうだよ」

「小雪って、前からそんなに酸っぱいの好きだったっけ？」

好きになったのは、わりと最近だったから、「さあ」とわたしは二文字で答えた。我ながら素っ気ない口調だと思う。でも、その二文字の裏側には、あまりにもたくさんの想いが隠れているから、口にしたと同時に心がずっしりと重たくなる。

もしも、わたしが、心の内側をそのまま剥き出しにして見せられるような――まっすぐな台詞を口にできる人間だったなら、きっとこんなにも気持ちが重くなることはないだろう。

そのことをわたしは充分に知っている。知識としては完璧にモノにしているのだ。なにしろ、わたしは、心のコントロール方法については脳みそが溶けるかと思うほど必死に学んできたプロなのだから。そして一方では、その知識と同じくらい濃密に学んできたこともある。それは知識としてではなく、実体験としてリアルに味わい、胸の内側に刻みつけられた心の「痛み」だった。

だれかに……、とりわけ自分の大切な人に受け入れてもらえなかったときの痛みがどれほど堪え難いものであるかは、これまでの人生で嫌というほど思い知らされてきた。だからこそ、わたしは、相手が近しい人であればあるほど、上手に「要求」ができないのだと思う。

路面が悪いのか、バスがガタガタと横に揺れた。

目を開けているのに、わたしの左手には、あの黒い熊のぬいぐるみの感触が甦ってきた。悲しいほどの、無抵抗なやわらかさ。

なんだかたまらなくなって、レモン味のタブレットを二粒まとめて口に放り込み、奥歯でカリカリと噛んだ。

「ほんと、よく噛めるよな」

龍ちゃんが、あきれたような声を出す。

「だから、美味しいんだってば」

わたしは、なるべく平静な顔で返事をする。

すると龍ちゃんが、何かを思い出したように声のトーンを落とした。

「そういえばさ、モモちゃん、どうだった？」

「ああ、モモちゃんは——」わたしは、視点の定まらないようなモモちゃんの瞳を思い出した。「とりあえず仲良くはなれたよ」

「そっか。よかった。で、どんな娘なの？」

どんな娘？

あのふにゃふにゃしたおとなしい存在は、どこか、わたしの黒い熊のぬいぐるみとよく似ている気がしていた。

「どんなって……、まあ、見た目どおりかな」

はぐらかすようなわたしの返答に満足しなかったらしく、龍ちゃんは目で先を促した。

「なんていうか……、たくさん傷ついてて、世界におびえてる感じの娘だよ」

「それは分かってるよ、俺だって」

「…………」

「過去に何があったか、具体的に訊いた？」

「まあ、だいたいはね」

「そっか。で？」

「それ、いま、話すの？」

龍ちゃんは、もちろん、という顔で頷く。

「まだ到着まで、たっぷり時間あるし」

わたしは腕時計に視線を落とした。たしかに、到着予定時刻までは、あと一時間近くもある。

バスはいま山裾にへばりつくように広がる寒村を走っていた。次の目的地はこのツアーの定番スポットのひとつ、双葉城址《ふたばじようし》だった。そこは、雲海の上に幻想的にそびえる「天空の城」として知られる竹田城址《たけだじようし》の「劣化版」と言いたくなるような、ちょっと残念な城跡だ。一応は山のてっぺんにあるから、見晴らしは悪くないけれど、でも、標高が中途半端なため雲海の上に顔を出すこともなく、城跡の面積も悲しいほどに小さい。もっと言えば、城にまつわる歴史にたいしたドラマがないうえに、石垣の保存状態もかなり悪いのだった。

ようするに、不人気だけれど、一応、トイレや駐車場のある地方の小さな観光スポット――ということは、いい具合に寂れていて「失恋バスツアー」にはぴったりな場所、というわけなのだ。

「だいたいでいいからさ」

龍ちゃんに急かされたわたしは、渋々といった感じで口を開いた。

「ええと、あの娘はね」

「うん」

「なんて言うか」そこでわたしは、いったん大きく息を吸った。そして、一気に言った。

「生い立ちに、ちょっと、わたしと似てるところがあるんだよね」

「え……」

龍ちゃんの目が、うっすらと曇る。

「幼い頃に両親が離婚してさ、一緒に住んでいた母親から、汚い言葉で罵《ののし》られ続けてたんだって」

「………………」

「それも、相当ひどかったみたいで」

わたしには、想像がつく。実の母の口から吐かれた言葉のナイフは、そのひとことひとことが的確にモモちゃんの胸のいちばん痛いところをえぐり、そして、生きる気力もろとも削ぎ落としていったのだ。やがて心と身体がふにゃふにゃになってしまったモモちゃんは、あの黒い熊のぬいぐるみのような、無抵抗なやわらかさを身につけていった。どんなときもぐったりとして、力まず、無抵抗で、周囲にされるがまま。つまり、死んだように生きる。それがモモちゃんにとって唯一の生きていく術となったのだ。

「そっか……」

「うん」

「兄弟は？」

「お兄ちゃんがいるんだって」

「へえ。一人っ子に見えたなぁ」

「ああ、そう見えるかもね。でもね、そもそも、そのお兄ちゃんが、小学生の頃に肥満をネタにいじめられて、引きこもりになっちゃったんだって。で、それが原因で、今度はモモちゃんが『引きこもりの妹』ってことで、五年生のときからいじめられるようになって、そのうちに不登校になったみたい」

「そっかぁ……」龍ちゃんは、眉をひそめて小さく嘆息した。「兄妹そろって、引きこもりになっちゃったのか」

「うん」

「シングルマザーのお母さんも、いろいろ大変だったんだろうな」

龍ちゃんは、ぼそっと正論を口にした。

「そうだろうね」

わたしは、カウンセラーの立場として頷く。

でも、わたしのなかにいる黒い熊のぬいぐるみは、それを認めない。

大変だからって、子供を言葉で虐待するのは許せない——。

この思いも、正論だ。絶対に。

わたしは続けた。

「モモちゃんね、中学はほとんど登校拒否したままで、結局、高校にも行かなかったんだって」

「その間は、ずっと引きこもり?」

「ううん。ときどきはバイトをしてたみたい」

「学校には行けなかったのに、バイトには行けたの?」

「うん。家でぼうっとしていると、お母さんに『役立たず』って罵られるから、学校から少し離れたところにあるコンビニとかスーパーとかで働いてみたんだって。で、頑張ってはみたんだけど——」

「続かなかった、と」

わたしは黙って頷いた。

「なるほどなぁ」とひとりごちて、龍ちゃんはさらに続きを目で促した。けれど、わたしは小さく首を振った。この先は、とてもナーバスな問題だから、いまは龍ちゃんにも話せない。

「だいたい、それくらいかな。わたしがモモちゃんから聞けたのは」

「リスカのことは？」

「そこはあえて聞いてないけど、もう原因は分かってるからね」

「そっか。まあ、そうだよな」

そう言って、龍ちゃんは静かに腕を組んだ。そして、少し声のトーンを明るくした。

「それにしても、あの短時間で、よくそこまで聞けたよな」

「まあね」

「どうやったら、そこまで相手の心を開かせられるわけ？」

心理術を学びたい、という顔で龍ちゃんが小首を傾げた。

正直、コツはいくつもある。でも、わたしはそのなかのひとつをチョイスした。

「わたしの弱みというか、秘密を、先に話したのが功を奏したみたい」

「え、なにそれ」

龍ちゃんは、まさか、という感じで少し目を大きくした。わたしとの関係をバラされたとでも思ったのだろう。

「大丈夫だよ。わたしの過去のことをちょこっと話しただけだから。わたしとモモちゃんは似てるかもって。そしたら、本当に似てたんだよね。生い立ちが」

「それだけ?」

「もちろん、他にも話したよ。いろいろとね。でも、男の龍ちゃんには内緒」

「なんだよ、それ」

子供みたいな不平丸出しの顔に、わたしは思わず苦笑した。

「とにかく、先にこっちの弱点とか秘密とかを教えて共有すると、相手から信頼されやすくなるの。それが心を開いてもらうコツかな」

「なるほど」

「あとね、わたし、モモちゃんにお願いしたの」

「お願いって?」

「この旅のあいだ、わたしのことを守ってね、よろしくねって」

「守るって、どういうこと?」

「人間って不思議なものでさ、自分のことじゃなくて、他人のことを心配したり、他人のために何かをしようとしたりすると、なぜか気力が充実してきて、しかも免疫力も一気に上がるんだよ」

「マジで？」

「うん。きっと人間って弱い生き物だから、助け合ったり愛し合ったりすることで上手く生きられるよう、DNAに書き込まれてるんだと思う。だから、モモちゃんにとっては、誰かに心配されることも大事だけど、逆に他人を心配したり役に立とうとすることも大事なの」

「へえ。免疫力まで……。それは知らなかったな」

なぜだろう、このとき龍ちゃんは、ふと遠い目をしていた。

「おもしろいでしょ？」

「うん」

バスがまた細かくガタガタと揺れて、登りの勾配にさしかかった。

「つーかさ」気をとりなおしたように、龍ちゃんは、ちょっと悪戯っぽい目でこっちを見た。

「あの、か弱そうなモモちゃんが小雪を守るって、想像すると、なんか笑えるかも」

「どういうこと？」

「だって、強さから言ったら、どう考えても逆だもんな」

「ちょっと、なによ、それ」

「えへへ。なによって、言葉のまんまだよ」

いつもだったら――、ここで、わたしは笑いながら龍ちゃんを睨んだり、ウイットの利いた台詞を返したりするところだ。でも、さすがに今日はそういう気分じゃない。

「ピンチのときに守ってくれない誰かさんより、心のやさしいモモちゃんの方がずっと頼れると思うけどね」

さっきのイノシシの襲撃事件のことを引っ張り出して、わたしはこれ見よがしにため息をついてやった。

「え……、だって、あのときはさ、うっかり、おにぎりが喉に……」

龍ちゃんは真顔になって、下手な弁明をはじめた。

わたしはそれを右から左へと聞き流しながら、レモン味のタブレットをまた一粒口に放り込んだ。ちょっと意地悪かも知れないけれど、それくらいしても許される気がする。なにしろ、あのとき身体を張ってわたしを守ってくれたのは、龍ちゃんではなくて、赤の他人の、しかもご高齢のサブローさんだったのだから。

龍ちゃんの弁明は、短いわりにぐだぐだで、最後に「はあ」とため息のおまけまでついた。そして、何ともいえず情けないような顔をしてわたしを見たのだ。

「あのさ、小雪」

「…………」

「ごめんな」

わたしは何も答えず、レモン味のタブレットを奥歯でそっと噛んだ。

酸味のなかに、ひそかな苦味を感じた。

【天草龍太郎】

予定時刻よりも少し早く、バスは双葉城址の駐車場に到着した。

山腹の森を切り開いて作られたこの駐車場は未舗装で、ところどころに大きな水たまりができていた。幸運にも、雨は上がっていて、西の空では薄日がさしはじめている。

俺はバスのなかから駐車場全体をざっと見渡した。すでに数台の乗用車が水たまりを避けて停まっていた。運転手のまどかさんも、水たまりのない場所を選んでバスを停めた。

「皆様、お疲れ様でした。ただいまバスは、本日ふたつ目の目的地、双葉城址に到着しました」

俺はマイクを使わず地声でアナウンスして、そのままお客をバスの外へと誘導した。

砂利の駐車場に降り立つと、さっそくるいさんが両手を突き上げて伸びをした。

「うわぁ、めっちゃ空気がおいしい」

その声に釣られて、ポニーテールになった桜子さんとジャックさんが気持ちよさそうに深呼吸をしている。

たしかに、雨上がりの山の空気は澄んでいた。そよと吹く風には、爽やかな森の香りと、腐葉土の香ばしい匂いが溶けている。

「ここから先は、城跡の頂上を目指しまして、約五分ほど、坂道と階段を登ります。石垣や風景を眺められるよう、ゆっくりと歩きますので、私に付いて来て下さい」

いつものように俺は、お客さんたちに向かって声を張り上げ、そして、まどかさんを見る。まどかさんは、俺に向かってタバコを吸うジェスチャーをしてみせた。つまり、駐車場でいっぷくしながら待っているということだ。いつものことなので、俺は目で頷いた。そして、ふたたびお客さんたちに向かって声を上げた。

「では、出発します」

くるりと反転して城址の入り口に向かうと、俺の視界に真新しい黄色い看板が飛び込んできた。

――熊出没注意――

と、おどろおどろしい筆文字で書いてある。しかも、獰猛《どうもう》そうな熊の顔の絵まで描かれていた。こんな看板、先月まではなかったはずだ。ということは、この一ヶ月の間に、熊が出たということだろうか。

なんだか嫌だなぁ、と思いつつも、かまわず俺は歩みを進めた。

「おいおい、参ったな。イノシシの次は熊かよ」

後ろの方で入道さんが太い声を出した。冗談めかしてはいたけれど、ついさっきイノシシに襲撃されたばかりの俺たちにしてみると、この看板は妙に生々しく感じられてしまう。他のお客さんたちも、さすがにちょっとナーバスな空気を醸し出していた。

「おい、添乗員。熊も傘で驚かすのか？　そしたら熊は逃げるのか？」

陳さんが俺の横に並んで歩きながら言った。

「ええと、いまは、傘を持ってきてないです」

「傘、ないのか？」

「ええ。天気がよくなってきたんで」

「熊、出てきたら、添乗員、どうする？」

「ええと、ですね、どうしましょうかね……」

会話をしながらも、とにかく歩を進めた。

看板を見てしまった以上、気分すっきりとはいかないが、まさか本当に熊まで登場することはないだろう、という楽天的な思いが俺にはあった。すでにこの城跡には先客もいることだし、熊も近寄らないはずだ。

「もしも熊が出たら、あんた一人で逃げるだろう」

ティアドロップ型のサングラスの奥の細い目で、陳さんは俺を値踏みするように見ていた。

「えっ？　まさか。逃げませんよ。今度は、私が身体を張ります」

「おい、本当か？」

「本当です」

「熊、大きい。人間より強い。あんた死ぬことが怖い」

「死んでも――」しつこい陳さんの言葉にかぶせて、俺はこう言った。「私は逃げません。まずはお客さんを守ります」

「ほう。そうか。怖くないか?」

「怖いですよ。熊ですから。でも、そうします」

「なぜ?」

「仕事ですから」

それに、今度また同じミスをしたら、もはや二度と小雪に合わせる顔がなくなってしまう。

陳さんは、ふむふむ、という感じで小さく微笑むと、俺から離れて列の後ろの方へと回った。


ふう、やっと離れてくれたか――。

俺は、心のなかでため息をついた。というのも、じつは、今朝から、なんとなく陳さんの視線が気になっていたのだ。気のせいかも知れないけれど、陳さんは、俺の一挙手一投足をこっそり盗み見しながら値踏みしているような、そんな気がしていたのだ。

まさか、こっち《ゲイ》じゃないよな……。

一瞬、俺はそういぶかしんだけれど、よく考えてみれば陳さんは金目当ての女にフラれてこのツアーに参加したわけだから、そっちの気《け》はないはずだ。

先頭を歩く俺の後ろで、お客さんたちが愉しそうに言葉を交わしていた。るいるいさんはもちろん、ヒロミンさん、入道さん、サブローさん、ジャックさん、陳さんの声が目立っていた。おとなしい桜子さんも、ときどき会話に加わっているようだったが、仏像みたいな教授と、モモちゃんの声だけは、やはり聞こえてこない。

なんとなく、イノシシの襲撃事件があってから、お客さんたちの間に、妙な連帯意識のようなものが芽生えている気がする。バスのなかでおにぎりを食べているときも、バスがふたたび発車してからも、少しずつお客さん同士で会話がなされるようになったのだ。

俺は歩きながら、ちらりと後ろを振り返った。

やはり、ついさっきヒーローとなったサブローさんを中心に人が集まり、団子になって歩いていた。そして、その集団の少し後ろにモモちゃんと小雪の姿が見えた。

今回のツアーは、イヤミ課長の策謀で、かなり癖のある連中ばかりが集《つど》ってしまったけれど、じつは、彼らは、癖があるなりに社交性には富んでいるのかも知れなかった。あるいは、変わり者同士、波長が合うのだろうか。いずれにせよ、孤独を味わってもらうことを目的とするこのツアーには、社交性はあまり必要ないのだが……。

歩き出して二分ほどが経ち、未舗装の坂道と階段は、徐々に勾配が増してきた。

そして俺たちは城跡のなかへと足を踏み入れた。

崩れかけた石垣に沿って右回りに歩いていくと、すぐに石積みの階段が現れた。その階段を登ると踊り場のような平地があり、また石垣に沿って歩く。そしてまた階段を登る。

そうこうしているうちに、俺たちは頂上へとたどり着いた。

予想どおり、というのもナンだが、熊には遭遇しなかった。

頂上は五〇メートル四方ほどの草地で、数ヶ所に木製のベンチが設置されている。桜の樹も（いまは葉っぱだけだけれど）数本植えられていて、なんとなく小さな公園のような風情がある。

一応、三六〇度、どこを見ても眺望を見晴らせるのだが、とくに麓の古い町並みと、その向こうにそびえる山々を見渡せる西側の景色がよかった。俺は、その西側へとお客さんたちを誘導した。ちょうど陽も差してきて、いい感じだ。

五月の雨上がりの透明な風が、山裾からすうっと駆け上がってきて、俺の首筋をひんやりと撫でていく。

お客さんたちは「わあ」「いい風だね」「思ったより高いな」などと口々につぶやきながら、西側の眺望を堪能しはじめた。

この城跡は、わりと見晴らしがいいのに、地元の人以外にはほとんど知られていないという、ちょっと悲しい観光スポットなのだが、しかし、田舎のカップルにとっては、ひとけのないこの場所は格好のデートスポットであるらしく、今日も数組の男女が人目をはばからずベタベタくっつきながら風景を眺めたり、ベンチに腰掛けてささやき合ったりしていた。

廃城の草の生えた石垣に漂う侘しさを味わい、開けた展望を眺めながらフラれたあの日を追懐《ついかい》する。そして、周囲でいちゃつくカップルたちを見て、おおいに嫉妬をする。

失恋をして落ち込みたい人にとって、ここはまさにもってこいの場所なのだ。

しかも、しばらく経てば西に連なる山々の向こうへと夕陽が沈んでいく。つまり、人生の下り坂を思わせる斜陽タイムがはじまるのである。

さあ、お客さんたち、どんどん落ち込んで下さいよ。

俺は、落ち込まないけどね。

あ、でも、今日はまだ西の空に雲が残っているところがあるから、確実に夕陽が見られるとは限らないか……。

そう思ったとき、ふいに俺の斜め後ろあたりからオペラ歌手のような芯のある声がした。

「あの、皆さん、よかったら、ちょっと後ろを見て下さい」

思いがけない美声の持ち主は、教授だった。教授は例によって仏像のような微笑みをたたえながら、東の方角を指差していた。

お客さんたちは、その声に釣られて一斉に西の眺望から東へと向き直った。

そして、次の刹那――。

「うわぁ、すてき!」

「おお、こりゃ、すごいなぁ……」

「いいことありそうだね」

「うん、きっとありますね」

お客さんたちの口々から、やたらとポジティブな言葉が連発されてしまった。

「ねえ、あっちに行って見ようよ」

るいるいさんが先頭切って歩き出した。

みんなも、そのモデルのように美しい背中に付いていく。

頂上の東側の端っこにずらりと並んで、俺たちはそこから新緑の低い山々を見晴らした。

「こんなにきれいな虹を見たの、はじめてかも」

いつの間にか俺の横に立っていた小雪が、少女みたいに目を潤ませてそう言った。

「俺も、はじめてかも」

雨上がりの空に架かる虹は、完璧な半円を描いていた。

しかも、七色の光の橋は二重に架かっていて、その橋の内側は、夢のような淡い光で満たされている。

「めっちゃすごーい」

るいるいさんが言うと、うっかり俺まで、

「ほんと、すごいなぁ……」

と言ってしまった。

「あ、そうだ、お願いごとしよっと！」

るいるいさんが、ちょっと素っ頓狂な台詞を口にしたと思ったら、パン、パン、と神社でやるみたいに柏手を打ち、虹に向かってお祈りをしはじめた。

虹が願い事を叶えてくれるなんて話は聞いたことがない。さすが、るいるいさん、やることがぶっ飛んでいる。

やれやれ、と内心で呆れながらも、でも、まあ、せっかくだから、無理を承知で、俺も
……と、こっそり胸裏で祈っておいた。

復縁、成就しますように――。

まともに考えれば馬鹿馬鹿しい祈願ではあるけれど、しかし、このときの俺は、ほんのちょっぴりだけ「奇跡」を信じてみたくなっていたのだ。ようするに、それくらい、目の前に架かった虹が神々しかったのである。

虹は、二分ほどで薄れて、三分後には消えてしまった。

その間、フォトグラファーのヒロミンさんは、一眼レフを手にして忙《せわ》しなくシャッターを切り続けていた。

虹が消えると、お客さんたちは満足げな顔をして散っていき、それぞれ孤独な時間を味わいはじめてくれた。いまは「失恋バスツアー」の最中である、ということを思い出してくれたのだろう。

ベンチに腰掛けてぼんやりしているのは桜子さんで、登ってきた階段を少し下りて城址内を散策する人たちもいる。石垣に腰をおろして風景を眺めるのはサブローさんだ。カップルを見て深いため息をついているのは、意外にも入道さんだった。ジャックさんは、お昼に手渡したレジャーシートを敷地のど真ん中に敷いたと思ったら、その上に仰向けに寝転がり、恥ずかしげもなく口笛を吹いていた。まるで聴いたことのないメロディだから、もしかすると自作の曲かも知れないけれど、ちょっと……、というか、いや、かなり残念だったのは、素人の俺でも分かるくらいに、その口笛が音痴なところだった。この人、本当にミュージシャンになれるのだろうか？　と余計な心配をしたくなる。

小雪は、そんなお客さんたちの間を、ゆったりとした歩調で移動しながら、各人と短い会話を交わしている。

俺はひとり奥側にあるベンチに腰掛けて、空を見上げた。

頭上にある分厚い雲のかたまりが、上空に吹く風に乗って移動し、みるみる千切れていく。雲間からは、透明感のある水色がぽつぽつと顔を出し、見下ろす地上にいくつもの金色のスポットライトが注がれていた。

雨上がりの世界が、少しずつ光で満たされていく。

このまま晴れ間が広がれば、夕陽を見られるかも知れない。

俺は、西の空へ視線を投げかけた。徐々に高度を落としつつある太陽は、いったん低い雲の向こう側に隠れていた。

シャコ。シャコ。シャコ。

ふいに、俺の左側でシャッター音が連続して聞こえた。

振り向くと、一眼レフのレンズがきらりと光った。

レンズはこちらに向けられていた。

ヒロミンさんが、俺を撮影しているのだ。

「あ、えっと……」

戸惑いながら言葉を探している俺に向かって、シャコ。シャコ。ヒロミンさんは、また続けてシャッターを切った。そして、ゆっくりと顔をカメラから離した。

「添乗員さん」

「え？　あ、はい」

「龍さん、って呼んでいいですか？」

ヒロミンさんは、ちょっと照れくさそうに言った。

「ああ、はい。それは、もう、もちろんです」

頷きながら俺は思った。そういえば、この女性って、愛犬との離別を理由に参加したんだったよな、と。

「よかった。じゃあ、龍さん」

「はい」

「いま、ツアーの参加者よりも、ずっと憂いがちな顔をしていましたよ」

「え？」

「ほら、こんな感じ」

ヒロミンさんは、くすっと笑って、カメラの背面液晶をこちらに差し出した。

どれどれ、と見てみると、なるほど、液晶に映し出された俺は、憂いがちどころか魂が抜けてしまったような惚《ほう》けた顔で空を見ていた。

「うわ、ほんとだ。ひどい顔をしてますね」

「うふふ。考え事でもしてたんですか？」

ヒロミンさんは、笑うと頬にえくぼができた。

化粧っ気はないけれど、よく見るときれいな女性だ。

「いや、ただ、なんとなく、ぼうっとしてただけです。空がだんだん晴れてきたなあって思いながら」

「そうだったんだ。なんか、悩みごとでもあるのかと思いました」

「いやぁ、とくには、悩みごとなんて……」

あるけれど、ここで言えるはずもない。

「あの、隣、座っていいですか?」

「え? あ、どうぞ」

俺は、少し腰を浮かせてベンチの右側に寄った。空いたところにヒロミンさんがストンと腰を下ろす。

「龍さんって、三七歳なんですよね?」

「そうですけど、なんでぼくの歳を知ってるんですか?」

「えっ、だって、今朝、バスのなかで最初に自己紹介をしたときにそう言ってたから」

「あ、そっか。そうでしたね」

俺は苦笑して、思わず頭を掻いた。

「ちなみに、龍さん、何月生まれですか?」

「九月ですけど」

「わっ、うそ。ちなみに何日?」

どうでもいいような会話に、ヒロミンさんは少女のように目を輝かせる。さっき虹を見ていたときの小雪の目と、どこか似たツヤ感があるような気がした。

「十五日です」

「うわぁ、惜しいなぁ」

「惜しい？」

「龍さん、わたしと同じ学年で、誕生日が一日違いです」

「一日？」

「そう。わたし、十四日生まれなんですよ」

「そうですか。それは、たしかに惜しいですね」

「生まれは、どちら？」

俺は、自分が生まれ育った首都圏のベッドタウンの名を口にした。するとヒロミンさんは、二重の大きな目をいっそう大きくした。

「わっ、うそ！　近すぎっ！」

「え？」

「わたし、お隣の町です。駅で言うと――」

聞けばヒロミンさんは、俺の実家のある街から電車でわずか一駅のところに実家があり、いまもそこに住んでいるというではないか。

「ってことは、ヒロミンさん、もしかして栗原《くりはら》小学校の出身ですか？」

「そう！　栗小から栗中です！」

「えっ、ぼく、葛《くず》の葉《は》小学校からそのまま葛中ですよ」

「わーっ、懐かしい！　葛の葉中はバレーボールの練習試合で何度も行ったことがあります！」

「ほんとですか？　ぼくもバスケ部の練習試合で、栗中にはよく行きましたよ」

「ってことは、わたしたち、もしかして、体育館ですれ違ってるかも」

「ですね」

同い年で、誕生日が一日違いで、お互いが生まれ育った町もよく知っていて、中学校の体育館まで知っている——となると、もはや親近感のレベルがふつうではなくなってしまうのは当然のことだろう。

「じゃあ、龍さん、葛の葉中の同学年の卓球部に、大塚紗江《おおつかさえ》って子がいたの、知りません？」

「大塚……、あ、もしかして、髪の毛が割と茶色くて、背が高くて」

「そうそう！　あの子とわたし、親同士が友達なんです」

「えーっ！　たしか、大塚さんとは、一年生のときに同じクラスでしたよ」

「わぁ、ほんとですか？　びっくり。世界は狭いなぁ」

「ほんと、狭いですね」

それから俺たちは、一気に昔話に花を咲かせはじめた。

近所にあった駄菓子屋が小学六年生のときに閉店して悲しかったことや、神社のお祭りの子供神輿がやたらと重たかったこと。噴水が壊れて、ただの汚れた水たまりになっている公園の池で、オタマジャクシやヤゴをつかまえて遊んだこと。お化けが出ると評判だったお寺と、その裏手の図書館にお化け並みに怖い司書がいたこと。そして、子供の頃に流行った数々の懐かしい遊びなど、共感しすぎて思わず声を上げてしまうような話題が次々とあふれ出すのだった。さらに驚いたのは、お互いの実家のある場所まで、完全に特定できることだった。

「ねえ、龍さん、このツアーから戻ったら、地元でお茶でもしません？　ほら、駄菓子屋があったところの向かいに、ちょっと洒落たカフェができたでしょ？」

「あぁ、できましたね」

「あそこで、どうです？」

「ええと……」

ここで約束するのは、さすがにまずい。公私混同だ。

「あそこね、けっこう美味しいんだって。とくにカレーが」

嬉しそうに微笑むヒロミンさんを見ながら返事に窮していたら、視界の隅っこで人影が動いた。モモちゃんと、小雪だった。

「あれ、龍さん、もしかして、カレー嫌い？」

「え？　いや、ぜんぜん嫌いじゃないですけど」

答えながらも、俺の視線はモモちゃんと小雪に向けられていた。二人は静かに会話をしつつ、俺たちの前を横切ろうとしていた。

そして、ちょうど目の前にさしかかったとき、モモちゃんはちらりとこちらを一瞥して、ばっちり目が合った。けれど、それもほんの一瞬のことだ。小雪は、俺に気づいているはずなのに、一瞬たりともこちらを見なかった。まるで俺の存在をなかったことにでもするかのように、まっすぐ前を向いたまま通り過ぎたのだ。

そのまま二人はすたすたと遠ざかっていった。

ふいに正面からすうっと森の匂いのする涼しい風が吹いてきて、俺の前髪を揺らす。

「龍さん？」

「え？　あ、はい」

ヒロミンさんに呼ばれて、俺はハッとした。

「どうしたんです？」

「いや、べつに」

ヒロミンさんは、俺の本意を探るような目でこっちを見た。でも、それもほんの二秒ほどのことだった。

まだ俺の視界の隅っこには小雪とモモちゃんの背中が見えていた。二人は西側の少し崩れかけた石段を下りていくようだ。

これ以上、目で追っても仕方がない。

俺はヒロミンさんに余計な詮索をされる前にと、ちょっと強引に話題を変えた。

「ええと、ヒロミンさんは――」

「あ、はい」

「愛犬を……、亡くされたんですよね？」

口にしてから、いきなりこの話題もないか、とは思ったけれど、後悔先に立たずだ。

亡くした愛犬のことを思い出したのか、ヒロミンさんはちょっとうつむいて、そろえた太ももの上に置いた一眼レフを右手の親指でそっと撫ではじめた。

「あ、なんか、すみません」やっぱりこの話題はまずかったか。俺は少し狼狽しながら続けた。「ちょっと、珍しかったもので。愛犬との離別で、このツアーに参加して下さった方が」

「やっぱり、変ですよね」

ヒロミンさんが、顔を上げた。親指はカメラを撫でたままだ。

「え……」

「愛犬と別れたなんて、そんな理由」

「あ、いや、変とか、そういうのではないと思います。ペットは家族同然だって言いますから」

「龍さん、ペットは？」

「ぼくは、ペットは」犬でも飼っていればすんなり会話が運ぶのだろうが、残念ながら飼っていない。しかも俺は、わりと嘘が苦手なタイプなのだ。「飼ってないです、何も……」

「そっかぁ」

「マンションで一人暮らしなので。すみません」

頭を掻きながら、ぼそっと謝ったら、ヒロミンさんの頬にえくぼが浮かんだ。そして、

「ふふ……」と、小さく声をこぼして笑った。

えっ、いま、笑うところ？

俺はヒロミンさんの笑った理由が分からなくて、次にかけるべき言葉を失ってしまった。

するとヒロミンさんが先に口を開いた。

「すみません、っていう言葉は——」

「……………」

「本当は、わたしが言わないといけないの」

「へ？」

いっそう意味が分からなくなった俺は、小首を傾げた。

「わたしが別れたランは」

「……………」

「あ、ゴールデンレトリーバーのランはね」

「はい」

そこまで言うと、ヒロミンさんは、もう一度「ふふ」と小さく笑った。なんだか、大切な思い出の欠片を唇からちょっぴりこぼしてしまったみたいな、やけに淋しそうな微笑み方だった。

「わたしの元彼が飼ってた犬なの」

「え？」

元彼って？

「嘘を書いてツアーに参加しちゃって……。ごめんなさい」

ヒロミンさんの頬には、まだえくぼが浮かんでいた。でも、細めた目元には淋しさが張り付いたままだ。

「ええと、それって、つまり……」

「ランは、死んでないんです」

「……………」

「わたし、彼にフラれて、それでランとも会えなくなったんです」

想定外の告白に、俺はまたポカンとしてしまった。

ヒロミンさんは、一眼レフを撫でながらぽつぽつとしゃべり続ける。

「このツアーに申し込むときは、まだ彼と別れたことを認めたくなくて。なんか、正直に書けなかったんですよね。で、つい、犬のランと別れたって書いちゃって」

「そう……だったんですか」

「ごめんなさい。嘘を書いて」

「あ、いえ。大丈夫です」

「申し込みのときね、わたし、ちょっと迷ったんです。申し込み欄に、正直に、彼にフラれましたって書いたら、それが本当に取り返しのつかない現実になっちゃう気がして……。っていうか、そのときはもう、現実にフラれてたんですけど」

「なんか、分かります」

気づいたら、俺の唇はそう言っていた。

「え?」

「本当に大事なものを失ったときって、しばらくは現実が信じられないっていうか、信じないままでいたいって思いますもんね。大切な人と別れました、はいそうですか、って受け入れられるほど、人間って強くないですし」

俺は、自分でも不自然なくらい、すらすらとしゃべっていた。なんだか、俺のなかにいるもう一人の自分がしゃべっているみたいな気がする。

「龍さん……」

「はい」

「やさしいですね」

真顔で言われて、俺は少したじろいでしまった。

「いや、別に」

「さすが、同級生」

「あはは。それ、あんまり関係ないと思います」

「そっか。うふふ」

ヒロミンさんの笑みが、少し明るくなった気がした。淋しさの成分が、半分くらい霧散したみたいだ。

それからヒロミンさんは、徐々に明るくなっていく風景を眺めながら、ぽつりぽつりと自分の身の上話をしはじめた。

いわく、犬好きの元彼は、生まれながらの孤児で、養護施設で育てられ、いろいろと苦労をした人らしい。しかし、苦労をした結果、犬は好きだが、人間はあまり好きではなく、とりわけ子供が嫌いな大人になったのだという。

「あの人ね、結婚願望がゼロだったんです」ヒロミンさんは、小さなため息をついて、続けた。「自分には、家族はいらないんですって。奥さんも、子供も、不必要で……。なんでかと言うと、家族との生き方を知らないからだって。でもね、犬だけは必要だって言うんですよ」

「犬だけは？」

俺は、ヒロミンさんが話しやすいように、ときどき合いの手を入れていた。

「犬は、寂しさを埋めるために必要なんだって」

「人間じゃ駄目なんですかね？」

「うん、駄目みたい……。犬は飼い主に逆らったりしないし、文句も言わないし、裏切ることもないからって」

「まあ、犬って、そういうものかも知れませんけど……」

「あとね、子供と違って学校にやる必要もないから、お金もたいしてかからないのがいいんだって、そんな現実的なことも言ってたなぁ」

ヒロミンさんは、まるで自分に語りかけるような口調で言う。

「そうでしたか」

俺がゆっくり頷いたら、カメラを撫でていたヒロミンさんの指の動きが止まった。

「わたしのうちはね、家族が仲良しなんです。だから、いつかはうちみたいなあったかい家庭を築きたいなぁ——って思いながら、彼からのプロポーズも、ずっと待ってたの。でも、ちっともそういう気配がないから、こっちから思い切って——、もう、本当に清水《きよみず》の舞台から飛び降りる気持ちで切り出してみたら」そこでヒロミンさんは、また「ふふ」と笑った。今度は、明らかに自嘲の色を含んだ笑みだった。「俺は家族なんていらないって。結婚も、子供も、まったく考えたくないって。もう、バッサリ」

自分は幸せな家庭に生まれ育ち、しかし、恋人はその真逆。

なんだか、俺と小雪の関係と似ている。

「えっと、それで……」

「それで、悲しくなったわたしが泣いて、わあわあ文句を言っちゃって、あっさりフラれて……」ヒロミンさんは、太ももの上の一眼レフをそっと持ち上げて見せた。「で、バリバリ仕事一筋のオンナに戻る前に、一回くらい失恋気分にどっぷり浸ってみようかなって思って——、いま、ここにいます」

ヒロミンさんは、顔の横に一眼レフを寄せて、きゅっとえくぼを深くしてみせた。コロコロといろんな種類の笑顔を作る人だけど、この明るい笑顔こそがいちばん似合っていると思う。

「なるほど。そうでしたか」

俺は、無意識に嘆息した。

「あはは、なんで龍さんがため息をつくの？」

「えっと……」あなたと似た境遇だからです、なんて言えるはずもない。「なんでだろう。自分でも、分からないです」

ややしどろもどろな俺に、ヒロミンさんはカメラを向けた。そして、ファインダーを覗き込みながら言った。

「ねえ、龍さん」

「はい」

「わたし、十年後もこのままだったらどうしようかな……」

「え？」

「って、思うと、なんか不安だけど」

十年後もこのままだったら――。

その台詞が、一瞬、俺の脳内で引っかかり、すぐに思い出した。小雪にフラれた夜、まったく同じ台詞を聞かされていたではないか。

「わたし、とりあえず、カメラを恋人にしちゃいます。カメラは裏切らないから」

シャコ。正面から写真を撮られた。

俺は、小雪の顔を思い浮かべながら、ため息をこらえていた。するとヒロミンさんが、思いがけない言葉を口にしたのだ。

「ねえ、龍さんも、失恋中なんでしょ?」

「えっ?」

「小泉先生が、ほら、今朝の自己紹介で言ってたから」

そうだった。今朝、小雪がバスのなかでバラしたのだ。

「あは、ははは……。まあ、失恋といえば、そうですけど。でも、そんな、たいしたことじゃ——」

シャコ。シャコ。

ヒロミンさんは、二度、シャッターボタンを押した。そして、背面液晶で写真を確認する。

「なるほど。それで、こんなに浮かない顔をしてるんですね」

「浮かない顔なら、そんなに撮らないで下さい」

苦笑しながら俺は本音を口にした。

「あは。ごめんなさい。でも、なんかフォトジェニックないい表情なの。後ろの空の雰囲気とすごくマッチしてる感じ」

俺は、ゆっくりと後ろを振り返り、自分の浮かない顔とマッチするという空を見てみた。

灰色の低い雲。

その切れ間から覗く、いくつかの澄んだ水色の光。

さっきよりも明らかに青空の面積が増えている。

「龍さんって――」五月の湿った風に髪をなびかせながら、ヒロミンさんはちょっと真面目な顔をした。「思ってること、あんまり口に出せないタイプでしょ？」

ふいの質問に、俺は一瞬、答えあぐねた。

「えっと……。どうかな。言える人には、言えますかね。って、そんなのは当たり前か。あ、でも……」

「でも？」

「あえて口に出さないでいることは、わりとあるタイプかも知れません」

「やっぱり、そう？」

俺は小さく頷いた。そして、続けた。

「思っていることをぜんぶ口にしたら、相手も、自分も、きっと傷つきますよね」

「うん」

「だから、多少は言葉を選びます。これでも一応、大人なんで」

最後は少し冗談めかして言ったのに、ヒロミンさんは、真面目な顔のまま俺を見ていた。

「龍さんは、思いを溜め込まないで、もう少し口に出してもいいタイプっぽい気がするなあ」

「え、そうですか。どうしてです？」

「なんとなく、そういうタイプかなって」

「ああ、いや、そうじゃなくて。どうして、口に出した方がいいんですか？」

「ああ、そっちか」ここでようやくヒロミンさんの頬にえくぼが浮いた。「溜め込んだ思いって、いつか腐っちゃう気がするから、かな」

「思いが、腐る？」

「そう。言いたいことを飲み込んで、ずっと胸に思いを溜め込みすぎちゃうと、思いが淀んで、腐って、心も一緒に腐りはじめちゃう」

「…………」

「そんな気、しません？」

「なんか、うん、分かる気がします」

俺は素直に頷いた。

「あ、もちろん、わたしだって分かってますよ。言っていいことと悪いことがあることくらい。ただ、龍さんのこの表情っていうか、佇《たたず》まいって——」ヒロミンさんは、あらためてカメラの背面液晶を見下ろした。「溜め込んでる人のそれなんですよねぇ」

「そういうのって、写真を撮ってると、分かるものなんですか？」

「なんとなく、だけど、分かるかな。こう見えても、わたし、悲しいかな、ベテランの域に入ってるし」

ふふ、とヒロミンさんが小さく笑う。

「笑えますよね？」

「え？」

「失恋バスツアーの添乗員が、本当に失恋中だなんて」

言いながら、苦笑している自分がちょっと情けなくなってくる。

「うん。たしかに笑えるかも」

頷いたヒロミンさんが、わざと悪戯っぽく笑ってくれた。きっと、やさしい人なのだ。

「あ、やっぱり？」

「なんだか、売れない小説とかにありそうな設定じゃない？」

「え、売れないパターン……ですかね？」

「うん。なんか、ありがちっていうか」ヒロミンさんのえくぼが、いっそう深くなる。「でもね、ご近所で育った失恋仲間の同級生としては、心から同情します」

「ありがたき幸せでございます」

俺も冗談めかして答えて、大袈裟に頭を下げてみせた。

ヒロミンさんが、くすっと笑う。

俺も釣られて、同じように笑った。

この瞬間、ふと愉快な気分になりかけたけれど、でも、こういう掛け合いをいつもなら小雪と楽しんできたんだよなぁ——と思うと、胸の奥がズンと重くなってしまうのだった。

「とりあえず、龍さんもわたしも仕事っていう逃げ場があってよかったですね。忙殺されていれば、悲しい気持ちも忘れていられるじゃない？」

「……ですね」

たしかに、俺にはまだ仕事がある。この「失恋バスツアー」があるのだ。だから、ヒロミンさんのように、最後は「仕事に生きる人生」を送ればいいのかも知れない。そう思うと、ほんの少しだけど、背筋が伸びる気がした。

眉をハの字にした二人が、淋しく笑い合った。

俺はなんとなく照れ臭くなって、後ろを振り返り、空を見上げた。

「このあと、夕陽、見られるといいですね」

でも、ヒロミンさんは、俺の台詞を無視して、自分勝手な言葉を口にした。

「うふふ。元気だせよ、同級生」

ぽん、と背中を叩かれた。

「え？　あ、はい……」

ふたたびヒロミンさんに向き直った俺は、苦笑してしまう。

なんだかなぁ……。ツアーの添乗員が、お客さんに慰められるという図は、そろそろ終わりにしないとな。

そう思って、俺はベンチからゆっくり立ち上がった。

そして、るいるいさんみたいに元気よく両手を天に向かって突き上げた。

全力の、伸び――。

「んあ～」

シャコ。シャコ。シャコ。

ベンチに座ったままのヒロミンさんが、また俺を撮った。そして、液晶を確認しながらにっこり笑った。

「ねえ、今度は、未来に希望がありそうな絵が撮れた。ほら」

俺は、どれどれ、と少しかがんで液晶を覗かせてもらった。

なるほど、伸びを下からあおるように撮ったせいで、「俺はやるぞー」という吹き出しを付けたくなるような絵になっていた。

「あはは。本当ですね。同級生、ありがとうございます」

俺が言うと、ヒロミンさんは、今日いちばん深いえくぼを浮かべて、Vサインを返してくれた。


首尾よく双葉城址で落陽《らくよう》を拝むことができた俺たちツアー一行は、そこから一時間ほどの山あいの町にある古ぼけた旅館を訪れた。

昭和を彷彿《ほうふつ》させる玄関の木枠の引き戸をガラガラと開け、俺が代表でチェックインを済ませる。

お客さんたちには、それぞれあてがわれた和室に荷物を置き、小さな食堂に集まってもらった。この旅館を経営する老齢のご主人に、江戸時代から当地に伝わるという悲恋の物語を語って頂くのだ。

食堂に集まったお客さんたちは、思い思いの席に着いた。

そして、田舎訛《なま》りのあるご主人の語り口調に耳を傾けたのだった。

物語の概要は、ざっとこんな感じである。


昔々、このあたりに妙齢の美しい男女がいた。二人は互いに愛し合ったのだが、しかし、身分が違いすぎた。周囲の者たちは、決して結ばれない不毛な恋をする二人を諭し、なんとか別れさせようとしたのだが、二人の愛は深く、離れ離れになるくらいなら、いっそ自害をして、永遠の愛を貫こうと決意するのだった。

ある風の強い夜、村人たちが寝静まった頃に、二人は月明かりを頼りにこっそり山を登り、そこにそびえる崖の上に立った。恐るおそる下を覗くと、足元には真っ黒な奈落が口を開けていた。二人はその崖から手をつないで身投げをするつもりだったのだ。

ところが、いざ覚悟を決めて飛ぼうとした刹那《せつな》、男が怖《お》じ気《け》づいてしまい、女の手をうっかり離してしまう。そして、女だけが崖から落ち、そのまま逝ってしまうのだ。

崖の上にひとり残された男は、恐怖と罪悪感のあまり、転がるように夜の山を下りていった。

女の遺体が見つかったのは、それから数日後のことだった。叶わぬ恋に苦しむあまり、ひとり身を投げた哀れな女、ということで、世間は納得した。男の方も「恋人に死なれた可哀想な男」と言われ、村人たちから慰められる日々を送ることとなったのだった。

男は秘密を胸に抱えたまま、何食わぬ顔で暮らし続けた。

しかし、男は、日々、目に見える勢いでやつれていった。というのも、夜になると、死んだはずの女のすすり泣きが、あるときは天井裏から、あるときは床下から漏れ聞こえてきて、恐怖のあまり眠れなくなってしまったのである。

そして、女が死んでからおよそひと月後の深夜――。

男はついに発狂し、女のすすり泣きに導かれるように自宅を飛び出すと、庭の古井戸に真っ逆さまに落ちて死んでしまうのだった。

その事件から永い時を経たいまもなお、女が身投げした崖に強い西風が当たると、奈落の底から世にも悲しいすすり泣きが聞こえてくるのである――。

とまあ、こんな感じのちょっとホラーじみた「裏切りの物語」を、ご主人が話してくれるのだ。

語りの締めに、ご主人はいつもこう言う。

「昔っから男女の恋心なんてのはよ、はじまりは美しくて、終わりは醜悪なもんだよねぇ。

最後は醜悪だってことを知ってても、うっかり惹かれ合っちまうんだから、人間ってのはつくづく浅はかな生き物だよねぇ……」

俺はすでに何度もこの話を聴いているのだが、最近、ご主人の声のかすれ具合や、語り口調が、じつにいい感じに寂れつつも洗練されたせいで、つい聞き入ってしまうのだった。しかも、この話、後味がすこぶる悪いのもいい。まさに、このツアーにぴったりな余興へと成長した感がある。

その証拠に、イノシシの襲撃以降、和気藹々《わきあいあい》としていたお客さんたちも、この物語を聴いたあとは、皆一様にテンションが下がったようで無口になっていた。入道さんが粗茶を啜《すす》る小さな音が、食堂のなかで場違いなくらいに響いたほどだ。

ツアー一行は、その低いテンションを引きずったまま、夕食を摂ることとなった。

膳の上に並んだのは、貧乏寺の精進料理の失敗作、とでも言いたくなるような、質素で華のない、とても侘しい料理だった。それを、皆でぼそぼそと食べる。たまに思い出したように、るいさんが「これ、味がうすーい」などと素っ頓狂な声を上げるけれど、それを除けば概《おおむ》ねこのツアーらしい寒々とした夕食となった。

食後は、基本的に自由時間だ。

それぞれ勝手に風呂に入ったり、本を読んだり、ぼうっとしたり、各部屋で静かに落ち込んで過ごしたりする。

部屋に備え付けのテレビは、あえて取っ払ってもらっていた。うっかり愉快なバラエティ番組などを観てしまうと、せっかく落ち込んだ気分が台無しになってしまうからだ。もちろん、落ち込む必要のない俺と小雪とまどかさんの部屋のテレビはそのままにしてもらっているが。

侘しい夕食で腹六分目ほどになった俺は、二階に用意してもらった部屋に入り、スマートフォンを手にした。今日のツアーの最中に撮影した写真を、コメント付きでSNSにアップするのだ。小雪が俺のことを「いつも家族に写真メールを送ってばかりいる」と言っているのは、つまりはこのことなのだが、俺はいまのところこのSNSの存在については、小雪はもちろん、家族にさえも内緒にしていた。教えればきっと、あれこれ余計なことまで突っ込まれて、あまりいいことはないだろうから。投稿はすべて非公開で、自分以外の人からは見られない設定にしてある。

秘密のSNSへの投稿を終えた俺は、畳の上にごろりと寝転がった。仰向けになると、古くさい板張りの天井が目に入る。以前、雨漏りでもしたのだろうか、蛍光灯の近くには地図のような黒っぽい染みが広がっていた。

俺は寝転がったままスマートフォンの画面に小雪の名前を表示させた。そして、短いメールの文章を書きはじめた。

『今日はお疲れさま。よかったら、俺の部屋で軽くビールでもどう?』

入力し終えた俺は、いったん「ふう」と息を吐いて――、小さな祈りを込めつつ送信ボタンを押した。

過去のこのツアーでも、夕食後は「打ち合わせ」という名目で、よく二人でこっそりビールを飲んでいたのだ。

小雪からのレスは、すぐに来た。

『ごめんなさい。あんまりお酒を飲む気にはなれません』

敬語を使った素っ気ない返事だった。絵文字すら使われていない。

「マジかよ……」

ぼそっとつぶやいた俺は、しつこい奴だと思われるのを覚悟で、さらにレスを返した。

『いいじゃん。ちょっとだけでも飲もうよ。俺のゴチで』

しかし、返事は予想どおりだった。

『ちょっとでも飲みたくないので。ごめんなさい』

舌打ちをこらえた俺は、寝転んだままスマートフォンを古びた卓袱台《ちゃぶだい》の上に置いた。乱暴に置いたつもりはなかったけれど、ゴト、と大きな音がした。

天井の黒い染みをぼんやりと眺めて、ため息を吐く。

そういえば、喧嘩をしたあの夜も、小雪はビールを飲まなかったし、餃子にも手をつけなかった。やっぱりまだ体調が戻っていないのだろうか。いや、でも、今日の夕食はある程度は食べていた気がする。ということは、ビールを飲む気がしないのではなくて、「俺と」ビールを飲む気がしないのだろう。

ふと、ついさっき宿のご主人から聴かされた悲恋の物語を思い出した。肝心なところで怖じ気づいてしまう男の格好悪さが、昼間、イノシシに怖じ気づいた自分の姿と重なり合ってしまう。

「はあ……ったく、もう」

外の空気を吸いたくなった俺は、勢いをつけて起き上がると、滑りの悪いガラス窓を力ずくで開けて、網戸にした。

すぐに、田舎の山あいならではの濃密な闇のなかから、少し強い風が吹き込んできた。

と、そのとき、
凜。

澄んだ音色が、部屋のなかに響き渡った。

俺は無意識に音の方を振り向いていた。

カーテンレールの隅っこに、古びた風鈴がかけられていた。よく見ると、その風鈴は、ちょっと風変わりな形をしていた。縁に五つの山が作られていて、まるで桔梗の花を逆さに吊るしたように見えるのだ。

凜。

淀んでいたこの部屋の空気も、悶々とする俺の胸の内側も、心地よく浄化してくれそうな——、それはなんとも言えず清らかな音色だった。

風鈴は、夜風が強く吹き込んだときよりも、むしろ少し弱いくらいのときの方がよく鳴るようだった。俺は、全開にしていた窓をあえて半開にして、吹き込んでくる風の量を調節した。

そして、窓辺で深呼吸をした。

森の匂いのする夜風と沁みるような音色を胸のなかへと吸い込み――、その息を吐きながら、つぶやいた。

「ま、いっか……。ひとりで飲むか」

凜。

と、風鈴が応えてくれる。

旅行鞄のなかから財布をつかみ出した。階下にある自動販売機で、缶ビールを買うのだ。

むき出しの財布を手に、スリッパをつっかけて部屋を出た。

古びて飴色に光る廊下を静かに歩いていく。しかし、一歩踏みしめるごとに、きし、きし……、と床板がきしんで、かすかな音がする。

そして、階段の前まで来たとき――。

ハッとして俺は足を止めた。

階下から人の声がしたのだ。今日のこの宿は「失恋バスツアー」の貸し切りのはずだった。

ということは、おそらくツアー客の誰かの声だろう。

俺は、耳を澄ました。

噂話でもしているのだろうか、話し声は、意図的に抑えられたひそひそ声だった。

と、ふいに、少し感情をたかぶらせたような声が聞こえてきた。

「おい、あんた、それ、本当かよ？」

ジャックさんの声だ。

「あのなぁ、こんな嘘を言っても仕方ねえだろうが。俺には何のメリットもねえんだからよ」

抑えていてもよく通る太い声。これは入道さんだ。

「嘘じゃねえっていう証拠はあんのか？」

「んなもん、ねえさ。目に見えねえモンを、あんたが信じるかどうかだ」

「俺は、信じたくないね」

「そうかい。だったら仕方がねえな」

なにやら二人は、言い合いをしているようだ。

「あのぉ……」ジャックさんと入道さんのあいだに割って入ったのは、とてもか細い声だった。「わたし、本当、だと思います……」モモちゃんだ。

ひと呼吸あって、「理由は？」と、ジャックさんが訊く。

「ええと……わたし、今日の昼間、本人から聞いたんです」

「本人から？」と、入道さんが訊き返す。

「はい」

「モモちゃん、すごーい。じゃあ、入道さんの言うこと、ホントだね！」

隣近所まで届きそうなるいるいさんの声に、誰かが「しーっ」とやった。

いったい彼らは何の話をしているのだろう？

とにかく俺は、そっと階段を下りていくことにした。

数段下りると、木枠に一枚ガラスがはめ込まれた玄関の引き戸が見えてくる。さらに下りると、「ロビー」と呼ぶにはいささか大げさな玄関前のスペースが見下ろせた。そして、そこに、なぜかツアーのお客さんたちが雁首をそろえていた。俺が驚いたのは、集団のなかに運転手のまどかさんの顔があったことだった。あのぶっきら棒なまどかさんが、ツアーのお客さんと親しく交流するなどということは、これまで一度もなかったのだ。

とにかく、怪しまれないよう、こちらから先に声をかけなければ。

そう思ったとき、桜子さんが俺に気づいて声を上げた。

「あっ」

その声に釣られて、全員がこちらを振り向いた。

階段の途中で盗み聞きでもしていたと思われたのだろうか、誰も、何も言わず、ただ俺をポカンと見ている。

えっ、ちょっと、何だよ、この空気――。

まだ階段を下り切っていない俺は、ただならぬ雰囲気に気圧されて、思わず足を止めていた。しかし、いつまでもこの沈黙に耐えられるわけもなく、とにかく口を開いた。

「えっと、あの……、皆さんおそろいで、何を……」

しかし、お客さんたちは、どこか気まずそうに互いの顔を見合うばかりで、誰も答えてはくれない。

えっ、なに？　もしかして、俺の悪口を言ってたとか？

うっかり被害妄想にやられそうになったとき、

「おおっと、こりゃまずかったな。添乗員さんには見つからねぇようにするのがルールだったのになぁ」

入道さんがツルピカの頭を掻きながら悪戯っぽく笑って見せた。しかし、その仕草が、やたらと芝居じみていた。この人は、いわゆる嘘をつけないタイプなのだろう。

「ぼくに、見つからないように、ですか？」

「そうだよ。あんた、今朝、自分で言ってただろう。参加者同士の個人情報のやりとりは、あんたに見つからずにやればＯＫだって」

入道さんは、こちらを指差して言う。

「はあ、まあ、たしかに……」

たしかに、そうは言った。けれど、先ほど小耳にはさんだ会話は、個人情報のやりとりとは明らかに無関係な内容だったではないか。

つまり、入道さんは嘘をついている。

そして、他のお客さんたちも、俺に何かしらの隠しごとがあって、はぐらかそうとしているのだ。

しかし、いまは夕食後の自由時間だから、彼らの言動をいちいち問い詰めたり咎めたりするのも、なんだか違う気もする。

さて、どうしたものだろう……。

考えていると、桜子さんの横に立っていたヒロミンさんが、視線に同級生の親近感を漂わせながら口を開いた。

「っていうか、龍さんは、何しに来たの？」

「え、ぼくですか？」

ヒロミンさんは、小さく頷いた。

「ぼくは、ちょっと喉が渇いたので、自販機でお茶でも買おうかな、と思いまして」

「ほう。それはいいだろう。あとで私も飲むことだ」陳さんが、サングラスの奥の小さな目を細めた。そして、「あんた、早く買いにいく。そして、部屋に戻る。冷たいお茶飲む。それがいいだろう」と、自販機のある廊下の奥を指差した。

ようするに、邪魔だから、早く買って、さっさと部屋に戻れ、ということらしい。

すると、陳さんに続いて、まどかさんまでが、眉間に皺を寄せながら追従《ついじゅう》するのだった。

「ほら、分かったら、さっさと買って、部屋に戻んだよ」

元ヤンの迫力に、俺の足は弾かれたように動き出した。

「あ、はい。す、すみません……」

そして俺は、言われたとおりさっさとお茶を買い、彼らの妙な視線に背中をぐいぐい押されながら階段を登りかけたところで——、いったん足を止めて振り向いた。

「あの……、おやすみなさい」

全員に向かって言った。

「おやすみなさい」

「龍さん、おやすみ」

「おやすみー、また明日ね！」

応えてくれたのは、主に女性陣だった。

「あ、えっと……ですね、何か問題などありましたら、遠慮なく私の部屋をノックして下さいね」

念のため、俺はそう言っておいた。

すると、入道さんがニッと愛嬌のある笑みを浮かべて「心配しなさんな。俺らは大丈夫だからよ」と、腹に響くような太い声を出した。今度の笑い方には、嘘が含まれていないようだ。

俺は、入道さんと言い合いをしていたジャックさんを見た。

ピアスだらけの怖い顔が、こちらに向かって小さく頷いた。

「じゃあ、ぼくは、お先に失礼します」

軽く会釈をして、ゆっくりと階段を登っていく。

「バイバーイ！」

るいるいさんの声が、二階の天井まで届いてキンキンと反響した。

どうか面倒なことが起きませんように……。

階段を登りながら胸裏で祈って、小さく嘆息した俺は、そのまま廊下を歩いて自分の部屋のドアノブに手をかけた。ドアノブは壊れかけていて、ガタガタと大袈裟に揺れた。いまにも取れてしまいそうだ。

なんだろう、この胸騒ぎは……。

俺はドアノブを手にしたまま、階段の方を一瞥《いちべつ》した。

一瞬、耳を澄ます。

しかし、誰の声も聞こえてはこなかった。彼らはきっと、俺が部屋に入るのを待っているのだ。

やれやれ……。

ドアを開けて、内側へと身体を入れた。そして、閉めるときに、バタン、と音を立ててやった。俺は部屋に入りましたよ、と彼らに教えてやるつもりで。

スリッパを脱いで、畳に上がる。

凜。

あの風鈴が出迎えてくれた。

透明感のある音色に、俺はなんとなくホッとする。

とりあえず卓袱台の前であぐらをかいて、買ってきたペットボトルのお茶を手にした。

「お客さんは禁酒だもんな。さすがに目の前でビールは買えないよなぁ……」

つぶやいて、ひとくち飲んだ。

よく冷えたお茶が、つるりと喉を伝い落ちる。

ふう。美味い。

けどさ――。

網戸の向こうの深い暗闇から、さらり、さらり、と庭木の葉擦れの音が聞こえてくる。

また、ペットボトルに口をつけた。

今度は、ごくごくと喉を鳴らして飲む。

喉が渇いていたから、あっと言う間に飲み干してしまった。

空になったボトルを卓袱台の上に置いたら、ポン、とやけに虚しい音がした。

ようするに、俺の心が虚しいから、こんな音まで虚しく響くのだ。

少しばかり自虐的な気分になって、かたわらの旅行鞄を引き寄せた。そして、なかをまさぐり、小さな四角い箱をつかみ出した。

純白のベルベットに包まれたその箱には、刺繍の入った細い布で華やかな装飾がなされていた。

俺は、その箱を二枚貝のようにパカッと開けた。

開けた状態で、卓袱台の上にそっと置く。

箱のなかは白いサテン生地が張られていて、パールのように淡く光っていた。その淡い光のまんなかには、小さなダイヤモンドを抱き込んだプラチナのリングがちょこんと鎮座している。

安月給をこつこつ貯めて、なんとか手にした宝石は、正直ちょっと悲しいくらいに小さいけれど、それでも蛍光灯の青白い光を浴びてチカチカときらめいていた。

三日後の夜、か――。

ぼんやりとリングを眺めながら、俺は胸裏でつぶやいた。

二日目の朝は晴天で、小鳥のさえずりで目覚めた。

俺は布団の上に起き上がり、さっと窓を開け放った。一気になだれ込んでくる透明な朝の空気が清々しくて、ゆったりと深呼吸をした。

朝食は、それぞれ決まった時間内に食堂で摂り、出発の準備にとりかかってもらう。

昨夜のお客さんたちの怪しい会合については、思ったとおり誰もしゃべろうとはしなかった。皆が皆、なにもなかったかのように、しれっと振る舞っているのだ。俺に話しかけてくる人は、ほとんどいない。代わりに、小雪に話しかける人は多かった。つまり、俺に関する噂話をしていた――という可能性が非常に高いわけだが、あえてこちらから問いただすようなことはしない。もちろん気にはなるが、添乗員の立場としては、とにかくこのツアーが無事に終わってくれさえすればいいのだ。

午前九時。

全員がバスに乗ったのを確認して、まどかさんに出発してもらった。

ブロビロロォ〜ン。

おんぼろバスは、今日も頼りないエンジン音を立てて走り出す。

バスは県道に出てすぐに左折した。そこからは九十九折《つづらおり》の細い山道だ。目指すは、昨日の夜、宿のご主人に語ってもらった悲恋の物語の舞台となった、あの崖、である。

物語のなかでは、男女が徒歩で山を登っていった先にあるという設定だが、現在のその場所は、小さな駐車場の付いた「崖の上の見晴らし台」として整備されている。断崖の手前には落下防止用の鉄柵も設置され、その柵の右端には、悲恋の物語の要約が書かれた看板も立っている。

宿を出発してから、およそ十五分——。

俺たちを乗せたバスが、崖の上の駐車場に到着した。まだ他のお客の車は一台も見当たらない。ここは、地理的にマニアックなうえに、見晴らしもさほどいいわけではない。つまり、どこにでもありそうな「田舎の不人気な観光スポット」なのである。

バスを停止させたまどかさんが、エンジンを切った。

いつもどおり、俺は前方のドアから降りて、お客さんたち一人一人に「お疲れ様です。崖は、あちらになります」と声をかけていく。

すべてのお客さんが降りたあと、小雪がドアのステップの上に現れた。すると、そこで想定外なことが起きた。俺の後ろにいたジャックさんがドアの前へとしゃしゃり出てきて、「ほら、つかまんなよ」と言いながら、小雪に向かって右手を差し出したのである。

「え？」

小雪は、さすがに不思議そうな顔をしたけれど、まるで純情少年みたいにはにかんだジャックさんは、耳を赤くしながら、また「ほら、早く」と言って小雪を促した。

「あ、ど、どうも……」

小雪はその手を借りて、ゆっくり地面へと降り立った。

ジャックさんのすぐ後ろに立っていた俺は、その様子をただぽかんと眺めるばかりだった。

いったい、なんなのだ、このエスコートは。

考えている間にも、小雪はすたすたと俺の前を通り、崖の方へと歩いていく。そして、その隣を、細いジーンズのポケットに両手を突っ込んだジャックさんがガニ股で歩いていた。

ちょっと待て。落ち着け、俺――。

ふう、と軽く息を吐いた俺は、胸の奥でチラチラと燃えはじめた小さな嫉妬の炎を理性で押さえ込みにかかった。

「あたし、ここでいっぷくしてっからさ」

ふいに、後ろから声をかけられた。まどかさんだ。

「あ、はい」振り向いて返事をしたあと、俺の唇が勝手に動き出した。「あの、まどかさん」

「んあ?」

さっそくタバコをくわえたまどかさんが、俺を下から睨むように見上げた。眉間に皺が寄っていて、妙な迫力がある。いわゆるヤンキーにメンチを切られたような気分にさせられる。

「あ、えっと、ですね――」昨晩、皆さんが集まって、いったい何を? と訊きそうになるのを、俺はぐっとこらえた。「この後、バスを出発させたら、いつもの失恋ソングを流してくださいね」

「ああ」

なんだ、そんなことかよ、という顔をして、まどかさんはタバコに火をつけた。

「じゃ、すみません、よろしくお願いします。ぼくはちょこっと崖まで行ってきますんで」

まどかさんは、もう返事をしなかった。ぷかあ、と美味そうに紫煙を吐き出すだけだ。

俺は、お客さんたちの集団を追いかけるように歩き出した。

三〇メートルほど先に小雪とジャックさんの背中が見えた。そのさらに三〇メートルほど先はもう、地面がストンと消えてなくなっている。崖があるのだ。

俺は歩幅を少し広くした。

仕事だ、仕事。

自分に言い聞かせながらぐんぐん歩く。

とにかく、このツアーを問題なく終わらせればいいのだ。

思えば、これまでだって、小雪がお客に口説かれたことはある。それも、一度や二度じゃなかったはずだ。っていうか、今回はまだ口説かれたワケですらない……。

胸の裡《うち》でぶつぶつ言っているうちに崖に着いた。

お客さんたちはすでに胸の高さの鉄柵に張り付いて、崖の下を覗き込むようにしていた。

ひんやりとした朝の風が正面から吹き付けてくる。

その風が崖にぶつかり、
ひょろろぉ、ひょろろぉ〜。

と、うら淋しいような風音を立てていた。

「ねえ龍さん、これが、例の女のすすり泣き？」

写真を撮っていたヒロミンさんが、こちらを振り向いて言った。

「そうです。今日は、いつもより、よく聞こえますね」

「マジ？　こわーい！」

るいるいさんが、ちっとも怖くなさそうなキンキン声を出したら、その声が遥か彼方の山まで届いて、こだまになって返ってきた。それが楽しかったのか、るいるいさんは「やっほー」とやった。せっかくのうら淋しい雰囲気が台無しになったな、と思ったところで、太い声が頭上から降ってくる。

「ほう。なるほどな。ここは、たしかに、あんまり良くねえ念を感じるぜ。どうやら、自殺したのは、物語の女ひとりじゃねえようだ」

怖いことを言い出すのは、もちろん入道さんだ。

「おい、ふ、ふざけんなよ。そ、そんなの、どうせ嘘っぱちだろ」

分かりやすいくらいにビビっているのは、例によってジャックさん。

「おい、添乗員、この場所、名前はあるか？　ないか？　お前、知ってたら私に教えるだろう」

ちょっと失礼な言葉を使うのは陳さんだ。陳さんは今日も朝から俺の行動をちらちらと窺っている気がして、正直、ちょっと鬱陶しい。しかし、それを顔に出さないのがプロなのだ。

「ここは『おりん隠しの崖』と呼ばれています。崖の下の方の岩盤には、いくつかの亀裂がありまして、そこに強い風が吹き込むとこういう悲しげな音が鳴るそうです」

俺は、営業スマイルを浮かべて答えた。

ちなみに、おりん、というのは、飛び降りた女の名前である。

「そうか。添乗員、あんた、けっこう勉強しているだろう」

「どうもありがとうございます」

陳さんに上から目線で褒められた俺は、やれやれ、と苦笑をこらえながらも、とりあえずぺこりと頭を下げておく。正直、これくらいのことは添乗員としては常識なのだが。

ひょろろぉ、ひょろろぉ〜。

崖の下から聞こえてくる風音は、ひたすら止むことがなかった。入道さんじゃないが、ずっと聞いていると、なんだか薄気味悪い気がしてくるような音なのだ。あの悲恋の物語がフィクションかノンフィクションかはさておき、ここは夜だったら絶対に来たくない場所であることには違いない。

ふと、鉄柵のいちばん奥の方を見ると、女性陣が集まっていた。

俺の目は、自動的に小雪の姿を探してしまう。

小雪は、桜子さんとモモちゃんと向き合っていた。愉《たの》しそうに目を細め、二人にレモン味のタブレットを差し出している。ジャックさんはというと、少し手前で陳さんとサブローさんと立ち話をしていた。


龍さんもわたしも仕事っていう逃げ場があってよかったですね――。


昨日、ヒロミンさんに言われた台詞が、耳の奥の方でリピートされる。

なんだかなぁ……。

少し肩の力を抜いて、俺は腕時計に視線を落とした。

出発の時間まで、あと七分もある。

ひょろろぉ、ひょろろぉ～。

ふと風音に誘われた気がして、崖の鉄柵に寄りかかってみた。遥か奈落の底を覗き込んでみる。崖の真下にある亀裂までは、さすがに見えないが、それでも高所恐怖症ぎみの俺の頭は少しくらくらした。

悲恋の物語、か。

俺だったら、小雪だけを死なせるなんてこと、絶対にしないのに――。

イノシシを見ただけで膝を笑わせていた小心者が胸裏でつぶやくと、ひょろろぉ、ひょろろぉ～。

風音がいちだんと強くなった。

おりんさんのすすり泣きが、いつしか俺に対する嘲笑に変わっていた。

お昼を少し過ぎた頃――。

ツアー一行は山から下り、湿った海風に吹かれていた。

広々とした渚。見上げた空は、まぶしいほどの快晴だった。サングラスをかければ宇宙まで透けて見えそうな気がする。しかし、強風のせいで荒れた海は、灰色がかったエメラルド色をしていた。波が海底をかき回し、砂を巻き上げて濁ったのだ。

南北に弓なりに延びるこのビーチには、見渡す限り人っ子ひとりいなかった。しかも、砂が砂鉄のように黒いから、楽園っぽさをまるで感じさせない。それどころか、むしろ鬱々とした風景にすら見えてくる。つまり、ここは「失恋バスツアー」におあつらえ向きの砂浜なのだ。

ゴオウ、ゴオウ、ゴオウ……。

遠くから地鳴りのように押し寄せてくる波音。

ビーチの背後は黒々と連なる松の防風林だ。

見晴らす海原には、無数の白い波頭が現れてはすぐに消える。この白い波頭を釣り人や漁師たちは「うさぎが跳ねる」と言うらしい。

うそ淋しいこのビーチの真ん中あたりには、ふるぼけた一軒の海の家がある。本来なら、夏にだけオープンするこの施設を借りて、いま俺たちツアー一行は静かにランチを摂っていた。ランチの内容は、今朝、宿で作ってもらった質素な弁当だった。

海の家だけあって、とりわけ入り口近くのテーブルには初夏の陽光と海風が当たり、開放的な雰囲気があった。そのテーブルに着いているのは、小雪と、桜子さんと、モモちゃんだ。この三人は、朝からやたらとくっついている。

ジャックさんは少し離れたテーブルに着き、一人で黙々と弁当を食べていた。この若者は粗野な見た目とは裏腹に、背筋がピンと伸びていて、妙に行儀よく食事をする。じつは案外、育ちがいいのかも知れない。

俺は、いちばん奥の隅っこに一人で座り、弁当に箸を付けながら、お客さんたちの様子に目を配っていた。

しばらくすると、男性陣が食事を終え、やがて小雪も弁当のふたを閉じた。ちらりと見た感じでは、半分ほど残しているようだった。まだ食欲が戻らないのだろうか。あとでバスに乗ったら訊いてみようと思う。

食事を終えたヒロミンさんが、一眼レフを手にして立ち上がった。スニーカーとソックスを脱いで裸足になると、自信に満ちた大股で、黒っぽい渚へと繰り出していく。そして、それを皮切りに、一人、また一人と、お客さんたちが海岸をぶらつきはじめた。

波打ち際でしゃがんで貝殻を拾う人。ただひたすら遠くまで歩いていく人。打ち上げられた流木に腰掛けて、濁った海をぼうっと眺める人。それぞれが、それぞれのやり方で、この渚の寂寥《せきりょう》感を味わっていた。

海の家に残ったのは、俺とまどかさんと教授の三人だけだった。そもそも太陽が好きではないまどかさんは、俺と反対側の奥の隅っこの席でタバコをくゆらしていた。教授はその隣のテーブルで、なにやら分厚い本を開いている。

少しばかり居心地の悪さを覚えた俺は、そっと席を立った。たまには自分も黒い渚を歩いてみようと思ったのだ。

と、そのとき、シャツの胸ポケットでスマートフォンが振動しはじめた。電話だ。

誰だろう？　俺はスマートフォンを手にし、液晶画面に視線を落とした。「有吉優吾《ありよしゆうご》」と表示されている。可愛がっている会社の後輩だ。しかし、その名前を目にした刹那、俺の胸のなかに、ころん、と不吉な黒い石ころが転がった気がした。というのも、いま俺が添乗中であることを知りながら、有吉がわざわざ電話をしてくるなどということは、通常ではあり得ないからだ。

何か、あったな——。

俺は少し足早に海の家の外へ出て、歩きながら通話ボタンを押した。

「もしもし」

「あ、もしもし、お疲れ様です、有吉です」

「おう、お疲れさん」

「ええと、先輩、いま添乗中ですよね。っていうか、それは知ってるんですけど」

後輩の口調は、のっけから不自然だった。

やっぱり、何かあったに違いない。

胸中に転がった不吉な石ころが、一気に膨らんで重たくなる。

「そりゃ、知ってるよな」

「あはは。ですよね。っていうか、あの、先輩、いま、ちょっとだけ話して大丈夫ですか?」

「いいよ。ちょうど昼食が終わったところだし」

「はい……」

と返事をした有吉は、そのまま次の言葉を選び兼ねているのか、数秒のあいだ黙ってしまった。

「なんだよ、どうした?」

「あ、えっと、ですね。もう、アレなんで、直球で言っちゃいますと……、ええと、なんて言うかな……」

「なんだよ、ぜんぜん直球じゃないな」

俺はあえて冗談めかして言った。

「すみません。じゃあ、ホント、もう、直球で言います」

「…………」

「うちの会社、近いうちに倒産するみたいです」

「は？」

と口を開いた瞬間から、腹に響くような海鳴りも、激しい風の音も、この世界からふっと消えた気がした。

「おそらく、今月か、遅くとも来月いっぱいで清算することになりそうだって専務が——」

「えっ、ちょ、ちょっと待てよ」俺は言葉をかぶせて無理やり会話を止めると、スマートフォンを口元から離して、いったん深呼吸をした。それから、ふたたび会話をはじめた。「なんでまた、急にそんな……っていうか、それ、本当なんだろうな？」

「ぼくも最初は、嘘だろ？　って思ったんですけど、でも、どうやら本当みたいなんです」

「みたい？　ってことは、まだ決定じゃないってこと？」

「いや、決定だと思います」

「どういうことだよ。ちゃんと説明してくれ」

「ええと、ですね……、じつは、さっき専務から、社内にいた全社員に通達があったんです」

「通達？」

「はい。今日の夕方、社長から、会社を清算する件について具体的な話があるから、できる限り社員は全員、社内にいるようにって」

「………」

「その通達があったとき、数人の先輩たちが専務にいろいろと質問をして、それに専務がひとつひとつ答えたんです」

「………」

本当に、本当なのか――。

なんだか頭がぼうっとしていた。脳みそがくるりとゴムの膜で包まれてしまったような、妙な感覚だった。そんな鈍った頭のなかに、容赦なく有吉の言葉が注ぎ込まれる。

「仕事に差し支えるといけないので、いま現在、添乗中の社員には、まだこのことは知らせないようにって専務には言われたんですけど……。でも、俺、先輩にだけは伝えておこうかって思って、それで――」

「会社から一人で外に出てきた、と？」

「はい……」

張りのない有吉の声の背後には、街のざわめきが聞こえている。

「そっか。なるほどな」

嫌な予感、的中だ。しかも、予想をはるかに上回る内容で。

「はい……」

「わざわざ、ありがとな、有吉」

ぼうっとした頭で、とにかく連絡をくれた後輩に礼を言った。

「いえ……」

「社長は、いま、会社にいるんだっけ？」

「え？　いません、けど……」

「あ、そっか。そりゃ、そうだよな」俺は、なぜか馬鹿な質問をしていた。社長は夕方まで外にいるに決まっている。いま会社にいるなら専務にわざわざ通達なんてさせるはずもない。

「なんか……、なに言ってんだろうな、俺。えへへへ」

自分の笑い声があまりにも空っぽなことに気づいて、俺は、いま自分がとんでもなく動揺していることを悟った。そして、そんな自分に、あらためて驚いてもいた。

「なんか、先輩、すみません……」

「え？　なんで有吉が謝るんだよ」

「いや……、添乗中なのに、もしかして、余計な……」

「ああ、いいって。むしろ、ありがたいよ。とにかく、帰ったら時間つくって一杯やろう」

「はい」

「で、そんときに、これからのこととか、いろいろと話し合おう」

「はい」

「お前、はい、しか言わないな」

有吉は「すみません」と言って、かすれた声で短く笑った。

「じゃ、とにかく、いったん切るよ。連絡ありがとな」

あらためて礼を言って、俺は通話を切った。

「ふう」

ため息をつくと、スマートフォンを手にした右手から力が抜けて、だらんと体側に落ちた。歩いていた足も止まる。

俺は黒い砂浜の上で「まじかよ」と、ひとりごちた。

荒れた海原を眺め、目を細める。

灰色がかった水面には、飛沫《しぶき》が多く舞っているのだろう、水平線のあたりは霞んでいて、空と海との境界線が曖昧だった。

「まいったなぁ……」

つぶやいた声は、自分の声ではない気がした。

海原から目をそらし、ゆっくりと右手を振り向く。

ずっと遠くに、小雪の背中が見えた。

小雪はお客さんたちと肩を並べて歩いていた。その右手にはスニーカー。ヒロミンさんのように裸足で歩いているのだ。

俺も――。

真似をして、靴と靴下を脱いでみた。

足の裏で味わう黒い砂の感触は、思いがけないほどひんやりとして、適度な硬さがあり、心地よかった。

脱いだ靴のなかに靴下を詰め、それを左手で持つ。そして、小雪がいるのとは反対の方向へとゆっくり歩き出した。

強い海風が、俺の髪の毛をぐしゃぐしゃにかき回す。

重低音の海鳴りが、胸に空いた空洞で虚しく響いた。

どうせ、出ないだろうけど……。

俺は、駄目もとでスマートフォンの画面に社長の名前を表示させた。そして、通話ボタンを押してみる。プルルル、と鳴った呼び出し音が、ずいぶんと薄っぺらなものに聞こえた。社長の名前も、呼び出し音も、海も、空も、風も、海鳴りも、なぜか現実味を失いつつある気がした。リアリティがあるのは、唯一、足の裏の冷たい砂の感触だけだった。

思ったとおり、社長は電話に出なかった。

当然だ。おそらく、いま、社長のスマートフォンは鳴りっぱなしに違いない。そもそも俺なんかがかけたところで、出るはずがないのだ。

呼び出し音はやがて留守番電話になった。

俺はいったん通話を切った。

そして、まったく意味がないことを知りつつ、またかけた。

「なんだよ、社長。いまより大きなツアーバスを買ってくれるんじゃなかったのかよ……」

呼び出し音を聞きながら、ぼそっとつぶやいたら——。

「おう、天草か」

えっ？

で、出た？

俺は、自分でかけておきながら、社長が出たことに勝手に狼狽して、漫画みたいに「あわわわ……」と言ってしまった。

「あわわって、なんだ、お前」

「あ、す、すみません、社長」

謝りながら、歩いていた足を止めた。

「お前がいきなり電話してくるってことは——」

「…………」

「まあ、倒産のことだろうな？」

社長の声にいつもの張りがないことに、俺はようやく気づいた。

「ええ、まあ……」

「あれ？　そういえば、お前、いま、添乗中じゃないのか？」

「ええ。そうなんですけど、いまはちょうどお昼の後の自由時間なんです」

「そうか」

「はい」

「お前、添乗中なのに、どうして、このことを知ってるんだ？」

「あ、ええと」

さすがに、ここで有吉の名前は出せない。

「まさか、探偵でも使って調べたか？」

張りのない声のまま、社長が冗談を口にした。目尻にたくさんの皺を寄せて笑う、愛嬌のある社長の笑みを思う。

「いえ。えっと……、探偵じゃなくて、し、CI——」

「まあ、そんなことはいいか」

動揺のあまり、思わず、CIAを使って調べました、とつまらない冗談を言いそうになったところで、社長があきらめてくれた。

「あのな天草」

「はい」

「もう、直球で言うぞ」

「…………」

今日は直球だらけの日だ。うちの会社は野球部を作るべきじゃないな、なんてくだらないことを考えながら、心の準備を整えた。人は極端に動揺すると、現実から逃げたくなって、こんなふうにくだらないことを考えはじめるのかも知れない。

「銀行にフラれちまったんだよ。おたくの会社には将来性がないって言われてな」

「つまり、融資を断られたってことですよね？」

「そういうことだ。竹原《たけはら》信金に続いて、最後の頼みの綱だった山上《やまがみ》銀行にもあっさりフラれちまった」

「…………」

俺が次の言葉を探していたら、社長がほんの少しだけ明るい声を出した。

「ったく、あいつら、冷てぇよなぁ」

「はい……」

「とまあ、そういうわけでな、申し訳ないが、すべて俺の力不足だ。すまん」

「いえ……」

社長だけじゃない。会社全体の力不足に決まっている。

社長に直球で謝られた俺は、なんだかじっとしていられなくなって、止めていた足をふたたび動かした。

さく、さく、と黒っぽい砂を踏みしめながら、その砂が黒光りする波打ち際へと歩いていく。

「あの、社長」

「ん？」

「うちが外資系の会社に買収されるっていう噂は——」

「なんだ、お前、よくそんな噂、知ってるな」

「あ、ええと……」

「探偵どころか、ＣＩＡでも使って調べてるんじゃないのか？」

やっぱり社長も動揺しているらしい。

「はい。ＣＩＡ、ばっちり使わせて頂きました」

社長が、くくく、と声を殺して笑う。

「お前、意外と面白い奴なんだな」

「今度はハニートラップでも仕掛けましょうか？」

「そいつはいいや」

ついに社長は「あはは」と声を上げて笑った。

会社が倒産するってときに、社長と縁故入社の課長補佐が電話でくだらない冗談を言い合いながら笑っているなんて、なんだかいよいよもって現実味が薄れてきた感がある。

「じつはな、その外資系がらみの買収話は、先月、破談になってるんだ。向こうさんもたいして乗り気じゃなかったし、こっちは銀行がカネを貸してくれるって話だったからな」

「……………」

「でも、さすがにこういう状況になったら、藁にもすがろうってことで、いま、その外資の社長の携帯に俺が直接電話をしてるんだけど、ちっとも出やしねえんだ」

「留守電には？」

「留守電もなにも、そもそも携帯の電源が切られてるんだよ」

「え……、先方の会社には？」

「もちろん、かけたさ。でもな、おかしなことに、向こうの会社の人間も、昨日からずっと社長と連絡が取れなくて困ってる状態なんだとさ」

「そんないい加減な会社……」

「あるんだよ。残念ながら」社長は、また小さく笑って、続けた。「しかも、そんな怪しい会社に泣きついて、助けてもらおうなんて旅行会社があるんだから、余計に笑えるよな」

「笑っていいのかどうか、そこは悩みます」

「あはは。お前、正直すぎるぞ」

「すみません」

「ちなみに――」

「はい」

「期待させると悪いから、事実を言っておくけど、もしも相手の社長と連絡が取れても、買収してもらえる確率はほぼゼロだと思っていてくれ。だから、この話は、他の社員には内緒だ」

　確率ゼロ、か。

「分かりました」

「悪いな」

それから社長は、電話の向こうで「ふう」と小さく嘆息した。そして、少しやさしい声で続けた。

「天草は、本当に頑張ってくれたよな……」

社長は、過去形で言った。

「いえ……」

「お前のことは、できる限り再就職できるよう斡旋《あっせん》するから」

「社長……」

俺には返す言葉が見つからなかった。ただ、ぼんやりと、東西ツーリストからのヘッドハンティングの案件を思っていた。

社長はまた「ふう」とため息をついた。

そして再度「天草……、申し訳ない」と言った。

電話の向こうで頭を下げている姿が見えそうなくらいに、それは誠実な声による謝罪だった。

「社長、やめて下さい」

「ありがとな。お前、正直すぎるけど、いい奴だよなぁ」

「いえ、そんな……」

社長は、ふふ、と淋しげに笑った。「まあ、とにかく、俺は駄目もとで、例の外資の社長に電話し続けてみるよ」

「はい……」

「天草、ツアーから帰ってきたら、久しぶりに一杯やるか」

「はい。ありがとうございます」

「よし。んじゃ、切るぞ」

「はい」

さっきと同じような会話を交わして、俺は社長との通話を終えた。

ゆっくりとスマートフォンを耳から離す。

思い出したように、海鳴りと風の音が戻ってきた。

足の裏で感じる、湿った黒い砂の冷たさ。

「はあ……」

俺は魂ごと吐き出してしまいそうなため息をついていた。

灰色がかった海。

曖昧に霞む水平線。

そして、抜けるような青空。

このシンプルな景色は、ほの暗い心象風景として、俺の内側にタトゥーのように焼き付けられるのだろう。

どうせなら、写真でも撮っておくか。

自虐的にそう思った俺は、スマートフォンを正面に向けて構えた。

海と空がちょうど半分ずつになるようにフレーミングをして、シャッターボタンを押す。

すぐに撮った写真を確認した。

澄んだ空の青と、濁ったエメラルドグリーンに塗り分けられた世界は、やけにシュールに見える。

ふと、俺の頭のなかに、いつかの小雪の声が甦った。

——神様はね、誰の人生にも「良いこと」と「悪いこと」がちょうど半分ずつ起こるようにしているんだって。しかもね、半分ずつって、いちばん幸せな比率なんだってさ。

小雪を失って、仕事も失うのか。

俺の分配を担当している神様は、どう考えてもミスを犯している。

なにが半分ずつだよ。不公平すぎるだろ？

まともに信じたことのない神様に内心でぼやきながら、俺はゆっくりと右手を振り向いた。

弓なりに延びた渚のずっと向こうを見る。

さっきよりも、一段と小さくなった小雪の姿を見つけた。

その横顔の表情までは見えないが、黒い渚に一本の杭のように立ち、水平線のあたりをじっと眺めている様子は、俺の気持ちをぐったりさせるには充分すぎるくらいに儚げだった。

会社の倒産については、なるべく早めに小雪に伝えるべきだろう。糊口《ここう》をこのツアーに頼っている小雪は、少しでも早く次の仕事を見つけなければならないはずだ。

そう考えていたとき、ふと小雪が動いて、こちらを振り向いた。

表情は見えないのに、なぜだか一瞬だけ目が合った気がした。もちろん、そんなのは気のせいだ。そもそも小雪は近視だから、俺のことなんて見えていないはずなのだ。

小雪が、歩き出した。進行方向には海の家がある。

俺は腕時計を見た。いつの間にか、いい時間になっていた。

強い海風に吹かれたせいで、少し肌寒い。

シャツの胸ポケットにスマートフォンを戻し、俺もまた、ゆっくりと海の家に向かって歩き出した。


「わたし、やっぱりこのツアーの仕事、好きかも」

隣の席の小雪が、小さな声でしみじみとそんなことを言い出したのは、バスが黒っぽい渚を出発して数度目の信号待ちをしているときのことだった。

「急にあらたまって、どうした？」

俺は、表情を読まれないよう心を砕きながら返事をした。なにしろ小雪は心理学のスペシャリストなのだ。ちょっとした仕草に違和感を見つけて、俺の胸の秘めごとに気づいてしまいそうな気がする。

「なんかね、今回のツアーのお客さん、すごくやさしくて、癒されるんだよね」

「やさしい？」

俺の脳裏には、小雪に手を差し伸べたジャックさんの照れ臭そうな顔が浮かんだ。

「うん。最初は、変わり者ばかりで大変そうだなって思ったけど、話してみたら、みんな、中身はあったかい人たちなんだもん」

「みんな？」

「うん。みんな」

やさしいのはジャックさんだけではない、ということか。

そのことを知って少しホッとしている自分が情けないが、しかし、まあ、よく考えてみれば、小雪の言うことも分からないではない。身を挺してイノシシから小雪とモモちゃんを守ってくれたサブローさんは、やさしさの塊みたいな人だし、ヒロミンさんも、るいるいさんも、桜子さんも、決して悪い人には見えない。見た目はかなりヤバそうな入道さんだって、腹に悪意を抱えているタイプの人ではない気がする。教授と、陳さんと、モモちゃんに関しては、まだ、いまいち摑み切れていない部分が多いけれど、それでもやっぱり悪人とは思えない。

「見た目は、まあ、ちょっとアレな人たちばかりだけど、たしかにそうかもな」

「でしょ？」小雪は、まるで自分が褒められたような顔をした。「結局さ、龍ちゃんのことを陥れようとした課長、まんまと作戦失敗してるよね」

「まあ……ね、うん」

そうだといいな、とは思うけれど、しかし、このツアーの参加者たちは、俺のことをネタに、こそこそと噂話をしていた可能性が高いのだ。だから、正直、俺はまだ、小雪ほど手放しに彼らに心を許せそうにはなかった。

「ねえ、次は来週だっけ？　再来週だっけ？」

小雪の言う「次」とは、次回の失恋バスツアーのことだ。

「ええと、再来週だったかな？」

俺は、わざととぼけて見せた。ようやく少し笑顔を見せてくれるようになった小雪に、倒産のことを話す気にはなれなかったのだ。

「あのさ、小雪」

「ん？」

俺は、話をそらすためにも、気になっていたことを口にした。

「もしかして、体調、悪かったりする？」

「え……、わたしが？」

「うん」

「どうして？」

「いや、なんかさ、昨日から、あんまりご飯を食べてないなぁって」

「そう？」

「さっきだって、弁当を半分くらい残してただろ？」

信号が青になり、バスがゆっくりと動き出した。

すると小雪はなぜか目尻にやわらかな笑みをためて、そのまま俺を睨むようにしたのだ。

「龍ちゃん、人がご飯を食べているところ、覗き見してたわけ？　趣味悪ぅ～」

は……？

「覗き見って、人聞きが悪りぃな」

「覗き見じゃないなら、なに？」

「なにって――、俺は、その……、小雪のこと、ただ普通に心配してやってるんだろ」

「ふぅん。心配して『やってる』わけね。上から目線で」

このときのちょっと愉しそうな表情を見て、俺は少し安堵した。小雪は、こっちが心配するほど体調が悪いわけではなさそうだ。

「もちろん。俺は思いっきり上からですが、なにか問題でも？」

喧嘩別れする以前のように、俺が半笑いでそう言うと、

「ひゃあ。この添乗員さん、覗き見するんだぁ」

小雪は、悪戯っぽく声のトーンを上げた。

「わっ、馬鹿、こら、声がデカいって」

俺は、反射的に小雪の唇を人差し指で押さえ――ようとして、躊躇した。

その指を、自分の唇に持っていく。

そして、「しー」とやってみせた。

小雪は黙った。

そして、小さく微笑んだまま俺を見ていた。でも、顔はスマイルのカタチをしているのに、よく見たら、目は笑っていない気がした。さっきまで咲いていた花がすうっと萎《しお》れてしまったような、妙なもの哀しさを漂わせているのだ。

「後ろに聞こえたらどうするんだよ」

俺は、息苦しいような沈黙を避けたくて、そう言った。

小雪は、ゆっくりと二度まばたきをした。そして、それを合図にしたかのように、カタチだけのスマイルを閉じると、膝の上のバッグから例のタブレットを取り出し、前を向いたまま一粒だけ口に入れた。かりかりかりかり、とかすかな咀嚼音《そしゃくおん》を立てる。

あれ？　もしかして、いまのって――。

仲直りのチャンスだったのか？

小雪の横顔を眺めながら呆然としている俺に、小雪は「ん」とタブレットのケースを差し出した。

「あ、うん、サンキュ」

一粒もらう。

重苦しいような空気の感触に、俺はまた振り出しに戻ってしまったことを悟った――と同時に、この先、まだ仲直りのチャンスがあるかも知れないという期待感も、わずかに抱きつつあるのだった。


「ほう、なるほどな。ここはたしかにヤバいところだ」

そそり立つ巨岩の上から海を見下ろす入道さんが、不吉な台詞を口にした。強い海風が吹き付けて、修験者のような衣服をバタバタとなびかせている。

「なにか、感じるんですか？」

俺は、となりの巨漢を見上げた。

「あんた、ここに居ても、何も感じねえのか？」

入道さんは、眉をハの字にして苦笑いをする。

「すみません、ぼくは……なにも」

「そうか。まあ、素人はそんなもんか」ぼそっとひとりごとみたいに言って、入道さんは懐から数珠を取り出した。「こいつはな、魔除けにもなるんだぞ」

「数珠が、ですか？」

「ああ。念のため言っとくが、こういう場所は、うっかり心が弱ってたりすると、引っ張られることがあるからな」

「え……」

「人の心のなかにある、自分でも気づかねえような小さな自殺願望が、この場の空気に触れることで急に膨れ上がって、うっかり飛び込みたくなっちまうんだろうな」

入道さんは「自殺の名所」として全国的に知られた藍色の海を眺めながら、淡々と言う。

「それは、ちょっと怖いですね」

「おう、なかなか怖いところだぜ、ここは。まあ、あんたもせいぜい気をつけろよ」

意味ありげにニヤリと笑った入道さんは、「てなわけで、俺はちょっくら霊界散歩でもしてくらぁ」と言い放ち、断崖《だんがい》の際に沿ってぶらぶらと歩き出した。左手にはしっかりと魔除けの数珠を握っている。

「ここ、そんなに、ヤバいのかよ……」

ひとり取り残された俺は、誰にともなくつぶやくと、巨岩が連なって長い崖のようになった荒磯を見渡した。

このあたりの巨岩は、古いレンガを思わせるような褪《あ》せた赤茶色をしていた。あまりにも自殺者が多いため、その血で染まって赤くなった——などという迷信があるほどで、なんとなく風景が毒々しく見える。しかも、押し寄せる無数の激しい波が、その赤い岩にぶつかり、ごう、ごう、と重低音を響かせているのも、陰気な風情を助長している。

いま、ツアーの参加者たちは、あちこちの巨岩の上へと散らばって、それぞれの時間を過ごしていた。

小雪は珍しく、まどかさんと一緒にバスに残っていた。今日は、岩場を歩く気分ではない、というのがその理由だった。昨日からあまり食事を摂っていない小雪を憶《おも》い、俺は「はあ」と息を吐いた。フラれた女の身を勝手に案じている自分が、やけに情けなく思えてくる。

一方の入道さんは、さすがに健脚で、凹凸《おうとつ》のある巨岩の上を登ったり下りたりしながら、どんどん遠ざかっていく。

あの人は、本当に、本物の霊能者なのだろうか？

小さくなっていく入道さんの幅の広い背中を眺めながら、俺は、不吉な台詞を思い出した。

うっかり心が弱ってたりすると、引っ張られることがあるからな——。

小雪を失い、まもなく仕事まで失おうとしている俺は、ついつい心臓のあたりを叩きたくなった。

弱るなよ。引っ張られたら、この荒波のなかにドボンだぞ……。

胸裏でつぶやきながらも、俺はなんとなく興味本位でじりじりと崖の際までにじり寄ってみた。

そこから、おっかなびっくり下を覗き見てみたら、すぐに足がすくんだ。海面からの高さは、十数メートルはありそうだった。もともと高いところがあまり得意ではない俺の心臓は、みるみる駆け足になっていく。

荒磯に嚙み付く激しい波が、ごう、ごう、と凶暴な音を立てた。

それにしても、ここから飛び込んだ自殺者は、これまでに何人いたのだろうか。全国に名を轟かせるほどの「名所」だから、当然、二～三人程度では済まされないはずだ。

崖下《がいか》を見下ろしながらそんなことを考えたら、ふと背中に鳥肌が立って、ぶるると身震いしてしまった。

と、その刹那――。

どんっ。

「うわっ」

強い風が目に見えない塊となって、俺の背中を押した――気がした。

「あ、あぶな……」

思わず、声が出ていた。

へっぴり腰になった俺は、あわてて崖から後ずさりして安全地帯へと逃げ戻った。

暴れる心臓。耳の奥で脈が聞こえそうなくらいだ。

引っ張られるんじゃなくて、押されたよ、入道さん……。

声には出さず、ボヤいた。

どんっ。

また、突風が吹きつける。

崖の下からは、荒波の重低音が駆け上がってくる。

俺は、なんとも言えない嫌な寒気を感じて、とにかくこの巨岩から下りることにした。

ごつごつして歩きにくい岩の上を、海とは反対の方に向かって歩く。連なる巨岩は、海側は断崖になっているのだが、陸側へ向かうと、ゆるやかな斜面になっている。その斜面を下り切ったところは、くねくねと蛇のように折れ曲がった遊歩道で、左に歩いていけば、ツアーバスが停車している駐車場だ。

強い風に煽られながらも遊歩道にたどり着いた俺は、ホッとひと息ついて、いま下りてきた赤い岩々をあらためて見上げた。

すると、視界の左隅に、なにか白っぽいものが動いた気がした。

目を凝らすと、それはモモちゃんの背中だった。

モモちゃんは、俺がいた巨岩から三〇メートルほど左の岩の上に立ち、じっと海を見つめているようだった。長い髪を強風になびかせ、頼りなげな細い背中を少し丸めていた。手前に岩の出っ張りがあるせいで、モモちゃんの下半身は見えていないが、距離感から察すると、断崖のすぐ手前あたりに立っているに違いなかった。

自殺の名所。断崖。リストカット。モモちゃんの過去。

まさか、とは思いつつも胸騒ぎを覚えた俺は、遊歩道からその動きをつぶさに観察していた。

すると、モモちゃんの背中が動いた。

丸まっていた背中を、いっそう丸めたのだ。

つまり、崖の下を覗き込んでいる？

おいおい、勘弁してくれよ……。

俺の足が、無意識にモモちゃんの方へと動き出す。

同時に、俺は小雪の顔を思い出していた。

きっと大丈夫だ。なにしろモモちゃんは、敏腕カウンセラーに心を許しつつあるのだから。

ところが、そんな俺の確信とは裏腹に、モモちゃんの背中はまたさらに丸まっていった。

しかも、じりじりと崖の際へとにじり寄っていくではないか。

えっ？　ちょっ、ちょっと待てよ。嘘だろ。

俺は両手を口の横に当ててメガホンを作った。

そして、息を吸い、大きな声で「モ……」と叫びかけたところで、喉の奥がギュッと絞られたようになった。

「え……」

華奢なモモちゃんの背中が、消えたのだ。

断崖の向こうへと。音もなく。

「う、嘘、だろ……」

つぶやくや否や、俺は弾かれたように遊歩道を駆け出していた。

そのまま、モモちゃんのいた岩の上へと駆け上がる。

途中、岩の凸凹《でこぼこ》に足をとられて転びかけ、右膝をしたたかに打ち付けた。ズボンが少し破れてしまったようだが、それでもかまわず走り続けた。

俺は、岩の上に到達した。

しかし、モモちゃんの姿はない。

「モモちゃんっ!」

海に向かって叫びながら、俺は、じりじりとモモちゃんが消えたあたりの崖の際へとにじり寄っていった。

すると——、

「はい?」

聞き覚えのある、ひ弱そうな声。

それが、なぜか斜め左後ろの下方から返ってきた。

「え……」

俺は、さらに岩の際ににじり寄って、崖下を覗き込んだ——と同時に、「マジかよ。はあ……」と安堵のため息をこぼした。

なんのことはない、その岩は、海へと真っ逆さまに落ちる断崖になっているのではなくて、身軽な人なら楽々下りられるような天然の階段になっていたのだ。

モモちゃんは、いま、くるりと岩を巻くように形作られたその階段を使って、岩の左手奥にある小さな砂利の渚まで下りていた。そして、しゃがんだままこちらを見上げて、ぽかんとした顔をしているのだった。とにかく、俺も天然の階段を下りた。

「モモちゃん」

「はい？」

「えっと、こんな所で、何をやってるんですか？」

俺は、ちょっと気まずいような場の空気を取り繕うように、適当な言葉で質問をしてみた。

「きれいな貝、拾えるかなって……」

言いながらモモちゃんは、少し申し訳なさそうな顔をして、ゆっくりと立ち上がった。

「あ、そっか。そうでしたか」

荒波は手前の岩にぶつかって崩れるから、その裏側にできたこの小さな玉砂利の渚は不思議なくらいに穏やかだった。

「あの、わたし……。岩から下りちゃいけなかったですか？」

モモちゃんが、首をすくめて俺を見た。

「いえいえ、そんなことはないです。えっと、ですね、じつは、遊歩道からこちらを見ていたら、モモちゃんが、岩の上から海に飛び降りたように見えたので」

「え？」

「それで、まあ、ちょっと、慌ててしまって……」

しゃべりながら恥ずかしくなって、俺は首筋に手を当てた。

「………」

モモちゃんも、なんだか困ったように眉をハの字にしてはにかんでいた。

「でも、よかったです。ぼくが思ったようなのじゃなくて」

「なんか、わたし……、すみません」

「いや、べつにモモちゃんが謝ることじゃなくて、こっちが勝手に勘違いしちゃって……」

俺は自分のまぬけな早とちりにくすっと笑ってしまった。その笑いがモモちゃんにもいくらか伝染してくれたようで、柔和な笑顔を見せてくれた。あらためて、この娘はアイドル顔をしているな、と思う。

「で、きれいな貝は、ありましたか？」

気を取り直すように、俺は訊ねた。

「あんまりきれいじゃないですけど……、これを」

小首を傾げたモモちゃんは、左手の人差し指を立てて、こちらにかざしてみせた。色白で細長いその指には、潰したドーナツみたいな形をした、白くて小さな輪っかがハマっていた。見方によっては、丸い貝殻の真ん中に穴を空けたものにも見える。

「ああ、それは、タコノマクラの仲間ですね」

俺は、言った。

「え、タコの？」

「タコノマクラ。貝殻に見えるかも知れないけど、じつは棘のないウニの仲間なんです。タコノマクラの殻が打ち上げられて白化すると、中心だけが砕けてドーナツ状になることがあるんです」

「これ、タコノ、マクラ……、なのに、ウニ」

「はい」

「なんか、変な名前。平べったいし」

モモちゃんは、自分の指にハマった白い輪っかを、不思議そうに見つめた。

「ですよね」と、俺は微笑む。「海のなかで、タコがそのウニを枕にして寝ているっていう迷信があって、そこから、そんなおかしな名前が付いたらしいですよ」

「タコが、寝る」

「おもしろいでしょ？」

「龍さん」

「はい？」

「詳しいんですね」

「あ、いや、それほどでもないんですけど。でも、子供の頃からなぜか魚貝類には興味があって、よく図鑑を眺めてたんです」

「……オタク？」

控えめな表情と声だが、しかし、言葉はなかなか直球だ。

「あは。まあ、ほんの少しだけ、魚貝オタクかなぁ」

そう言って、俺は照れ笑いをした。

巨岩の裏側から、ごうごうと荒波の重低音が響いてくる。しかし、足元のきれいな玉砂利に寄せては引いていく波は、しゃわしゃわと耳の奥から癒してくれるようなやさしい音を立てていた。

「タコの指輪」

モモちゃんが、ぼそっと言った。

「え？」

「これ、枕っていうより、指輪かなぁって……。あっ、タコには指がないから、タコの足輪かも」

「あはは。たしかに」

モモちゃんが、目を少し細めるようにして微笑んだ。

その表情を見て、俺は確信した。

大丈夫、この子は、自殺なんてしない――。

ホッとした俺は、ふと腕時計を見た。

「あ、そろそろ、いい時間なんで、のんびりとバスに戻りますか？」

「はい」

俺たちは、足元に気をつけながら、赤い巨岩を巻くように延びる天然の階段を登りはじめた。階段といっても、場所によっては五〇センチ近い段差のところもある。

途中、俺の背中に向かって、モモちゃんが波音にかき消されそうな声を出した。

「あの、龍さん……」

「ん？」

俺は足を止めて、後ろを振り返った。

モモちゃんも足を止めて、ひとつ下の段からこっちを見上げている。

「えっと……、あ、あの……、やっぱり、いいです」

「え？」

「ごめんなさい。なんでもないです」

モモちゃんは小さくはにかんで視線を逸らした。

名前を呼んでおいて、なんでもないとは――、さすがにちょっと気にはなったけれど、しかし、俺はただ「そっか、うん」と頷いて、ふたたび階段状の岩を登りはじめた。

いまは、モモちゃんを問い詰めなくていい。彼女が自然と話したくなったときに、まるごと受け止めるように聞いてやればいいのだ。

小雪だったら――。

きっと、俺と同じように振る舞ったはずだ。

ごう、と海風が吹いた。いきなり人の背中を押したりする、凶悪な風。

「モモちゃん、突風に気をつけて下さいね」

後ろを振り向いてそう言ったとき、思い出したように俺の右膝がズキンと痛み出した。そういえば、さっき、岩に打ち付けたのだった。

「はい」

モモちゃんが、か細い声で返事をする。

この膝、よく見ると少し血が出ているし、きっと痣にもなっているだろう。ったく、なんて不吉な場所だよ。

胸中でボヤいたけれど、よくよく考えてみれば、おそらく俺はもう二度と、この不吉な荒磯を訪れることはないのだった。


その日の宿は、海から清流沿いの道をバスで三〇分ほど登ったところにある、小学校の廃校だった。

過疎化が進んで子供がいなくなり、三年前に閉校となった小学校の古い校舎を、町の第三セクターが譲り受け、宿泊施設として再利用しているという。昭和のかおりのする校舎は、中身もほとんどそのまま残されていて、教室の入り口には「一年一組」「理科室」「視聴覚室」「図書室」などの札もちゃんとあるし、図書室には当時のままの本がズラリと書棚に並べられている。校庭には鉄棒やタイヤ跳びなどの遊具はもちろん、朝礼台もサッカーゴールもある。

ツアーの参加者たちは、口々に「なつかしい」と顔をほころばせていたが、唯一、浮かない顔をしているのはジャックさんだった。理由は聞かなくても分かる。夜の教室に一人で寝るのが怖いのだ。

ジャックさんは、ことあるごとに小雪に親切にしていた。俺としては、どうにもそれが気になるのだが、よくよく観察しているうちに、どうやら教授や陳さんや入道さんまでもが、小雪の気を引こうとしているように見えてくる。

そこそこ美人だとはいえ、いくらなんでも、モテすぎではないか?

俺は、少し冷静に考えてみた。もしかすると、フラれた俺の目線がおかしくなっているのかも知れない、と。つまり、いまや誰の手に渡ってもおかしくはない「フリーの小雪」という存在が、やたらと危なっかしく見えてしまうというわけだ。俺はすでに小雪を取り戻す自信を失っていて、だからこそ、なんでもないような男性陣の親切までもが、いちいちスケベ心に思えてしまう。そういうことではなかろうか? ようは、つまらない嫉妬心が俺の内側に芽生えてしまったのだろう。

とにかく——仕事中は、感情の乱れをセーブしなければ。

俺は自分に言い聞かせながら、淡々と今宵の任務を遂行していった。

この施設の管理人は、山田《やまだ》さんという七三歳の老人だった。少し腰が曲がっているし、かなり背も低いのだが、足腰はとても丈夫らしく、いまだに山に分け入っては鉄砲撃ちをしているという。そのおかげで、今夜のご飯は牡丹《ぼたん》鍋だった。

一階の廊下のいちばん奥にある家庭科室にそのまま残されている子供用の机と椅子を借りて、俺たちは夕食を食べはじめた。鍋とはいっても、あらかじめ、それぞれ一人用の食器に分けられている。ひとつの鍋をみんなで一緒につついたりすると、うっかり会話が盛り上がってしまいそうなので、あえて取り分けてもらったのだ。

「私たち、でかいイノシシに襲われた。怖かったね。でも、いま、イノシシ食べてる。これ、神様の悪戯だろう。おもしろいね。おい、添乗員、イノシシ怖くても、ご飯、喉に詰まらせるなよ」

食事中に陳さんが俺を揶揄して、数人がくすくすと笑った。となりにいる小雪も失笑したけれど、やはり、あまり食欲がなさそうに見える。

「陳さん、そういうおもしろいことを言わないで下さい。いまは落ち込むためのツアーの途中なんですから」

俺は、やんわりと釘を刺したつもりだが、厚顔なこの人には通じない。

「中国では、四千年前から《自分の嫌いなモノに、いちばん感謝しろ》と教わるね」

「へえ、それ、ことわざですか？」

横から小雪が口を挟んだ。

「おお、イエス、ことわざね。嫌いなモノは、いつかラッキーを運んでくるモノだろう。お前たち、イノシシは怖かった。だから嫌いだろう。でも、イノシシがいるから、いま、美味いメシを食っているね。これはラッキーだろう。がははは」

陳さんは、いまいち理屈の通らない例え話を好き勝手にしゃべって、ひとりでウケていた。

さすがのるいるいさんも、あまり興味のなさそうな顔をして、黙って牡丹鍋をつついていた。


夕食を終えたら、校庭の朝礼台の前に集まってもらった。

五月の山あいの夜は、暑くも寒くもなく、しっとりと艶《なまめ》かしい初夏の夜風が襟元を撫でる。ふと夜空を見上げたら、思わず「おお」と声を上げそうになった。頭上には「星空」というより、むしろ「宇宙」と言いたくなるようなきらめきが広がっていたのだ。

校庭のすぐ近くを流れる清流からは、さわさわと耳にやさしい瀬音が聞こえてくる。ルルルル、と歌うカエルたちの合唱は、無数の音符となって校庭の闇をふわふわ漂っていた。

いい夜だ——。

そう思った俺は、無意識に小雪の姿を探してしまう。

小雪は、少し離れたところで、ヒロミンさんと桜子さん、そしてジャックさんと静かに会話をしていた。

声をかけようかどうか躊躇していると、管理人の山田さんが用務員室から現れた。両手には水を張った金属のバケツを持っている。それを見た俺は、気持ちを切り替えて仕事に取り掛かった。お客さん一人ひとりに線香花火の束とライターを配って回ったのだ。

「はい、小泉先生も」

さりげなくそう言って、小雪にも花火を渡した。

「あ、どうも」

と、やや素っ気ない小雪の横で、ジャックさんがニヒルに笑う。

「五月に花火かよ。こういう風流なのは、悪くねえよな」

小雪が、その台詞に頷いたのを見て、俺はすっと目を背けた。

背後でるいるいさんの声が上がった。

「わーっ、わたし、花火だーいすき！」

キンキン声の衝撃で、天空の星たちがバラバラと落ちてくるのではないかと心配になる。

「あの、すみません、るいるいさん」

「ん、なぁに？」

「夜なので、もう少し静かにお願いしますね。これから線香花火で侘しい雰囲気を味わって頂きますから」

俺は、なるべくやさしく諭す。

しかし、陳さん同様、るいるいさんにも俺の思いは通じない。

「うん、オッケー、じゃあ、静かにするね！」

その声がすでに静かじゃないのである。しかし、その美しすぎる笑顔で「うふふ」とやられると、なんだかもういいや、という気分にさせられてしまう。美人というのは、つくづく得だ。

全員に線香花火とライターを配り終えると、俺はツアー客たちに向かって言った。

「それでは、皆さん、これから線香花火を愉しんでいただくのですが、その前に、線香花火に関するちょっとした雑学をお話しさせて頂こうと思います」

まさか花火の前に講釈があろうとは思っていなかったようで、お客たちは、なんとなく間延びしたような顔でこちらを見た。しかし、俺は構わずしゃべり出した。

「じつは、この線香花火、着火してから消えるまでの間を四段階に分けられておりまして、それぞれに風流な呼び名があるのをご存じでしょうか？」

「なにそれ、知らなーい」

と言ったのは、もちろんるいるいさんだ。

「ですよね。では、簡単に解説させて頂きますね。まず最初の段階、先端に火の玉ができてジュクジュクしている状態を《牡丹》と言います。洋服のボタンじゃなくて、花の牡丹ですね。今日の鍋と同じです。そして、その玉からパサパサと勢いよく火花が出はじめたら、それが《松葉》です。たしかに枝ぶりのいい松の葉のように見えますよね。それからしばらくして、火花の勢いが弱まると、ひゅっ、ひゅっ、と小さな柳の葉っぱみたいな火花を出しますが、その状態を《柳》と呼びます。そして最後、火が消える直前を《散り菊》と呼ぶのだそうです」

「知らなかったなぁ。線香花火に、そんな風流な呼び方があったんですね」

サブローさんが、感慨深げに頷いてくれた。

「ほう、添乗員、なかなか勉強してるだろう。悪くないね」

なぜか陳さんが上から目線の発言をする。

「それは、どうも」苦笑して、俺は続けた。「ええと――、線香花火の玉というのは、科学の冷めた目で見れば、単に硫黄や各種の不純物が熱で溶けて、それが表面張力で丸くなっただけのものなんです。でも、こんな風に美しい呼び名を付けてやると、その見え方や味わいがいっそう深くなりますよね。つまり、やがて散りゆく儚い時間のなかに、私たち日本人は《美》を見てきたわけです。日本人が桜の花が好きなのも、すぐに散ってしまう儚さゆえですよね」

「おい、私は中国人ね。でも、桜は好きだろう」

「陳さん、ありがとうございます」またしても話の腰を折られた俺は、嘆息しそうになったが、そこはなんとかこらえた。「ええと、線香花火と同様、私たちの人生もきっと、宇宙から見たらほんの一瞬の、星の瞬きにも満たないはずです。でも、そんな短い時のなかにも、美しい出会いがあって、そして、必ず別れが付いてきます。出会いと別れというのは、例外なく、いつもセット売りなんですね。出会えた人とは、いつか必ず別れるんです。必ず、です。どうせいつかは別れる出会い――それなら、せめて、出会っている間のひとときだけでも、美しい名前を付けるような気持ちで過ごしていたいですよね？　さて、今回のこのツアーに参加された皆さんは、そんな儚い時間のなかで、つらい失恋をされてきたわけですが、今夜はそれぞれの出会いから別れまでの日々に、あえて、そっと想いを馳せてみて下さい。

そして、儚い花火の美しさと、ご自分の過去を重ね合わせながら、線香花火の情緒を味わって頂ければと思います」

お客たちは、そろって神妙な面持ちでこちらを見ていた。

「では、皆さん、くれぐれも火傷と火災には注意しつつ、お好きな場所でお楽しみ下さい。それと、使用後の花火は、こちらの水を張ったバケツのなかにお願いします」

俺の能書きが終わると、お客たちは思い思いの場所へと散っていった。管理人の山田さんは、サブローさんと連れ立って闇のなかへと歩いていく。この二人は年齢が近いせいか、互いに気心が知れたようだ。

いつの間にか俺の隣に立っていた小雪が、肘でこちらの脇腹を突いた。

「わ、びっくりした」

「龍ちゃん、トーク、ずいぶんと上手くなったじゃん」

手にした線香花火の束を見下ろしながら、小雪は小さな声で言った。

「そう、かな?」

「みんな、真剣な顔で聞いてたよ」

「まあ、いままで何度もやってるしね」

照れ隠しにそう答えたら、清流の方から涼しい風が吹いていて、小雪の髪をさらりと揺らした。

「出会いがあれば、必ず別れがある、か……」

「え?」

「龍ちゃん、そんなネタを話したのって、今日がはじめてじゃない？」

「まあ……、うん。そうかもな。思いつきだけど」

「ふうん、思いつきね」

小雪は、かすかにため息をついたように見えた。そして、俺の方を見て口元だけで小さく微笑むと、そのまま夜空を見上げた。釣られて俺も広大な「宇宙」を見上げて――ゆっくりと視線を小雪に戻した。

「あのさ、小雪」

俺が声をかけるのと同時に、小雪も口を開いていた。

「あ、流れ星」

「え？」

「見えた？」

小雪が夜空を指差す。

「いや……、見えなかった」

「そう」

「うん」

「残念」

「だね」

「じゃあ、わたし――」

「え……」

「ちょっと巡回してくるね」

「え……」

「じゃ」

ひらりと小さく手を振って、小雪は暗い校庭のなかへと歩き出した。

「あ、うん……」

——俺たちも一緒に線香花火、やらない？

喉元まで出かけていた台詞を飲み込んだとき、パサパサ、パサパサ、と校庭のあちこちの暗がりにオレンジ色の淡い光が明滅しはじめた。

流れ星、か。

なんだろう、このタイミングの悪さは。

「ふう」

飲み込んだばかりの台詞を、俺は小さなため息に変えた。そして、何気なく、小雪が見上げたあたりの夜空に視線を送ると——、
つつーっ。

いまになって、針先のような小さな星がこぼれ落ちた。

朝礼台の前にひとり取り残された俺は、なんとなく手持ち無沙汰になり、ぶらぶらと夜の校庭を歩きはじめた。

お客たちは、いま、それぞれの想いにひたっているから、不用意に話しかけない方がいい。

しかも、巡回は小雪に任せてある。

俺は、少し歩いては立ち止まり、夜空を見上げた。

何度かそれを繰り返していると、校舎の裏手へと続くフェンス沿いの暗がりに、しゃがんで丸くなったるいるいさんの姿を見つけた。線香花火のセンチメンタルな光が、「絶世の」と冠したくなるようなハーフの美しい横顔をチカチカと淡く照らしていた。

この娘、珍しく静かにしているな——と思いつつ、近くをそっと通り過ぎようとしたら、るいるいさんが顔を上げた。そして、こちらを見て「あっ!」と開きかけた口の前に、慌てて自分の人差し指を押し当て、「しー」とやった。

ほとんど少女のようなその仕草に、思わず頬を緩めた俺は、「線香花火、いかがですか?」と小声で問いかけてみた。

「うん、いい感じだよ」

るいるいさんは、しゃがんだまま返事をした。

「龍ちゃんもやる?」

「え……」

いつの間にか「ちゃん」付けになっていたけれど、まあ、それは気にしないことにして、俺はるいるいさんの隣にしゃがんだ。

「じゃあ、一本だけお付き合いさせて頂きます」

「うふふ。はい、じゃあ、これ」

るいるいさんが線香花火を一本こちらに差し出し、ライターで着火してくれた。

シューと音を立てながら火薬が燃え、すぐにジュクジュクの火の玉が出来上がる。

「子供の頃からこの匂いが好きなんです」

「あ、分かる。わたしも好きっ！」

星が落ちそうなキンキン声。

今度は、俺が口の前に人差し指を立てて「しー」とやった。

「あ、ごめーん」るいるいさんは、指の代わりにライターを口の前に立てて微笑んだ。「わたしも花火やろっと」

俺の線香花火の火球が、旺盛な「松葉」になった頃、るいるいさんの線香花火にも火がつき、「牡丹」になる。

それから、しばらくの間、線香花火のパサパサと乾いた音が闇夜を漂った。

「あっ」

前触れもなく、俺の火球が地面に落ちた。

「うふふ。ざんねーん」

るいるいさんが屈託のない顔で笑う。

「ぼくが子供の頃って、線香花火の火球を最後まで落とさなかったら、願い事が叶うって言われてたんですよね」

「わたしが子供だった頃もそうだったよ」

るいるいさんの火花が小さくなり、やわらかな「柳」になった。

「そうですか。じゃあ、るいるいさん、あと少しで願い事が叶いますね。落とさないよう、頑張って下さい」

火花の量がさらに減り、「柳」から「散り菊」へ。

と、そのとき、形のいいるいるいさんの唇が小さく動いた。

「叶わないよ」

唐突な言葉に、俺は「え？」と一文字で返していた。

「線香花火はね、頑張って成功させても、願い事は叶わないの」

「…………」

清流の方から、ふわっと艶かしい夜風が吹いてくる。

その風が、るいるいさんの花火をかすかに揺らした。

まさにいま閉じかけていた「菊」が、ぽとり、と落ちてしまった。

るいるいさんは「あー」とため息みたいな声をこぼして、火球の落ちた地面を見つめていた。

「叶わないんですか？」

俺は、その横顔に問いかけた。

「うん。叶わなかったの」

「叶わな、かった——」

るいるいさんは、過去形で言った。

「うん。わたし、ちっちゃい頃ね、家族みんなでディズニーランドに行けますようにって、線香花火にお願い事をしたことがあるの。小学二年生の夏休み。はっきり覚えてるよ。でね、そのとき、線香花火は成功したのに、ディズニーランドには行けなかった」

「だから?」

「叶わないの」

「あ、でも、そのときは行けなくても、これから行けば——」

俺が浅はかなフォローを口にしたとき、顔を上げたるいるいさんが言葉をかぶせてきた。

「ううん。行けないよ」

「どうして?」

「死んじゃったから」

「え……」

「お父さんとお母さん、死んじゃったから」

るいるいさんは淡々とした口調で言うと、「もう一本やろっと」と微笑んで、俺の方を見た。

「龍ちゃんも、やる?」

「あ、ぼくは、もう大丈夫です」

「オッケー」

るいるいさんが線香花火に着火した。

そして、どんどん姿形を変えていく火花を見つめながら、口元にやわらかな笑みを溜めた。

その口が、過去をぽろり、ぽろりと語りはじめる。

「わたしのお父さんは日本人なの。ハンサムでね、いつもニコニコしてたの——」

しかし、るいるいさんが小学二年生のときの秋に、ビルの工事現場で落下した資材の下敷きとなり、事故死してしまったのだそうだ。さらに、ルーマニア人のお母さんも、その年の冬に病死してしまったらしい。両親を失い、ひとりぼっちになったるいるいさんは、日本に住んでいる父方の祖父母に育てられた。そして、その祖父母もまた、とてもやさしい人たちなのだという。

「おじいちゃんとおばあちゃんね、いつも、わたしの花嫁衣装を見るのが夢だって言うの。だから、早く叶えてあげたいなぁって思ってたんだけど、わたし、フラれちゃった。だから、このツアーに来たの。あ……、また花火の玉、落ちちゃった。次、やろっと」

るいるいさんは、続けざまに線香花火に火をつけた。

シューッと火薬が燃えて、鼻をつくような匂いがしたと思うと、オレンジ色の火球「牡丹」ができた。

「るいるいさんみたいな美人がフラれるなんて、ぼくには想像がつかないなぁ」

俺は、毒にも薬にもならないような台詞を口にした。

「うふふ。龍ちゃん、ありがとう」

お礼を言われたとき、はじめてるいるいさんの淋しそうな微笑を見た気がした。

「わたしね、いじめられっ子だったの」

「…………」

「顔が日本人じゃないって言われて、みんなにハブられてたのね。幼稚園の頃から、ずっとだよ。友達がいなくて、淋しいから、大人しい子になっちゃった。でもね、小学校のとき、思い切って先生に相談したことがあるの。いじめられるのがつらいって。どうしようって。そしたら、その女の先生、いじめられるのはわたしのせいだって言ったの」

「え……」

「あなたが、はっきりモノを言わない子だから駄目なんだって」

「そんな」

「これからは、思ったことを大きな声で、はっきり相手に伝えなさいって叱られたの」

「それ、なんていうか……、きびしい先生ですね」

俺は、言葉を選んだ。

るいるいさんの線香花火が「松」になり、パサパサと火花を散らす。

風向きが変わり、また火薬の匂いが鼻をついた。

「うん、きびしかったから、泣いちゃった。それから、わたし、ちゃんと大きな声で話すようにしようって思って、頑張りはじめたときに、お父さんが死んじゃったの。お母さんもね、病気でもうすぐ死んじゃうって分かってたから――、それからわたし、なるべくはっきり大きな声を出すようにしたの」

「いじめられないように、ですね」

「うーん……、それもあるけど、お母さんが生きてるうちに、わたしの気持ちをちゃんと全部、伝えたいなって思ったからかも」

俺は、るいるいさんの横顔を見ながら、ごくり、と唾を飲み込んだ。

線香花火の勢いが失われていく。

俺の声も、勢いが削《そ》がれて、かすれたようになった。

「で、伝えられたんですか、お母さんに」

「うふふ。全部を伝えられたかどうかはね、いまでも分かんないの。でもね、よくお見舞いに行ったときに、病院のお母さんのベッドに潜り込んだりして、いっぱい甘えさせてもらった」

るいるいさんの横顔の目元が少しやわらかくなった気がした。「柳」になった線香花火の光のなかに、当時のやさしい思い出を見ているのだろうか。

「そうですか」

「うん。お母さんが死んじゃってからはね、みんな、わたしのこと、可哀想って思ったみたいで、あんまりいじめられなくなってきたんだけど、でもね、声の大きな変わった子みたいに言われて、結局、お友達は出来なかったよ。うふふ」

どこか空虚な感じで笑った拍子に、花火をつまんでいたるいるいさんの手がわずかに揺れた。

ぽと。

火球が落ちた。

でも、るいるいさんはそのまま動かず、光のない花火の先端を見つめ続けた。

「おじいちゃんね、癌なの」

「え……」

「お母さんと、同じ病気だって」

るいるいさんが、ゆっくりと顔を上げた。軽く頭を振って、ブロンドの髪を背中に流す。

「あんまり時間がないかも知れないから、わたしこのツアーから帰ったら、レンタル衣装のお店に行って花嫁衣装を借りようかなって思ってるんだ」

「花嫁衣装を着た姿を……」

「うん。見てもらうの。ついさっき、ひらめいたアイデア。龍ちゃん、いいと思わない？」

いいのかどうか、俺には判断がつかない。

小雪だったら、こんなとき、どんな言葉をかけてあげるのだろう？

「なるほど。そうですか」

結局、俺はどっちつかずの台詞に逃げた。

と、そのとき、るいるいさんのスマートフォンが鳴った。

「あ、電話だ。龍ちゃん、これ、ちょっと持ってて」

るいるいさんは、俺に線香花火とライターを押し付けると、ズボンのヒップポケットからスマートフォンを取り出した。そのまま液晶画面を確認する。

「あっ」

相手の名前を見て短い声を上げたるいるいさんは、ただでさえ大きな目を、いっそう見開いていた。そして、少し慌てた様子で通話ボタンを押すと、スマートフォンを耳に押し当てた。

「もしもし？」

久しぶりのキンキン声を出したと思ったら、るいるいさんはその声の大きさに気づいたのか、すぐに小声に戻した。

「うん、そう。いまね、ええと——、旅行中」

しゃべりながら立ち上がると、るいるいさんは俺に向かって小さく手を振った。バイバイとやったのだ。そして、そのまますたすたと足早に歩き去っていく。

どうやら、俺には聞かれたくない会話らしい。

「うん、そう。わたし、めっちゃ落ち込んでた」

るいるいさんにしては抑えられた声が、闇に溶け入るように少しずつ小さくなっていく。

「え、うそ、ホントに？　いま、車なの？」

そこまで聞いて、俺も立ち上がった。

押し付けられた線香花火のなかに、一本だけ未使用のものがあった。

もったいないから、どこかでやろうかな。

俺は、るいるいさんとは逆方向へと歩き出した。

ふと、小雪の姿を目で探してしまう。

校庭には、いくつかの人影と、線香花火の明かりが見えた。でも、どれが小雪のものなのかは判別がつかない。

るいるいさんの声が、俺からどんどん遠ざかっていく。

なんだかなぁ……。

ぽつりと胸裏でつぶやいたとき、俺の足が止まった。

またひとつ、小さな星がこぼれ落ちたのだ。

流れ星は、誰かと一緒に見るのがいい。

ひとりで見ると、少し淋しくなる。


いい具合にしんみりしながら線香花火を終えると、各自、給食室をリフォームして造られた風呂に入った。

これで無事、本日のノルマは終了だ。

まどかさん以外の女性陣は、夜の廃校は怖いということで、全員でひとつの教室で寝ることになった。男性陣は、互いに気を遣わなくて済むよう、それぞれ気に入った教室をじゃんけんで順番に選んでいた。

ほとんどの教室の後ろ半分には畳が敷かれていて、その隅っこには数組の布団が積み上げられている。山田さんの管理がいいせいか、いつ来てもこの布団は清潔で、ふかふかしていて、お日様の匂いがする。

添乗員の俺は、山田さんが寝泊まりしている一階の管理人室の隣にある図書室を使うことになっていた。万一、何かが起きたとき、すぐに山田さんと連携をとって対処できるようにするためだ。田舎の小学校の図書室は、生徒の数が少なかったせいだろう、驚くほど小さくて、面積も他の教室の半分にも満たない。一応、北側の壁がすべて書棚になってはいるのだが、その棚の半分には本がなく、がらんどうだ。

それでも俺は、この図書室がお気に入りだった。夜、ひとりになった後、自分が小学生だった頃に読んだ記憶のある、懐かしい児童書や絵本を探しては、そのページをのんびりめくるのが愉しいのだ。

この夜の俺は、布団の上に寝転がりながら、『世界の謎と、七つの不思議』というハードカバーを手にしていた。ピラミッド、ナスカの地上絵、ネッシー、UFO、雪男などについて書かれたノンフィクション・ミステリー本だ。小学生の頃、俺はこれとまったく同じ本を持っていて、かなりお気に入りだったのである。文字が大きく、ほとんどすべての漢字に読み仮名がふられた児童書ではあるけれど、あらためてじっくり読み返してみると、これがなかなか面白く書かれていて、この歳になっても胸がおどる。もちろん「夜の廃校」という独特な雰囲気のなかで読んでいることも、この本の読み心地を増幅させているのだろう。

粒子の粗いモノクロ写真と、古めかしい活字の世界に没頭しながら、宇宙人に捕らえられて脳にマイクロチップを埋め込まれたアメリカ人の話を読んでいたとき――、

ゴン、ゴン。

いきなり廊下に面した引き戸が音を立てた。

驚いた俺は、胸裏で「うわっ」と叫び、布団の上に飛び起きた。と同時に、その音がノックであるということに気づいた。

「は、はい……」

もしかして、小雪かな――、と淡い期待を抱きつつ返事をしたのだが、しかし、ガラガラと引き戸をわずかに開けて、顔だけ覗かせたのはまったくの別人だった。

「うぃっす」

たくさんのピアスには似合わないような、少し緊張気味の表情。

「ジャックさん……。えっと、どうかされました?」

読みかけの本が閉じないよう、俺は開いたページを下にして、そっと布団の脇に置いた。

「いや、ちょっとさ、相談があるっつーか」

「はあ」

「とりあえず、入っても、いいスか?」

「え? あ、はい。どうぞ」

ジャックさんが部屋のなかに入ってきたとき、俺は思わず、口をぽかんと開けてしまった。というのも、ジャックさんは、背中に大きな旅行鞄を背負いつつ、両手で布団を抱えていたのだ。

「悪りいけど、俺、ここで寝かせてもらいてえんだけど」

「は？」

「駄目なのかよ」

眉間に皺を寄せて、ちょっと恥ずかしそうにしているジャックさんを見ていたら、合点がいった。

この青年は、怖がっているのだ。

廃校の教室で、ひとりで寝ることを。

「ええと、ここは、ご覧のとおり、他の教室よりも狭いですけど……、ジャックさんが、それでもよければ」

「俺は、いいよ。ってか、むしろ、狭い方がいいっつーか」

少しホッとしたような顔をして、ジャックさんは布団を抱えたまま俺の前をそそくさと通過していった。そして、奥の窓際に鞄を置くと、布団をさっと広げ、その上にあぐらをかいた。

「あのさ」

ジャックさんが、こっちを向いた。

「はい」

「夜の教室にひとりで寝るなんて、ふつうあり得なくね？」

安心できる居場所を確保したせいか、その口調から、さっきまでの緊張感が薄れはじめているようだ。

「え、そうですか？」

「だってよ、このツアーの内容説明に、そんなこと書かれてなかっただろ？」

「ええと」俺もちゃんとジャックさんの方を向いて、あぐらをかいた。「行程表のところに、書かれていたはずですけど」

「は？」

「ツアーのお申し込み用フォームのあるホームページにも表記されていますし」

「うっそ。マジかよ」

「はい」

マジだ。間違いようがない。俺がこの手で記載したのだから。

「じゃあ、俺が見落としたってのかよ？」

「はい、おそらくは」

そこでジャックさんは「はあ……」と、深いため息をもらした。と思ったら、うんざりしたような目をした。

「じゃあ、まあ、百歩譲って、俺が見落としてたとしてもさ、さすがに理科室はあり得ねえだろ」

「え？」

「だ、か、ら——、俺、理科室になっちまったわけ」

「…………」

「じゃんけんで負けてさ」

よりによって、いちばん怖がりなジャックさんが理科室に？

俺は、うっかり笑いそうになったけれど、なんとか咳払いでごまかした。

「つーか、マジで、骸骨の模型とかあるし、内臓とか眼球とか脳みそとかがむき出しの人体模型がこっちを見てんだぞ。いくらなんでも、そんなとこで寝れるわけねえだろ？」

「いやぁ……、まあ、はい。そうですね。それは、申し訳ないです」

「そういうわけだからよ、俺は、ここで、な——」

そこまで言って、ジャックさんは布団を敷いた床を指差した。

そして、もう文句ねえよな？ という感じで俺を見る。

「ここでよければ、遠慮なくどうぞ」

「おう」

強面をつくってはいるけれど、しかし、そこから薄皮一枚を剝がしたら、お化けを怖がる子供のような顔が出てくるのだと思うと、どうにも憎めない。たとえ小雪を狙うライバルだとしても、なんだか、こう、本気で争うような相手には見えなくなってくるのだ。

ただし、念のため、俺は訊いてみた。

「ここで寝て頂いても構わないんですけど、もしかして、私、ジャックさんの代わりに理科室に行った方がいいですかね？」

「えっ？　なんで？　俺、そんなこと言ってねえし」

だと思った。

「分かりました。じゃあ、一晩、ご一緒させて頂きますね」

「お、おう……」

「多分、いびきをかくと思うんで。すみません」

俺は先に謝っておいた。ときどき小雪にいびきを指摘されているのだ。

「いいよ。俺もかくと思うし。そういうの、お互い様じゃね？」

「じゃあ、良かったです」

俺は、読みかけだった本を閉じて書棚に戻した。そして何気なく、続きは次回のツアーのときに読めばいいや……と思った刹那、うっかりため息をついてしまった。おそらく次はないということを思い出してしまったのだ。そんな俺の様子をジャックさんは訝《いぶか》しげに見ていた。

「なんだよ、あんた。疲れたのか？」

「え？　あ、いや。大丈夫です」

「………」

「すみません、本当に大丈夫ですから」

「ってか、その膝は？」

「え？」

「怪我してんじゃん」

ジャックさんがいきなり話題を変えて、あぐらをかいていた俺の膝を指差した。

「ああ、これですか。じつは、昼間に自殺の名所に行ったじゃないですか」

「……………」

「あの岩場で、コケちゃって」

モモちゃんが飛び込み自殺をしたと勘違いしたときに、慌てて走って、コケて、膝を打って——そのとき、ズボンの生地が五ミリほど破れてしまったのだ。しかも、破れた生地のあたりに、百円玉サイズの血の染みができていた。

「けっこう、痛そうじゃん」

「わりと痛かったです。血はすぐに止まったんですけど、痣にはなってるんで。ほんと、情けないですけど」

俺は、後頭部をぽりぽり搔いた。

するとジャックさんは、なにも言わず後ろを向いたと思ったら、自分の旅行鞄のジッパーを開けた。そして、なかを搔き回して、一本のジーンズを引き出した。

「貸してやっから、穿《は》きなよ」

手にしたジーンズを丸めて、俺の方にポイッと投げてよこす。

「え?」

受け取って、ぽかんとしてしまう俺。

「そんな血のついたズボンじゃ、格好悪りいだろ?」

「え、でも」

さすがに気が引けて、ためらっていると、

「あんた、痩せてっから、サイズは大丈夫じゃね? 試しに穿いてみなよ」

なんだよ、この青年。いい奴じゃん。

俺は、内心でつぶやきながら、「じゃあ」と試着してみた。

「どう……ですかね?」

「けっこうロックでいいじゃん。あんな穴の空いたズボンなんて穿いてねえで、ツアーの間は、それ穿いてろよ」

「でも……」

「気にすんなって。俺の着替えは他にもあっから」

「いや……、っていうか、このジーンズの方が、たくさん」

穴が空いていたのだ。

「え? ちげーよ、ナニ言ってんの。あんたのズボンは、コケて空いちまった穴だけど、そのジーンズはダメージ加工して、わざと穴を空けてんだって。だから、その穴は、お洒落なわけ」

「あはは。分かってます」

「はぁ？　だったら、そんなこと言うなよ」

「あはは、すみません。冗談です。じゃあ、はい、遠慮なくお借りしますね」

ジャックさんは、かすかに頷いたように見えた。

「ツアーが終わったら、ちゃんと洗濯して、ご自宅にお送りしますんで」

「いいよ、別に。洗濯なんて」

照れ臭いのか、あえてぶっきらぼうな感じで言うジャックさんに、俺はますます好感を抱いてしまうのだった。

それから俺たちは、それぞれ寝支度を整えて布団に入った。

ジャックさんの強い希望で、部屋の照明を夜通し煌々《こうこう》と点けたまま寝るハメにはなったけれど、まあ、それはもはや仕方がない。とはいえ、布団をぴったり並べるのにはさすがに抵抗があるので、互いになるべく離して敷いた。

そのまま黙っていると、壁に掛けられた時計が、コチ、コチ、コチ、と無機質な音を立てて主張しはじめる。その音が積み重なるにつれて、なんだか室内の空気がどんどん重たくなっていくような気がして、俺は耐え切れず口を開いた。

「ええと、ジャックさん、ご兄弟は？」

「は？　俺は、一人っ子だけど」

ジャックさんは、布団のなか、向こうの壁を向いたまま答えた。俺も、反対側の壁を見つめている。背中合わせだ。

「そうですか。音楽は、いつからやられてるんですか？」

「これから、だけど」

え？　やってないの？

俺は、双葉城址で耳にした、ジャックさんの音痴な口笛を思い出した。

「そ、そうなんですね」

「悪りいかよ」

「あ、いえ」

ちっとも悪くは、ない。ただ、ちょっと意外なだけだ。

「あんた――、こんな歳になってから音楽の道に進もうとか言ってる俺のこと、阿呆だと思ってんだろ」

なんとなく、ジャックさんの声色がしみったれている気がした。

「まさか。そんなこと、ないです」

っていうか、「こんな歳」もなにも、そもそもジャックさんの年齢は「無限歳」じゃなかったのか？　と突っ込みを入れたくなる。

「じゃあ、逆に訊くけどよ」

「あ、はい」

「あんたの実家、平和か？」

「え？」

突拍子もない質問をされて、思わず俺は枕の上で頭を転がし、ジャックさんの方を向いた。

ジャックさんはまだ、向こうの壁を向いていた。

「平和かって、訊いてんだけど」

「平和というか、まあ……、はい。うちの家族は仲がいい方だと思いますんで」

小雪にファミコンと揶揄されるくらいにね、と胸裏で付け足す。

「ふうん」

「…………」

それから少しの間、二人とも口を閉じたままだった。

コチ、コチ、コチ……。

時計の音だけが図書室のなかに降り積もっていく。

空気が変に重たくなっていく。

俺は、ため息にならないよう、深く、ゆっくりと鼻で呼吸をした。すると、書棚に並んだ年代物の本たちが放つ、ちょっと香ばしいような、豊かな匂いを感じた。

「俺んちはさ」

思い出したように、ジャックさんがボソッと声を出した。

「はい」

「あんまり、平和じゃなかったわけよ」

「はい……」

また、しばしの沈黙。

コチ、コチ、コチ……。

おそらく、ジャックさんの思考はいま、この時計の調べとともに過去の実家へと旅しているのではないか。そんな気がする。

そして、その旅から帰って来ると、また口を開くのだ。

「俺、大学行くときも、就職するときも、ふつうの家みたいにはいかなくてさ」

「はい」

こういうとき、聞き手はただ合いの手を入れるだけでいい。小雪がそう教えてくれた。

「学生時代は、一人暮らしもさせてもらえなかったしな」

「そうですか」

「実家にはさ、テレビもないんだぜ」ジャックさんの声のトーンが、昼間の朝顔みたいにしぼんでいく。「友達とカラオケとか行ってもよ、俺だけ流行歌を知らねえから、周りの連中についていけなくてよ」

このピアスだらけの青年が、そこまでの苦学生だったとは。

「金銭的な問題は、子供のせいじゃないですもんね」

「え？　まあ、それは、そうだよな」

「私の知人は、奨学金で大学に通ったらしいんですけど、なかなか大変だったみたいです。頑張ってる人って、けっこういるんですよね」

小雪のことを思い出しながら言った。

すると、ジャックさんは、こちらに背中を向けたまま「あー、なんつーか」と声を出して、次の言葉を探しているようだった。そして、続けた。「悪《わ》りい、そうじゃねえんだよな」

「え？」

「俺んちは、まあ、それと真逆っつーの？」

「え？」

「だからさ、金が足りないんじゃなくて」

「……有りすぎって、ことですか？」

「まあ、そういうことだな」

まったく否定する気はないらしい。ってことは——。

俺は、背筋をピンと伸ばして優雅な風情を醸《かも》しながら食事をしていたジャックさんを思い出した。

「ご実家、かなりのお金持ちなんですか？」

「だからよ、それが問題だって言いてえわけ……」

「でも、さっき、テレビすらないって」

「あれは、俺の教育に良くないからって、親がテレビを買わなかったって話だよ」

ジャックさんが、布団のなかでもぞもぞ身体を動かして、こちらを向いた。

「平和な家で育ったあんたには、分かんねえかも知んねえけどさ――」

そんな前置きをしたジャックさんは、自分の生い立ちをちょっと照れくさそうにぼそぼそと話しはじめた。しゃべりながら、少しずつ鬱憤を吐き出しているようにも聞こえた。

ジャックさんは、いわゆる大企業を創業した一家の「御曹司」で、一人っ子の跡継ぎとして幼少期から英才教育を受けさせられたそうだ。過大な親の期待に押しつぶされそうになりながら育ち、親の決めた小学校、中学、高校、大学へと進学し、就職先まで親の縁故で決められたという。そして、そんな窮屈な人生に、ジャックさんは鬱々としたものを抱えていたのだ。

そんなジャックさんに運命の出会いが訪れたのは、ある春の夜のことだった。仕事帰りにとぼとぼと駅前の広場を通り抜けようとすると、そこに派手なモヒカン頭をしたパンク系のストリートミュージシャンがいた。彼は楽器すら持たず、ひたむきに一本のマイクに向かって思いの丈を吠えていた。立ち止まって聴くお客さんは、ほんの数人しかいないというのに。

楽器も使わないなんて、変な奴だな。でも――。

なんとなく気になって足を止めたとき、モヒカン頭はジャックさんをギロリ、と見据えた。

そして、そのとき彼の口から飛び出したシャウトに――、

「俺は、ズキュン！　って、胸を撃ち抜かれちまったわけよ」

そう言って、ジャックさんは嘆息した。その瞬間の感動を思い出して、恍惚とした表情を

している。

「えっと、ちなみに、それって、どんな言葉だったんですか？」

俺が訊くと、ジャックさんは、よくぞ訊いてくれた、と言わんばかりに目を爛々《らんらん》と光らせた。

「パンクでロッケンロールなあいつはよ、通りがかりのしょぼくれた俺の目をまっすぐ見て、いきなりこう吠えたわけよ」

「は、はい……」

「そこのあんた、たった一度きりの人生だろ？　小さくまとまってんじゃねえぞ！　ってな」

「…………」

「しかもよ、その後、さらに続けてシャウトしやがったんだ」

「はあ……」

「誰かに敷かれたレールの上を行くなんて、まっぴら御免だぜ！　てめえの行く道は、てめえの血と汗で作っていくんだぜ！　ってよ」

なんか、どこかで聞いたことがあるような……。

「どうよ？　ヤベえよな、この台詞。あんたにも刺さっただろ？」

ごめん。刺さらないよ。一ミリも。そう思いつつも、話の腰を折らないよう、俺は肯定してあげることにした。

「まあ、はい。刺さりますね」

「だよなぁ」嬉しそうに目を細めたジャックさんは、枕の上の頭で大きく頷いた。「正直、俺、その瞬間、雷に打たれたみてえになってさ、しばらくその場から動けなくなっちまったよ。いままでの俺は、ホント、小さくまとまっちまってたなぁって。んで、そっから俺は、あいつみてえに誰かの人生を根底から変えちまうような、イカしたパンクをやってやるぜって思ったわけよ」

「な、なるほど……。で、それはいつの――」

「だいたい二ヶ月前かな」

「え――」

想像よりも、はるかに直近だった。なるほど、プロフィールに「予定」の二文字がつくのも頷ける。

「それからの俺の行動は、早かったぜ」

その陳腐とも言えそうな言葉に胸を撃ち抜かれたジャックさんは、すぐに仕事を辞めて、実家を飛び出し、一人暮らしをしながらアルバイト生活をはじめたのだというのだ。

「じゃあ、いまは、生活費をそのアルバイトで捻出してるんですね？」

「はっ？　だから言っただろ。俺んち、金持ちだって」

「え……」

「金なんて、銀行に行けばいくらだってあんの。でもさ、アルバイトをしてた方が、パンクっぽいじゃんかよ」

「まあ、そうですね……」

「だろ？　さすがにピアスの穴を空けるときはビビったけどな」

会社はスパッと辞められたのに、ピアスの穴空けにはビビったんだ……。俺は、ジャックさんの顔にたくさん着いたピアスにまじまじと見入ってしまった。

「なにか、楽器とかは？」

「まだ。つーか、そんなに急にできるわけねえだろ？　いまは古今東西のパンクロックを聴くので精一杯なんだって。バイトだって週に四回もあるしよ。でも、俺、ぜってーに成功して、両親を見返してやっから。あんたも見とけよな」

「あ、はい」

なるほど。聴き込むことからスタートしているというわけか。

「ちなみに、ジャックさんは、どんな女性とお付き合いしていたんですか？」

どうにも興味が抑えられなくなって、俺は訊いてしまった。すると、まっすぐすぎる御曹司が、ここでなぜか少し不安そうな目をしたのだ。

「やっぱ、フラれてねえと、駄目なのか？」

「え……」まさか、失恋してないの？「ということは？」

「俺、失恋なんて、してねえよ」

「ええと、それって、ことは、その……」

じゃあ、どうして、このツアーに？　と訊こうかどうか迷っていると、ピアスでしゃべりにくそうなジャックさんの口から思いがけない台詞が飛び出してきたのだった。

「あんた、絶対に笑うなよ」

「え？　あ、はい」

「俺さ、親の敷いたレールの上にずっと乗せられてたって言ったろ？　つい二ヶ月前まで」

「はい」

「そこから連想してみろよ。そのレールの上に、女なんて用意されてると思うか？」

「え……」

「いるかいないかで答えろよ」

「それは、まあ、いない、でしょうね」

「だろ？」

「ってことは」

「だから俺、女と付き合ったこと、ねえわけ」

「あ……」

ジャックさんは「本人にそれを言わせんなっつーの」と、ムッとした顔をしたけれど、勝手にしゃべったのは本人だ。

「す、すみません」

なんだこの展開？　なぜ俺が謝るハメに？　と自問しつつも、とにかく俺は驚いていた。

まさか、このピアスだらけの顔で、しかも、この金髪モヒカン頭で――、童貞だったとは。

「えっと、じゃあ、ジャックさんは、どうしてこのツアーに？」

ようやく訊けた。

「落ち込めるって書いてあったからな」

「え……」

「俺はよ、この歳になって、いままで積み重ねてきた人生の全部を失って――ってか、全部をかなぐり捨てて、一からやり直そうってんだぜ。こういうときはチャンスだろ？」

「チャンス、ですか？」

「そりゃそうだろ。ここでしっかり落ち込んどいて、絶望的な気分を味わっておいた方がよ、いずれ音楽を創るときに役立つんだから。刺さる言葉ってのは、そういう経験から生まれるんじゃねえの？」

ここにきて、ジャックさんは、まともっぽいことを言いはじめた。けれど、どうしても俺には気になることがあったのだ。

「あの、ちなみに、ですけど、ジャックさんの年齢って……」

「二五歳だけど」

「そう……でしたか」

「なんだよ、そうでしたかって」

「あ、いや、別に、単に、そうだったんだなあって」

「俺は年齢なんかに縛られねえって決めたからよ、敬語なんか使わねえからな」

「あはは。それは、別に構いません」

「じゃあ、なんだよ」

「いえ、なんか、ジャックさん、いろいろあったんだなって」

「……まあな。わりとロックだろ?」

「ロックというか、なかなかないパターンだと思います」

「なかなかない、か。ま、俺も、そう思うよ。貧乏が理由で自由になれないっていう不幸があるのは、誰だって知ってるけどよ、俺みたいに実家に金が有りすぎるせいで自由になれないっていう不幸は、あんまり聞かねえもんな」

「そうですよね」

「あ、言っとくけど、嘘ついてんの、俺だけじゃねえからな」

「はい?」

「教授なんて、俺よりおかしな理由で参加してんだからよ」

ジャックさんが、悪戯っぽくニヤリと笑った。

「おかしな理由?」俺は、あの悟りを開いたような顔を思い浮かべた。「ジャックさん、教授となにか話をしたんですか?」

「まあな。ボロい城跡で虹を見たあと、なんとなくな」

ジャックさんと教授とは、なんとも意外な組み合わせだ。

「ちなみに、教授は、なんて？」

「これ、一応、オフレコな」

「はい」

ジャックさんは、声のトーンを少し落としてしゃべりはじめた。俺たちの他には誰もいないのに。

「あのおっさんよ、勉強しすぎてイカれちまったんだってさ」

「はあ……」

「ようするによ――」

それからジャックさんがしゃべった内容は、たしかに「おかしな理由」だった。

つまり教授は、哲学をベースに心理学や生理学などを勉強しすぎたせいで、人生から「ときめき」がなくなってしまったというのだ。

ジャックさんは、教授との会話を思い出しながら続けた。

「例えばな、イカした女と出会って、ちょっと好きになったとしてもよ、その感情はドーパミンによる作用がどうとか、オキシトシンがどうとかって考えちまうらしいんだよ」

「それは、なかなかですね」

「だろ？　あと、失恋したときもよ、物理的に言えば、人間という二つの生物個体同士の接触頻度が減少するだけだって考えちまったり、そのとき多少なりとも心を痛めたとしても、心理学的見地から考えれば、時間が心を癒してくれるって分かってるから、じたばたする気さえしねえんだってさ」

「なるほど……」

「な、変わってんだろ？」

「たしかに、珍しい感じですね」

「あ、そうだ、あのおっさん、もっと、おもしれえこと言ってたぞ」

「え、どんな？」

「じつは、わりと最近、結婚をしようと思ったらしいんだけどな、そんときもソクラテスの言葉が頭に浮かんで、感情が哲学的になっちまったんだってよ」

「ソクラテスの言葉？」

「ああ」

「ちなみに、どんな言葉だったんですか？」

「えーと、なんだったたっけな……」ジャックさんは、横になったまま記憶を辿るような目をした。「あ、ちょっと待ってろよ」

ジャックさんは枕元に置いてあったスマートフォンを手にすると、布団のなかで検索をしはじめた。

そして、しばらくして「あ、これこれ」と苦笑いをした。

「いいか、読むぞ」

「はい」

「とにもかくにも結婚せよ。もし君が良い妻を得たならば、君はとても幸せになるだろう。もし君が悪い妻を得たとしても、君は哲学者になれる。そして、それは誰にとっても良いことなのだ──、だってよ」

「おお、なるほど……」

ソクラテスの名言を聞きながら、俺は、小雪の顔を思い浮かべていた。もしも小雪と結婚できたら、俺は幸せになるのだろうか？　あるいは哲学者になるのだろうか。いや、いまは、それは置いておこう。

「つーか、あのおっさん、そもそも哲学者じゃん？　だから俺、言ってやったんだよ」

「なんて……」

「あんたは、悪い妻を得ても、そのまんまじゃんって。そしたら、おっさん、珍しくニヤッて笑ってたな」

ジャックさんも同じようにニヤッと思い出し笑いをしていた。

「で、結局、結婚は」

「しなかったらしいぜ。てか、フラれたって」

「あ、一応、失恋はしているんですね」

「だな。とにかくよ、あのおっさん、名前のとおり悟っちまったんだよ。で、落ち込んだり、悲しくなったり、どきどき、わくわくしたりすることがすごく減っちまったんだってよ」

「うーん、そうですか……」

「でな、心が常にフラットで平穏すぎると、今度は逆に人生が退屈になっちまってよ、退屈なまま死ぬのが怖いんだとさ」

「ということは――」

「このツアーで感情の起伏ってのを味わいてえんだよ。ようは、落ち込んでみてえんだってさ」

そんな理由で……。

「ふう」

と、俺は、自分でも理由のよく分からないため息をついていた。

御曹司ゆえに、むしろ自由を求めているジャックさん。

人生を悟り、心の平穏を手にいれたばかりに、今度は逆に心の乱れに憧れている教授。

パッと見ただけでは分からないが、人にはそれぞれ抱えているものがあるのだ。きっと、他人の目の届かないところで、人は誰しも戦っているのだろう。モモちゃん、るいるいさん、ヒロミンさん、そして小雪だって、ずっしりと両肩に食い込むような過去を背負って生きているし、よくよく考えてみれば、いまの俺にだって悩みはある。

「なんか、人生、いろいろですね」

ため息みたいに俺の口からこぼれた台詞は、やたらと実感がこもってしまった。

「だよな。でも、これからだぜ」

「え？」

「これからだと思ってるから、みんな高《た》けえカネを払ってこのツアーに参加してるんだろ？」

「…………」

俺は、不意打ちをくらったようになって、返事ができずにいた。

「未来へのレールは、この瞬間から、てめえの手で敷くんだ。そうだろ？」

ジャックさんは、ピアスの下の左目をパチッと閉じてみせた。

ずいぶんと不器用なウインクだったけれど、なんとなく、いつか人の心を動かす「未来のパンクロッカー」にはとてもよく似合っている——、そんな気がした俺は、どこかホッとしたような気分で「ですね」と小さく頷いていた。


ジャックさんは、いびきをかかなかった。

すやすやと子供のような寝息を立てているだけだ。

俺は静かにスマートフォンを手にして、ジャックさんに背中を向けた。

時刻は、午後十一時すぎ。

基本、夜更かしな小雪は、まだ起きているはずだ。

俺はメールのアプリを立ち上げて、そそくさと文章を入力した。

『今日はお疲れさま。まだ起きてるよね。ちょっと話したいことがあるんだけど、よかったら校庭に出ない？』

断られる確率は六〇パーセントくらいかな、と思いながら送信ボタンを押す。

返信は、予想どおりだった。

『ごめん。わたしはとくに話したいことないから』

めげずに、俺はすぐに返す。

『大事な話があるんだよ。二人きりのときじゃないと話せない、内緒のことなんだけど』

『わたしの部屋、女性陣が四人もいるから。いま出て行ったら色々と疑われちゃう。内緒の話ならメールでお願いします』

そうだった。小雪はいま一人ではないのだ。俺は、うっかり舌打ちをしそうになった。

『じゃあ、メールで。急な話だけど、うちの会社、倒産するって』

シンプルにそれだけ入力して送信した。

『冗談？』

『冗談でこんなこと言えるか？　昼間、社長と電話をして確かめたことだよ』

さあ、小雪はどう出る？　そう思ってスマートフォンを手にしたまま返信を待っていたのに、それっきり小雪からのレスはなかった。

コチ、コチ、コチ……、すや、すや、すや……。

無駄に明るい蛍光灯の下、退屈な秒針の音と寝息を聞きながら、俺は悶々とした夜を過ごすハメになったのだった。

ちょっと寝不足な三日目——。

朝食を食べようと、ツアー客たちが家庭科室に集まってきたときに、その事件は起きた。

小雪が「あれ、るいるいさんは?」と言うと、ヒロミンさんが慌てた様子で家庭科室に入ってきた。

「龍さん、これ。置き手紙みたいなのがあったの」

ヒロミンさんは、おはようの挨拶もなしに紙切れをこちらに差し出した。

嫌な予感を胸に抱きつつ、俺はその紙切れを受け取った。

手で千切ったようなメモ用紙に、紺色のボールペンで書かれた丸文字が並んでいた。

わたし、電話で彼と仲直りしたの。
もう「失恋中」じゃないし、
彼が車で迎えに来てくれたから、帰るね。
楽しかったよ。バイバイ。

♪るいるいより♪

「バイバイって……」

思わずそうつぶやいた俺のすぐ背後から、ちょっと愉快そうな声がした。

「おい添乗員。あんた、どうする？」

陳さんが、後ろから手紙を覗き込んでいたのだ。

「どうするって……、そうだ、携帯、携帯」

慌てていた俺は、穴だらけのジーンズのポケットを外からパンパン叩いて、ないことを確認した。図書室の枕元に置いてきたのだ。

「あはは。私の携帯、貸してやりたいね。でも、携帯、持ってない。家に置いてきただろう」

背後で、陳さんがどうでもいいようなことを言う。

「はい、大丈夫です」と、俺が振り返ると、

「日本の馬鹿女、いつも電話する。うるさいだろう」

陳さんは、よほど面倒な女と関わってしまったようだが、いまはそれどころではない。携帯を取りに図書室へと歩き出したとき、「龍さん」と、呼び止められた。

「はい、これ使って」

小雪だった。

「あ、うん。ありがとう」

受け取った小雪のスマートフォンの画面を見たら、すでにるいるいさんの携帯番号が表示されていた。さすが、小雪は冷静で仕事が速い。

俺は、いったん深呼吸をしてから、通話ボタンを押した。

ワンコール、ツーコール……。

その場にいた全員の視線がこちらに集まっていて、なんとなく背中を向けたくなる。

「はーい、もしもし？」

出た。

陽気なキンキン声が頭蓋骨のなかで響いて、俺はスマートフォンを耳から少し離した。

「あ、るいるいさんですか？」

「うん、そうだよ。誰？」

「失恋バスツアーの、添乗員の――」

「あ、龍ちゃんだぁ！」

耳の奥がキーンとした。思わず顔をしかめると、それを見ていた周囲のみんなが苦笑いした。るいるいさんの声は、すっかり漏れ聞こえているのだ。

「はい、そうです。あの、ですね――」

いくらお客さんとはいえ、さすがに少したしなめるべきだろうと思っていると、るいるいさんの笑い声にかぶせられてしまった。

「あははは。龍ちゃん、手紙、見てくれた？」

「え？」

「わたし、部屋に書き置きしてきたんだよ」

「はい、ですから、いま、それを見て電話をしているんです」

「あ、よかった。気づいてくれて。いま、彼の車に乗ってるの」

「はあ……」

「わたしね、昨日の夜の花火のとき、電話で彼氏と仲直りしたのね。で、さっき、車で迎えに来てもらって、ちゃんとプロポーズしてもらったんだよ。うふふ」

「えっ、プロポーズ？」

「うん、そうなの。だからもう超ハッピーなの」

ただでさえ明るいるいるいさんの声が、いっそう明るくて――、なんだか俺は釣られて
「あはは」と笑ってしまった。もはや、たしなめるどころではない。

「じゃあ、るいるいさんは、近々、ご結婚されるんですね？」

「うん、するよっ」

「そうですか」

俺は、思わずため息をついてしまった。昨夜、るいるいさんから聴いた彼女の人生を想ってしまったのだ。

「あの、るいるいさん」

「ん、なに？」

「よかったですね」

「うふふ。もう、最高だよ」

「おめでとうございます」

スマートフォンを耳に当てたまま、俺は小さく会釈した。

ふと周囲を見回すと、筒抜けの会話を聞いているみんなが、ほっこりしたような顔で俺の方を見ていた。

「うふ。龍ちゃん、ありがとう。やっぱり、めっちゃいい人だね。あっ、ねえねえ」

「はい、なんでしょう？」

「もしも、またこの人にフラれたらさ、龍ちゃんのツアーに参加してもいい？」

この人、というのは、隣の運転席にいる彼氏のことだ。「おいおい、なんだよ、それ」という低く冗談めかした男性の声が、スマートフォンのなかからかすかに聞こえてくる。車のなかでふざけ合っているのだろう。

「ええ、もちろんです。そのときは喜んで」

言いながら、俺は胸の浅いところに鈍い痛みを覚えていた。

社長との電話を思い出したからだ。

「あはは、やったぁ。龍ちゃんのツアー、楽しいもん」

るいるいさんの無邪気な声がキンと響く。

「でも——」

俺は、ちらりと小雪を見た。

小雪は、俺の足元あたりを見ていた。

「え、なに？」

「個人的には、るいるいさんが、もうこのツアーに参加しなくて済むことを祈っています」

「うふふ。龍ちゃん、やっぱり、すご〜くいい人だね」

「いや、別に……」

直球で褒められた俺が、つい言葉を失っていると、るいるいさんは、すぐに続けた。

「龍ちゃんも、小雪先生とうまくやってね」

えっ……？

声にならない声を上げて、俺は固まった。

どういうことだ？

どうして俺と小雪の関係を、るいるいさんが？

狼狽しながら、俺は目だけで周囲をちらりと見回した。

ハッとした顔をしているのは小雪だけだった。他の人たちは、若干、さっきよりも笑みを大きくしてはいるけれど、とくに違和感のある表情をしている人はいないように見えた。

「あ、え、ええと……」

しどろもどろになりながら、俺は考えた。

この周囲の反応からすると——、俺と小雪の関係に気づかれているのではなくて、単に「添乗員とカウンセラーの関係」を、うまくやってね、という意味で捉えてくれたようだ。

うん、きっとそうだ。

俺は、るいるいさんに「ありがとうございます」と、無難な返事をして、再び周囲を見た。

みんなの顔は、さっきと変わらなかった。

俺は胸をなでおろした。

「わたしね、彼とこのままドライブして、素敵な温泉に泊まることにしたの」

「そうですか。いいですね」

「うん。だから、みんなとはお別れになっちゃったけど、イノシシが出たりして、冒険みたいで楽しかったし、みんな、すっごくいい人たちだったよ。大好き。ありがとうって伝えてね」

「あ、はい。分かりました」

「それじゃあね～」

「あ、えっ？」

「バイバ～イ」

ブツ……。

「……えっ？　えっ？」

いきなり通話を切られてしまった。

るいるいさんの声が聞こえなくなった家庭科室に、しんと沈黙が満ちていく。

「ええと、聞こえていたと思いますけど、るいるいさんから、皆さんに、ありがとう、だそうです……」

俺は周囲を見回し、苦笑しながら言った。

「なんか、最初から最後まで、彼女らしいね」

そう言ったヒロミンさんも苦笑している。

「でも、まあ、幸せになったなら、それでよかったですね」

サブローさんが、しわしわな笑顔でそう言うと、みんなも小さく頷いた。

俺は、やれやれ、という気分でスマートフォンを小雪に返した。

「これ、ありがとう」

「うん。なんか、嵐みたいな娘だったね」

小雪がくすっと笑ったとき、どこからか、ぐううう、と盛大な音がした。

「おい、聞いたか？　俺の腹が、早く飯にしろって不平を言い出したぞ」

入道さんの腹の音だったのだ。

みんながくすくすと笑い出したのを見て、俺は添乗員に戻った。

ほっこりしている場合ではない。この人たちには、しっかりと落ち込んでもらわねばならないのだ。

「それでは、皆さん、残念ながら仲間が一人減ってしまいましたが、質素ながらも身体にいい朝食をいただきましょう。るいるいさんの分は、お腹に余裕のある方に食べて頂ければと思います」

言いながら俺は入道さんを見た。

「おう、任せておけ。この腹には、何人分でも入るからな」

山伏みたいな格好をした巨漢が、相好を崩した。

すると、その横でサブローさんが微笑みながら巨漢を見上げた。

「でしたら、私の分も少し食べてもらえますか?」

「お、おう。もちろん」

答えた入道さんは、相変わらず笑みを浮かべていたが、目は笑っていないように見えた。

まるでサブローさんのことを霊視しているような……、そんな、力のある視線を送っていたのだ。


質素な朝食を食べ終え、それぞれ出発の準備を整えると、俺はお客さんたちを校庭の隅に停めてあるバスへと促した。

いつものように山田さんもサンダルを履いて見送りに来てくれた。

みんなが乗車したあと、最後まで校庭で山田さんとしゃべっていたのはサブローさんだった。年齢が近くて仲良くなった二人は、名残惜しいのだろうか、互いの両手を握り合ったまま、しばらく小声で話し込んでいた。

俺はそんな二人の横顔をバスの入り口からぼんやり眺めていた。

やがて、山田さんが握っていた手を離した。と思ったら、その手の親指で自分の頬をぬぐった。

えっ、山田さん、泣いてるの？

俺は、二人の様子に見入った。

サブローさんが、山田さんの肩を両手でぽんぽんと励ますように叩き、山田さんが小さく頷く。

それから二言、三言、会話を交わして、サブローさんはバスの方へと歩いてきた。妙にさっぱりしたような微笑を浮かべながら。

一方の山田さんは、そんなサブローさんの背中を見つめながら立ち尽くしていた。

「すみません、お待たせして」

サブローさんが俺に言いながら、バスに乗り込んできた。

「あ、えっと……」

「何か？」

サブローさんは、平然としていた。だから俺も「いや、別に」とだけ答えて、背後の運転席を振り返った。

「じゃあ、まどかさん、出発、お願いします」

返事はないが、プシュー、という音がしてバスのドアが閉まり、エンジンが始動した。

昨夜、花火を愉しんだ校庭を横切るように、バスがゆっくりと進んでいく。

俺はぽつんと立ち尽くす山田さんに向かって、窓越しに一礼した。山田さんはいつものように右手を小さく振りながら見送ってくれる。

バスはすぐに校門を通り抜け、左折した。

サブローさん以外のお客さんたちもまた名残惜しそうな顔で、遠ざかっていく古い校舎を見つめていた。

俺は、そんなお客さんたちを見ているばかりで、あえて外の景色を見ることをしなかった。見たらきっと、未練で心を焼かれるに決まっているからだ。

バスはどんどん進み、やがてお客さんたちが前を向いた。

俺は、ため息をこらえて自分の席に腰を下ろした。

すると、待っていたかのように隣の小雪が口を開いた。

「あのさ」

「ん、なに?」

「さっきから思ってたんだけど」

「うん」

「そのジーンズ、なに？　若作り?」

「あ……、いや、これはさ」

俺は、昨夜のジャックさんとのやりとりを話した。

「へえ。あの人、やっぱり、やさしいところがあるんだね」

「まあね。人は見かけによらないんだよな」

モヒカンにピアスだらけの顔を思い浮かべつつ、彼のちょっと風変わりな人生を想う。そして同時に、小雪がバスから降りるときに手を差し伸べたジャックさんの照れ臭そうな顔も思い出していた。

やさしいところがある——か。

たしかに、根はいい奴だけど、でも、もしかすると、俺のライバルかも知れないわけで……。

小雪は、すっと窓の方を向いた。

俺も、小雪越しに外の風景を眺めた。

バスは清流に沿って蛇行する山道を下っていた。川の向こうは新緑に覆われた山で、幾千万の葉っぱが朝日をきらきら照り返している。

「ねえ」

「ん?」

俺に背を向けたまま、ふたたび小雪が小さな声を出した。

「本当に、最後になるわけ?」

「え？」

「このツアー」

俺は小雪に聞こえないよう、静かに息を吐いた。

「たぶん。残念だけど」

「そっか……」

小雪がため息をついた。その息が窓ガラスに当たって、ほんの一瞬だけガラスがほわっと白くなった。

俺は、小雪の華奢な背中にどんな言葉をかけてやればいいのかが分からなくて、少しの間、ぼんやりと車窓を眺めていた。

すると、車内に音楽が流れ出した。

あの陰々滅々とするような、いつもの失恋ソングを、まどかさんがかけてくれたのだ。

そうだ。仕事だ、仕事――。

俺は席から立ち上がって、バスの後ろを向いた。

「ええ、皆様」

お客さんたちの視線がこちらに集まった。

俺は、サブローさんの様子を見た。これまでどおりのにこやかな表情だったので、少しホッとして続けた。

「いよいよツアーも三日目がスタート致しました。お手元の『旅のしおり』にありますように、当バスはこれから遊園地へと向かいます。もちろん、ふつうに楽しめる遊園地ではございません。地域の過疎化にともない、五年前に閉園し、いまや廃墟となりつつあるゴーストタウンのような遊園地です」

こういうしゃべりも、これで最後なのかと思うと、テンションが下がりそうになるけれど、でも、このツアーに限っては、テンションが低いことはむしろ悪いことではないのだ。そう思い直して、俺は今日の予定を淡々としゃべり続けた。

視線の隅っこには、かすかに小雪の背中が見えていた。今日の小雪は、その名のとおり、白い雪のようなモヘアの薄いカーディガンを着ていた。そして、それが、とてもよく似合っていた。俺と一緒に出かけたときに、俺が見立てて買ったカーディガンなのだから、似合っていると感じて当然なのだが。

頭のなかで小雪のことを想いながら、俺の口は淀みなく仕事のトークを続けていた。我ながら器用なものだと思うが、それはつまり、このツアーの仕事がそれだけ俺の身体に染み付いているということだろう。そう思うと、うっかりため息を洩らしたくなる。

ひととおりの説明を終えると、俺は「何かご質問は？」と訊いた。

手を挙げる者はいなかった。

このタイミングで、るいるいさんのキンキン声が上がらないことが、すでに少しばかり淋しくなっていた。みんなも、きっと同じ思いをしている気がして、俺は苦笑しそうになった。こんなふうに、多少なりともセンチメンタルな気分になる「失恋バスツアー」は、過去には一度もなかったのだ。


閉鎖された田舎の遊園地には駐車場がなかった。

というのも、現在は、大手の製薬会社がその広大な土地を買い取り、大規模な工場を建てているところなのだ。アスファルトを剝がされ、赤土がむき出しになった敷地内には、ブルドーザーやパワーショベルといった十数台もの重機が行き交い、建築工事が進められていた。

そんなわけで、俺たちのバスは、遊園地の切符売り場だった場所の前にぴたりと横付けした。

バスを降りるとき、俺はお客さんたちに首からかけるパスポートを手渡した。これは、現在この土地を管理している業者から渡されている「立入禁止区域への入所許可証」となるカードだ。

全員がバスを降りても、パスポートは二枚余った。るいるいさんとまどかさんの分だ。まどかさんは例によってタバコを吸ったり昼寝をしたりしながら待っているらしい。

「はい、それでは皆さん、許可証を首から下げましたら、こちらから入園して下さい」

声を張りながら園内へとお客さんたちを誘導する。

入り口のゲートを抜けるとすぐに、一眼レフを手にしたヒロミンさんが目を輝かせた。

「わあ、なんか、廃墟の雰囲気がフォトジェニックじゃん」

一方では、ジャックさんが不安そうに眉尻を下げた。

「こ、ここ……、なんか、薄気味悪くねえか？」

「がはは。心配すんな。ここに残ってる念は、凝《こ》って霊になったりしねえタイプだからよ。薄いんだよ、濃度が」

入道さんが丸太みたいな腕を組んで平然と答えた。

「ほ、本当かよ？」

「ああ、本当だ」

あからさまに安堵のため息を吐いたジャックさんを見て、小雪がこっそり笑いそうになっていたが、正直いえば、はじめてここを下見で訪れたときは、俺もこの特別な雰囲気にかなり圧倒されたものだった。

観覧車、ジェットコースター、メリーゴーランド、コーヒーカップなどの錆び付いたアトラクションたちが、朽ちた巨大生物の屍体のように音もなく地面に横たわっていて、その圧倒的な廃墟感は、ここ以外ではそうそう味わえるものではない。もっと言えば、幼児がまたがる動物の形をした乗り物や、お化け屋敷、フランクフルトやソフトクリームの売店、ゲームセンター、「動物ふれあい広場」と書かれた看板、とんがり屋根のトイレ、色あせたベンチ……そういう残骸たちを見ていると、ふいにそのあたりから子供やカップルの歓声が洩れ聞こえてきそうな気がして、うすら寒くなる。

ようするに、元がメルヘンチックな作りになっているだけに、廃墟化すると、それがえも言われぬ「怖さ」となって、風景を異空間に変えてしまうのである。

「はい、それでは皆さん、先ほどバスのなかでお配りしたペットボトルの水とボールペンと紙をお持ちですね？」

「………………」

皆からの返事は、ない。

別に無視されているワケではないのだが、ここまで音がないと、やっぱりるいるいさんが恋しくなる。

彼らにバスのなかで配った紙は、いわゆる「質問用紙」だった。恋人との思い出の場所はどこ？　別れを告げられた場所は？　二人はなぜ別れたのですか？　相手の好きだったところは（なるべく複数回答で）？　あなたが修正すべきだった点は？　など、辛かった別れを片っ端から思い出させるような質問が列挙されている。そして、参加者はそれぞれ廃墟化した園内のどこかで、その質問にたいする回答をペンで記入し、あらためて別れの悲しみを味わうのである。

今回の参加者のなかには、じつは失恋などしていない——という人もいるから、そういう人にとって、この質問は、まったく意味のないものになってしまいそうではあるが……。

しかし、まあ、あまり深く考えても仕方がない。この人たちをチョイスしたのはイヤミ課長なのだ。俺は、「ちゃんと失恋した」参加者たちのために、しおりに書いてあるとおりの内容をプロとしてきっちりこなしていくしかない。

「ここからは、皆さんそれぞれの自由行動となります。集合時間は正午ぴったりで、集合場所はここです。全員に集まって頂いたところで昼食をお配りしますので、ぜひとも時間厳守でお願い致します。ちなみに、園内でご使用できるトイレですが、申し訳ありませんが、あそこに見える一棟だけとなっております。他のトイレは水が流れませんので、ご使用にならないようお願い致します。あと、廃墟化したアトラクションは危険ですので、触れたり、柵を越えて近づいたりしないよう、くれぐれもお願い致します。以上ですが——、ここまでで、何かご質問はありますか？」

ぐるりと、お客さんたちを見回す。

「ない……ですね？　はい、そうしましたら、各自お好きな場所で質問用紙に記入をして頂きつつ、辛かった離別のあれこれを丁寧に思い出して、しっかり落ち込みながら、園内散策をご堪能下さい」

俺の説明が終わると、参加者たちは、なんとなくのろのろとした足取りで、園内の適当な場所へと散っていった。

小雪は、今日もさりげなくモモちゃんの背中を追うように、少し距離を置いて付いていった。やはり彼女のことは気になっているのだろう。

俺は、そんな彼らの背中を眺めながら「さてと」と小さな声を出した。これから約一時間半ほどはフリータイムとなる。添乗員も、多少は気を抜いていられる時間なのだ。

荒涼とした遊園地のなかには、つねに弱い風が吹いていた。

風向きによっては、建設現場となっている駐車場跡から重機の音が聞こえてくる。それ以外は、嘘のように静かな場所だ。

俺は、いつものようにジェットコースターがある方へと少し歩き、無人の売店の前に並べられたテーブル付きベンチに腰掛けた。

コーヒーでも飲みたい気分だったが、手元にあるのは参加者と同じペットボトルの水だけだった。そのキャップを開けて、ごくごくと喉を鳴らす。

水を飲むとき、自然と初夏の空を見上げる格好になった。

頭上には、やわらかなブルーが広がっていた。

よく晴れているのに、不思議とあまりまぶしくない空なのだ。

俺は、ついさっきまで乗っていた、くたびれた空色のバスを思い出した。おんぼろだが、かなり愛着のあるバスだった。

ジェットコースターの真上に、ギターを彷彿させる形の雲が浮かんでいることに気づいた。

俺は、ショルダーバッグのなかからスマートフォンを取り出すと、それを空に向けてかざした。そして、ジェットコースターと雲の両方をフレームに収めた写真を何枚か撮影した。

撮りたての写真を、ひとつひとつ吟味する。

いちばん構図と色味のいい一枚を残して、あとは消去した。

「んでもって、こいつを……」

ひとりごとを言いながら、俺はフェイスブックを立ち上げた。そして、ギターの雲の写真と、短い文章を投稿した。

《ギターが空に！　美優が、久しぶりに弾いてくれたのかな？　失恋バスツアーでこの遊園地に来るのも今日が最後だと思うと、ちょっとセンチメンタルだなぁ……》

そう書いたら、なんだか本当にセンチメンタルな気分になってきて、スマートフォンの画面に向かって「ふう」と深いため息をついてしまった。

と、次の瞬間――、

「フェイスブック、やられてるんですか？」

俺のすぐ後ろで声がした。

「うわっ」

驚いた俺は、ベンチから尻を五センチほど浮かせていた。

慌てて振り返ると、目の前にしわしわの顔があった。いつの間にかサブローさんが後ろにいて、スマートフォンを覗き込んでいたらしい。

「あはは。驚かせちゃいましたか。こりゃすみませんね」

「あ、い、いえ。なんか、ぼうっとしてたら、急に声がしたもんで」

サブローさんは「いやあ、申し訳ない」と、禿げた頭を掻きながら、テーブルの向こう側に回り込むと、俺の正面のベンチに腰を下ろした。

「空の写真を投稿したんですか？」

「まあ、はい。たいした写真じゃないですけど」

「ほう、どれどれ」

サブローさんは、俺のスマートフォンではなく、空を見上げた。

あまりまぶしくないブルーなのに、目を細めている。

「あそこに、ひょうたんみたいな雲がありますね」

老人特有の、少しかすれた声で言う。

「あの雲、ぼくにはギターに見えたんですけど」

「ああ、なるほど。たしかに、そうも見えますね」

「ええ」

「それにしても、今日はやさしい空ですね」

ポジティブな言葉なのに、なぜだろう、サブローさんが言うと、なんだか少し淋しく響く。

「サブローさん、散策には、行かないんですか？」

空から視線を下ろして、俺は訊ねた。

「なんだか、少し疲れましてね」

「え……、大丈夫ですか？」

「いやいや、そんな心配するようなことじゃないんです。単純にね、この歳ですから」

目尻に人懐っこい皺を作って、サブローさんがこちらを見た。

「私もね、最近、フェイスブックをはじめたんですよ」

「あ、はい」

「もしよかったら、龍さんに友達申請をさせて頂いても？」

「え？　あ……、ええと、それは、ですね」

思いがけない急な申し出に、俺は失礼のない辞意の言葉を見つけられずにいた。そんな俺の様子から、察してくれたサブローさんは、すぐに両手を前に出して「ああ、すみません。さすがに友達っていうのは気安すぎましたよね。なにぶん、初心者なもので、失礼しました」と肩をすくめてみせた。

「いや、えっと、違うんです。そうじゃなくて——、本当なら、友達になって頂きたいんですけど、でも、ちょっと、このアカウントはですね……、ええと、何て言ったらいいんだろう」

俺は、できるだけ上手な言い訳をしようとしたのだけれど、むしろどつぼにハマった感があった。

サブローさんも、そんな俺を見て、少し困惑気味の表情を浮かべている。

色あせた木製のテーブル越しに、微妙な沈黙が生まれてしまった。

そのとき——、
ふわり、と、俺たちの間を木綿の肌触りの風が吹き抜けた。

それは花の匂いをうっすらと含ませた、どこか懐かしいような風だった。

駐車場の工事現場の音が聞こえてきた。

風向きが変わったのだ。

「ああ、ほら、龍さん、さっきの雲が、真ん中からちぎれそうですよ」

サブローさんは、俺を気まずさから解放しようとしてくれたのだろう、ふたたび空を見上げて嗄《しゃが》れた声を出した。

「え？」

俺も、空を見上げた。

美優のギターは、すでに形を失っていた。

「この世で形のあるものは、儚いですなぁ」

しみじみとサブローさんが言う。それとなく話題を変えようとしてくれるやさしさに、俺は妙なくらいほっこりとしてしまった。

また、いい風が吹く。

その風の肌触りのせいか、サブローさんの人懐っこい笑みのせいか、あるいは、美優のギターが消えてしまって淋しかったからか――、理由はよく分からないけれど、とにかくこのとき俺は、サブローさんになら打ち明けてもいいや、という気分になっていたのだ。

「あの、サブローさん」

「はい」

「ぼくのフェイスブックのアカウントなんですけど、じつは、一人以外、誰にも教えていないんです」

「誰にも?」

サブローさんと、まっすぐに目が合った。笑っているわけではないのに、その目尻には深い笑い皺が刻まれている。この人は幸福な人生を送ってきたのだろうな、と俺は素直に思う。

「はい。誰にも、です。フェイスブックの友達は一人だけって決めてるんで」

「あ、それは、もしかして、例の……」

サブローさんが想像していることは、容易に分かった。

「あはは。違います。最近フラれた彼女じゃないです」

「あ……」

「じつは、妹なんです」

「妹さん?」

「はい」

「そうでしたか。きょうだいの仲がいいんですね」

「いい、というか……、良かった、という感じです」

「え?」

サブローさんは小首を傾げた。

俺は、そこでいったん静かに呼吸をしなければならなかった。

そして、できる限り軽い声色で返事をした。

「妹は、再生不良性貧血っていう難病で、向こうに逝っちゃったんです」

言いながら俺は、やさしい初夏の空を指差した。なるべくさらりと言ったつもりだったのに、実際に俺の喉から出てきたのは、むしろ湿っぽい声だった。

「ああ――、そう、でしたか。それは、なんと言うか……」

サブローさんは、いたたまれなそうな顔をしてくれた。

「あ、でも、大丈夫です。もう四年も前のことなんで」

俺は、今度こそさらりと返事をした。口角に小さな笑みを浮かべる余裕すら見せながら。

サブローさんは、黙って小さく頷いて、俺をまっすぐに見ていた。

「あはは、なんか、暗くなってしまって、すみません」俺は、悲しいような、淋しいような、変な照れ笑いをして、「っていうか、なんで亡くなった妹だけを相手に、いまもフェイスブックをしてるのかって思いますよね？」と言った。

「………」

サブローさんは、まだ返事をせず、ただ曖昧に微笑むだけだ。

しかし、その顔は、淋しさの裏側に同情とやさしさをにじませていたし、なぜか「死」にたいする清々しいまでの誠実さを感じさせた。

すると、どういう風の吹きまわしだろう、俺は、その表情に、なんとも言えない「ゆるし」のようなものを感じてしまい、気づけば、誰にも語ったことのない身の上話をはじめていたのだ。

「なんか、シスコンとか、女々しいとか言われたら嫌だなと思って、フラれた彼女にもフェイスブックのことはずっと内緒にしてたんですけど――、でも、この投稿、日々の習慣みたいになってまして……、なんとなく、やめられなくて」

しゃべりながら俺は、意識の一部が糸のようになって、するすると過去へ引き込まれていくような、妙な感覚を味わっていた。


妹の美優と俺は、年齢が十も離れたきょうだいだった。

ここまで歳が離れていると、さすがに喧嘩もほとんどしないし、俺は、なかば保護者のような心持ちで美優を猫っ可愛がりしていた。そして、美優もまた、家族のなかでは俺にいちばん懐いていた。いわゆる自他共に認める、仲のいいきょうだいだったのだ。

美優は、二三歳で夭逝《ようせい》したのだが、晩年はほとんど病院のベッドの上での生活を強いられていた。

一方の俺は、旅行会社に勤めて添乗員となり、全国各地を飛び回るような生活だった。だから俺は、ベッドに縛り付けられたままの美優に、少しでも旅の気分を味わってもらおうと、あまり興味のなかったフェイスブックをはじめることにしたのだ。

それからは、旅に出ればあちこちで写真を撮り、短いコメントをつけてフェイスブックにアップし続けた。病床の美優は、それを日々の愉しみにしてくれて、身体の調子がいいときは、投稿に長文のコメントをつけてくれた。そこにまた俺がコメントを返せば、旅先での様子をいっそう美優と共有できる気がしていた。

フェイスブックをはじめる以前は、メールで旅先の写真を送っていたのだが、それだと律儀な性格の美優は、体調のすぐれないときでも無理に返信しようとするのだった。それが、かえって俺には負担だった。その問題が、フェイスブックを使ってからは一気に解消した。美優がただ「いいね」ボタンにタッチするだけで、小さなやりとりができるようになったからだ。投稿した写真がアルバムのようにどんどん溜まっていくのもよかった。ときどき美優は、過去にさかのぼりながら写真を眺めては、過ぎ行く日々に想いを馳せていた。

そんな生活が続いたのは、二年間ほどだっただろうか。

美優は、真冬のある夜、永遠に目を閉じ続けることになった。

それは、俺が添乗に出ている夜のことで、しかも、その日は旅先でトラブルが相次ぎ、フェイスブックに何も投稿できずにいた日だった。

母に聞かされたのだが、美優はベッドで眠ったまま、誰にも知られずひっそり息を引き取っていたらしい。朝、冷たくなっている美優に、看護師が気づいたのだ。そして、そのとき、美優の手にはスマートフォンが握られていたという。

可愛がっていた妹を失った俺は、自分でも驚くほど喪失感に打ちのめされた。

少しでも気を紛らわせたくて、仕事に没頭した。

つまり「失恋バスツアー」の企画と立ち上げに傾注したのだ。

そして、ちょうどその頃、俺は小雪と出会った。

小雪はカウンセラーだけあって、放っておいたら堕ちていきそうな俺の心を、逢うたびに上手に引き上げてくれるのだった。

まさに地獄に仏を見た俺は、日増しに小雪に惹かれていった。

しかし、そんな小雪にすら、俺は亡くした妹のことをしゃべれずにいたのだ。

なぜ、しゃべれなかったのか？

理由のひとつは単純だ。心痛がひどすぎて、美優について語ることに強い抵抗があったからだ。

だが、もうひとつの理由は、少しばかり複雑だった。もしも俺が「美優が死んだ」という事実を過去形で口にしてしまったら、その瞬間から、美優も、美優の死も、まるごと「過去のもの」になってしまって、現在から未来へと無抵抗に流されていく俺から、過去に置き去りにされた美優がどんどん離れていってしまいそうで――、つまりは、そういう妙な観念に、俺は恐怖を抱いていたのだ。

だから俺は、美優のことを小雪に伝えられないまま、ただひたすらフェイスブックへの投稿を続けていたのだった。

美優がもうこの世にいないという事実は、もちろん頭では理解していた。でも、なんだかフェイスブックに投稿さえしていれば、スマートフォンを手にしたまま天国に行った美優が、それを見てくれているような――、そんな気がしてしまうのだ。

もちろん、それがセンチメンタルな妄想だということなど重々承知している。それでも尚、俺は、線香でも手向《たむ》けるような気分で、天国の美優に向けて投稿を続けたくなってしまうのだった。

そうこうしているうちに、俺と小雪は恋仲になった。

やがて互いに気心が知れる頃になると、俺は例の「ファミコン疑惑」をかけられるようになった。そうなってくると、いっそう美優のことを話しづらくなってしまう。なにしろ死んだ妹を相手にフェイスブックをやっているのだ。そんな怪しい行動を知られたら、いったいどうなることやら。相手はプロのカウンセラーなのだ。俺は変態に近いシスコンで、心が完全に壊れた人――、という烙印《らくいん》を押されないとも限らない。

だから俺は、習慣のようにこっそりと投稿を続けたのだった。

すると今度は、「いつも誰にメールしてるわけ？　また家族？」などと、不審がられるようになってしまった。当然、俺は、他の女性にメールをしているだなんて、あらぬ疑惑を持たれたくはないから、「ファミコン疑惑」を覚悟しつつも「うん、家族だよ」と答え続けていた。

天国にいても、美優は俺の家族だ。嘘ではないからね、と自分に言い聞かせながら。

そして、ついさっき、俺はギターの形をした雲と出会った。

美優は幼少期から音楽が大好きで、かつてはピアノもギターもそこそこ上手に弾いていたのだ。それを思い出しながら、俺はギターの形をした雲を撮影し、また性懲りもなくフェイスブックに投稿したのだった。

「なるほど、そういうことでしたか……」

サブローさんは、ため息をついて、ゆっくりと頷いた。

俺は、小雪については上手に省きながら、美優のことだけをサブローさんに打ち明けていた。

「なので、このフェイスブックは……」

「分かりました。これからも妹さん専用ですね」

サブローさんが、少し目を細めて言った。

「すみません。なんか、自分でもときどき女々しいなって思うこともあるんですけど、でも、妹が最期にスマートフォンを握ったまま逝ったと思うと、つい――」

「私は、それでいいと思いますよ」

「…………」

「さっき、龍さん、線香でも手向けるつもりでって、言ってたでしょう」

「はい」

「亡くなった人って、生きている人に忘れられることがいちばん淋しいんだと思うんです。だから、お線香の代わりでも、そうやって気軽に投稿してあげたら、きっと妹さんは空で喜んでいると思いますよ」

「…………」

俺は、目の裏側がじんと熱くなってしまって、うかつに声を出せなくなっていた。

「龍さん」

「はい」

「さっきの雲は、やっぱりひょうたんじゃなくて、ギターで間違いないですね」

やさしいサブローさんが、わざと悪戯っぽい顔をして言った。

「あはは。ちょっと不格好なギターでしたけどね」

笑ったら、つるりとしずくが頬を伝ってしまった。しかし、サブローさんは、それを見て見ぬフリをして、少し明るめの声で俺の名を呼んだ。

「ねえ、龍さん」

「はい」

「つかぬことをお訊きしますけど、さっき、失恋バスツアーを企画して立ち上げたのは龍さんだって言ってましたよね？」

「あ、はい」

「そもそも、どうして、このツアーをはじめようと思ったんですか？」

「ああ、それは」

と言ったとき、俺の脳裏には、病院のベッドの上で美優がさらりと浮かべた笑顔が明滅した。

「妹が、ちょっといいことを言って、それでひらめいたんです」

「ほう、どんな？」

「失恋できるって、それだけでも幸せなことだし、人生には色々とつらいこともあるけど、見方を変えれば、その出来事の裏側に隠された神様からのプレゼントに気がつく、とか、そんな感じの言葉でした」

「なるほど」サブローさんは、白い無精髭の生えた顎を撫でながら「その言葉の意味、龍さんは理解していましたか？」と、俺をちょっと覗き込むようにして言った。

「え、まあ、少しは」

「というと？」

「ようするに……、まあ、たとえばですけど、失恋をしたからこそ、次の素敵な人に出会えるチャンスを得られるとか、つらい思いをしたからこそ、人にやさしくなれるとか、そういうことですよね？」

「そうですね。その考え方、仏教では『逆に視《み》る』と書いて、『逆視《ぎゃくし》』って言うらしいですよ」

「逆視？」

「はい。私も、ついこの間、知ったばかりなんですけどね、なんでもそれはお釈迦様の大切な教えで、この世の出来事はすべてプラスのこととマイナスのことが一緒になってやってくる。だから、どんなにつらい出来事でも、見方ひとつでいい出来事に変えられるんだよって、そんな素敵な教えらしいんです」

それは、俺にも分かった。

美優も同じような説明をしていたし。

しかし、必ずしも、この世界にはそう上手くはいかない出来事だってあるのだ。マイナスだけの出来事――それを俺は身をもって経験したのだから、断言できる。

「でも、サブローさん」

「はい」

「お釈迦様はそう言ったのかも知れませんけど、実際には、マイナスだけでできている、つらいことだってありますよね」

「そう、ですか？」

サブローさんは、眉根を少し寄せて、はて？　という顔をした。

「たとえば」俺は美優の死に顔を思い出して言った。「近しい人の死は、そうですよね？」

ところが、サブローさんは首をひねったのだ。

「そうですかね？」

え？

思わず俺は、サブローさんの目をじっと見てしまった。

「ぼくは、妹を亡くしましたけど、それに関しては、さすがにどんな見方をしてみても、悲しみしかなかったです。妹が死んでよかったこと、プラスのことなんて、ひとつもありませんから」

あるはずがない。そんなの、当たり前ですよね？　と言わんばかりに、俺は言った。

しかし、サブローさんは、「うーん」と唸るだけだ。

「え？　だって、身内の死ですよ。それを、見方ひとつでいい出来事に変えられるなんて、さすがに……」

俺は、サブローさんを責めるわけではなく、むしろ自分の理屈を再検証するように言った。

しかし、サブローさんは、ゆっくりと首を左右に振ったのだ。

「龍さん」

「はい？」

「よくよく思い出して欲しいんですけど」

「え……」

「まず、龍さんと妹さんは、とても仲が良かったんですよね？」

サブローさんは、何を言い出すのだろう？

とりあえず俺は、黙ったまま小さく頷いた。

「お二人は、お互いを、とても大切に思い合っていた。とても素敵なきょうだいだったわけです」

「…………」

「それなのに、妹さんが若くして亡くなってしまった。おそらく龍さんは、妹さんの遺体を見て泣いたんじゃないですか？」

「まあ……」さほど涙もろいわけでもない俺でも、あのときはさすがに泣いた。「はい、そうですね」

俺は、美優の遺体にかけられた白いシーツの上に、ぽたぽたと落とした自分の涙の染みを思い出した。

「ということは、おそらく、お葬式でも泣いて、焼き場で骨になってしまった妹さんの姿を見ても泣いたでしょう」

「あの……、ちょっと」

俺は、胸の内側で膨れ上がる嫌な熱に堪えかねて、少し無遠慮なサブローさんの言葉を遮ろうとした。しかし、サブローさんは、両手を前に出して、逆に俺の言葉を制止したのだ。

そして、ゆっくり頷いてみせると、さらに続けた。

「龍さんは、妹さんのお骨を家に持ち帰って、それを見て泣いて、そのお骨をお墓に入れるときも泣いたかも知れません。その後も、誰もいない妹さんの部屋を見ては悲嘆に暮れて、悲しむご両親を見ては、いっそう悲嘆に暮れたはずです。それから後も、ずっとずっと心の痛みを味わい続けていますよね？」

「………」

「大切な妹さんだったんですから、きっとそうですよね？」

無遠慮な言葉を投げ続けるサブローさんは、しかし、どこか恵み深いような目で俺を見ていた。

「…………」

四年をかけてようやく半分だけフタを閉められた悲しみの壺が、俺の内側でパリンと音を立てて割れてしまった気がした。

喉がきゅっと詰まって、言葉が出てこない。

だから俺は、ただ、頷いた。

「そうですか。やっぱり、地獄のように苦しみましたね」

今度は、目だけで頷いた。

すると、サブローさんの目の笑い皺が、かすかに深くなった。

「だったら、よかったじゃないですか、龍さん」

「え……」

「龍さんは、地獄のような苦しみを、長いこと味わい続けているんですよね？」

「…………」

「その龍さんが味わってきた感情を、妹さんに味わわせたいですか？」

「…………」

まさか、そんなわけが——と思ったところで、俺はハッとして目を見開いた。

「気づきましたよね？」サブローさんは、ひとつ小さく頷くと、いっそう穏やかな声で続けた。「万一、妹さんよりも先に龍さんが死んでいたら、大事な妹さんに、いまの龍さんと同じ地獄を味わわせることになったんですよ。でも、龍さんは、それをしなくて済んだんです。

大切なきょうだいを失うという地獄のような苦しみを、大事な妹さんに味わわせないで済んだ。妹さんの代わりに、龍さんがすべて引き受けたんですから。ね？」

そこまで言って、サブローさんはにっこりと笑った。

ふわり。

また、木綿の風が吹いて、かすかに花の匂いがした。

その匂いが、美優の白い病室の窓辺で咲いていた花の匂いの記憶とリンクした。

「そっか」

俺は、静かに、深く、呼吸をして、うっすら漂う花の匂いを嗅いだ。そして、続けた。

「それが、逆視……なんですね」

なんですね、のところは、うっかり涙声になってしまった。

頬を伝ったしずくが、ひた、ひた、と白茶けたテーブルの板上に落ちて淡いシミを作った。

四年前のあの日、病院の白いシーツの上に落としたしずくとは少し違った温度の涙に思えた。

「はあ」

と、ひとつ息を吐いた俺は、右の手の甲で涙をぬぐった。

「サブローさん」

「はい」

「なんか、もう……、ありがとうございます」

「いえいえ。私は何もしてませんよ」

サブローさんはさらりと言って、バスを降りるときに配ったペットボトルの水を少し飲んだ。

「サブローさんは、どうして逆視なんていう難しい言葉をご存知なんですか？」

俺は、心の薄皮が剝がれたような、どこか清々しい気分で訊ねた。

「このあいだ、たまたま、そういう本を読んで、なるほどなぁって思ったんです」

「仏教の本が、お好きなんですか？」

「いえいえ。仏教というか、死生観について書かれた本をね、このところ色々と読んでいたんです」

「死生観って、生きる、死ぬの、あの死生観ですか？」

「ええ」

サブローさんは、初夏の風を心地よさそうに浴びて、少し目を細めている。

俺は、その先の質問ができなくなっていた。

すると、サブローさんの方から口を開いてくれた。

「癌なんです、私」

サブローさんは、あっさりと言った。

やさしげに微笑んだまま。

「え……」

俺は、内心で、やっぱり、と思いながらも、想像どおりだったことがショックで、言葉を続けられなかった。

「癌のなかでもやっかいな膵臓《すいぞう》癌ってやつでしてね、余命、ラッキーセブンか末広がりくらいだそうです」

サブローさんはそう言って、悪戯っぽく笑ってみせた。

「年、ですか？」

「いえ。月、です」

七ヶ月か、八ヶ月って……。

嘘だろ？

「あはは。そんなに驚かないで下さい。私は大丈夫ですから。まあ、そんなわけで、最近は、死生観の本を読み漁《あさ》っていたんです。そうしたらね、この歳にしてすごく勉強になりまして、色々と賢くなってしまいました」

サブローさんは、笑いながら自分の禿頭を撫でておどけた。

俺は、まだ口にすべき言葉を見つけられずにいた。

「本ってのは、もっと若い頃からたくさん読んでおくべきでしたよ」

俺は曖昧に頷いて応えながら、頭では、これまでのサブローさんの行動を振り返っていた。猛々《たけだけ》しいイノシシの前にあっさりと立ちはだかったり、時間があるって幸せなことだと言ったり、そして、ときどき見せる、遠くを眺めるような目——、それらが一気に腑に落ちた。

「あの、山田さんとは……」

俺の脳裏には、今朝のサブローさんと山田さんの別れのシーンが思い出されていた。

「山田さんは」と言って、サブローさんは息を吸った。そして、少し言葉を選んでつぶやいた。「ずいぶんと、いい人でしたね」

「山田さんは、ご存知だったんですね」

「最初は知らなかったんですけどね、お互いに」

「お互いに?」

胸のなかの嫌な予感が、また増幅した。

サブローさんは、小さく二度、頷いた。

「彼とは、たまたま同い年だったんで、昨日、会ってすぐに気心が知れたんです。でね、同世代なら分かる懐かしい思い出話をしていたら、彼がふとこんなことを言ったんです。そういえばアメリカのある大学で老人たちにアンケート調査をしたら、ほとんどすべての老人が『若いときに、もっと冒険やチャレンジをしておけばよかった』と答えたらしいよって」

「冒険と、チャレンジ」

「そうです。でね、私たちは、本当にそうだよなぁって、後悔の念を共感し合ったんですよ。そこから、なんとなくね、お互いの病気のことを打ち明けたんです」

「………」

「若い人たちに、冒険やチャレンジをすべきだって伝えるのは、後悔している年寄りの仕事なんですよね。彼らが将来、後悔しないように」

サブローさんが、また微笑んだ。

「あの、つまり……、山田さんも」

言い淀む俺をまっすぐに見て、サブローさんが小さく頷いた。

「私と同じ病気でした」

俺は目を閉じて、ひとつ、ため息をついた。

駐車場の方から工事の音がかすかに響いてくる。

やさしい初夏の風と、その匂い。

まぶたを上げると、サブローさんの屈託のない微笑。

今朝の山田さんとサブローさんの別れは、おそらく、お互いにとって今生《こんじょう》の別れのつもりだったのだ。そのことを想ったら、俺は、お腹のあたりからすうっと力が抜けてしまった。

「ねえ、龍さん」

「はい……」

「チャレンジと冒険、しておいて下さいね」

「え……」

「ほら、失敗しても、ちゃんと神様からのプレゼントが、失敗の裏側にはありますから」

「そうですね」

と答えたら、声がかすれてしまった。

「よし。これで任務完了です」

サブローさんが、ゆっくりと立ち上がって、腰に両手を当てて背中を少しそらした。

「え、任務って」

「龍さんに、チャレンジと冒険をするよう伝える任務です」

「何です、それ。誰かに頼まれたんですか?」

「いいえ、私が自分に課した任務です」そう言って笑ったサブローさんは、ふいに何かを思い出したような顔をした。「あ、そうだ。私、龍さんに謝らないといけないんです」

「え……、何を、ですか?」

「じつは、私ね」サブローさんは、また悪戯っぽい顔で俺を見下ろした。「失恋をしていないんです」

「…………」

「このツアーは、いったん落ち込んだ後にすっきりするって評判だったので、どうせなら私もとことん落ち込んで、ちゃんと浮上しようと思ってね。それで申し込ませて頂いたんです」

「サブローさん」

「はい?」

「色々と、添乗員の私に内緒にしてたんですね」

俺も、少しは悪戯っぽい顔をしてみせることにした。

「いやはや、申し訳ないです」

サブローさんは耳の後ろあたりをぽりぽりと掻きながら、眉をハの字にして微笑んだ。

「しっかり、落ち込んでもらえていますか？」

「それがね」

「…………」

「残念ながら、いまいちです」

「え……」

「でも、いいなあって、しみじみ思えました」

「…………」

「いろんな人がいて、楽しくて……、この世界に生きているって、いいなあってね、しみじみ思えましたよ。だから——」

そこで、サブローさんは、すっと笑みを消した。

「医者に言われた余命なんて忘れて、やりたいことをやって、なるべく長生きしようって思えました」

「サブローさん……」

「せっかくなんで、悪あがきして、恋愛なんかもしちゃおうかなってね」

また、笑った。

顔をしわしわにして、あっけらかんと。

「じゃ、龍さん」

「はい」

「私も、そろそろ散歩に出てきます」

「え……」

「じゃあ、お昼に」

そう言ってサブローさんは微笑むと、こちらに背を向けた。そして、ジェットコースターの方へと歩きはじめた。

老人の背中と、ジェットコースターと、まぶしくない青空と、そして、ちりぢりになってしまった美優のギター。

俺もゆっくりと立ち上がった。そして、声を上げた。

「チャレンジと冒険――しましょう。お互いに」

サブローさんは振り返らずに、ただ右手を上げてひらひらと振るだけだった。

振り返らなくても、俺には分かっていた。

いま、サブローさんの目尻には、くっきりと深い笑い皺が刻まれていることを。

【小泉小雪】

お昼になり、お弁当とお茶が配られた。

そして、再び廃墟のような世界へと、皆ばらばらに戻っていく。

そんな彼らの背中を眺めていたら、龍ちゃんがわたしの背中をちょんとつついた。

「小雪、ちょっと、いいかな」

「え、なに?」

「昼食がてら、報告しておきたいことがあるんだ」

龍ちゃんは真顔だった。

「うん。分かった」

わたしたちは周囲に人のいないゴーカート場の脇にあるベンチまで歩き、並んで腰を下ろした。そして、質素なお弁当を膝にのせて食べながら、龍ちゃんから悲痛な報告を受けたのだった。

「そうだったんだ……、サブローさん」

「うん……」

霧に霞んだ公園で、わずかな躊躇もなくイノシシとわたしの間に飛び込んでくれたサブローさんの老いた背中を思い出す。

「全然気づかなかった、わたし」

「俺もだよ。でも、いま思えば、腑に落ちる言動がいくつもあるんだよ」

やさしい龍ちゃんは、肩を落として箸を止めた。

「とにかくさ」わたしは、気持ちを切り替えるような、はっきりとした声で言った。「サブローさんのことも、さりげなく気にしておくね」

「悪いな、小雪」

「いいえ。仕事ですから」

龍ちゃんは、蚊の鳴くような声で「うん」と言って微笑むと、再びぼそぼそとお弁当を食べはじめた。わたしは、あまり食欲がないのだけれど、龍ちゃんの手前、せめて半分は食べようと箸を手にした。

と、そのとき、斜め後ろからわたしの名を呼ぶ声が聞こえた。

「小雪さん」

自信なげな、か細い声。

振り返らずともモモちゃんだと分かる。

わたしは「ん？」と振り向いた。

モモちゃんは、両手でお弁当箱を持ったまま、ちょっと決まり悪そうに立っていた。

「どうしたの？」

「えっと……」

ふわりと風が吹いて、モモちゃんの細い前髪を揺らした。

「よかったら、一緒に食べる？」

わたしが言うと、モモちゃんは龍ちゃんに視線を送った。

「え？　俺？　どうぞ、どうぞ。ベンチは詰めれば余裕で座れるし」

龍ちゃんが気さくに言って手招きをする。

「ありがとうございます」モモちゃんは、少し気まずそうな顔でちょこんとわたしの隣に腰を下ろした。「でも、なんか、わたし……、お二人の邪魔をしちゃってませんか？」

「は？」

龍ちゃんはニンジンの煮物をつまんだ箸を宙に止めて、驚いたような顔をした。

「なんか、悪いかなぁって」

そんな左右の二人の顔を交互に見て、わたしはくすっと笑った。

そして、モモちゃんの華奢な肩に手を回した。

「あんた、なによそれ。ぜんぜん邪魔じゃないわよ。いま、ちょうど仕事の打ち合わせも終わったところ。一緒に質素すぎて悲しいご飯、食べようぜぇ～」

抱いたモモちゃんの肩をゆさゆさ揺すりながら、わたしは冗談めかした。するとモモちゃんは照れた少女のような顔で、「うふふふ」と、さも嬉しそうに笑ってくれた。我ながら、この難しい娘の心をずいぶんとオープンにさせたと思う。

それからしばらくは、三人で他愛もない会話をしながらお弁当を食べた。空はやわらかなブルーで、吹き渡る風も木綿のように爽やかだ。もしも、ここが廃墟の怖さを漂わせるような場所でなければ、その辺の草の上に寝転んで、のんびり昼寝でもしたくなっただろう。

ちょうど半分ほどお弁当を食べたところで、わたしは箸を置いた。

「ごちそうさまでした」

わたしは、言いながら素早く弁当にフタをした。ご飯を残したのを龍ちゃんに見られて、余計な心配をかけたくないから。

そのとき、モモちゃんのスマートフォンが電子音を鳴らした。

「あ……」

と小さくつぶやいたモモちゃんは、淡い桃色の薄手のコートのポケットからスマートフォンを取り出した。わたしはお弁当箱のフタを輪ゴムで留めるフリをしながら、さりげなくモモちゃんの横顔を窺っていた。

モモちゃんが、手にしたスマートフォンの画面を見下ろした。

「………」

きれいな二重のまぶたが、ほんのわずか見開かれたのを、わたしは見逃さなかった。

モモちゃんは電話に出ないままコールを断ち切った。

「誰から？」

なに食わぬ顔でわたしは訊いた。

「えっと、中学時代の……友達です」

「へえ。出ればよかったのに」

「うん、でも、いいんです。後でかけ直しますから」

そう言って、モモちゃんが曖昧な笑みを浮かべると、再びスマートフォンが鳴り出した。

モモちゃんとわたしは、至近距離で目が合った。

「どうぞ」

わたしは無関心を装ってそう言うと、輪ゴムで留めたお弁当をビニール袋のなかに戻した。

「あ、えっと、じゃあ、ちょっと、出てきます」

モモちゃんはベンチの上に食べかけのお弁当を置いて、すっと立ち上がると、こちらに背を向けて早足に歩き出した。そして、わたしと龍ちゃんに声が聞こえなくなったあたりで、スマートフォンを耳に当てた。そのまま、どんどん遠ざかっていく。

「ねえ、いまの、誰だと思う?」

わたしは、龍ちゃんに訊いた。

龍ちゃんは、ご飯粒ひとつ残さず、お弁当をきれいにたいらげたところだった。

「えっ、中学時代の友達じゃないの?」

「絶対に違うと思う」

わたしは小さく首を振ってみせた。

「どうして?」

「スマホの画面を見て相手の名前を確認した瞬間、モモちゃんの表情が一瞬だけど固まったの」

「そっか……。っていうかさ、そもそも彼女は引きこもりだし、友達はいなそうだもんな」

「でしょ」

「ってことは、まさか」

「うん、多分」

「元彼」

「だと思う」

「えええええっ、マジかよ。また、るいるいさんみたいに電話でよりを戻して、途中で帰るとか言わないよな」

のんきな龍ちゃんは、やれやれと苦笑しているけれど、わたしの見立てはまったく違うものだった。モモちゃんの元彼は、そういうタイプの人間ではない気がするのだ。龍ちゃんとは正反対の――、つまり、他人の心の痛みを想像する能力に欠ける――、大袈裟に言えばサイコパス的な気質を持ち合わせた人物である気がしていた。

通話をしながら小さくなっていくモモちゃんの丸まった背中に、頑張れ、上手くやるんだよ、とわたしは胸裏で声援を送る。

その背中が、左折して視界から消えた。

大丈夫。万一、元彼から連絡がきたときの対処法は、すでに教えてある。

まずは、とにかく、もうあなたには興味がないと、無感情に、しかし、はっきり伝えること。伝えたら最後、もう二度と電話には出ず、メールの返信もしないこと。でも、ブロックはしない。こういう相手には、こちらが喜んでも嫌がっても駄目なのだ。少しでも感情的な反応を示すと、相手をいろんな意味で「その気」にさせてしまい、最悪の場合ストーカーに変貌してしまう危険性がある。だから、ひたすら相手を空気のように「いない人」として対応することが大事なのだ。

大丈夫。モモちゃんは、わたしから学んでいるから。ああ見えて、けっこう賢い娘だし。きっと、これから時間とともに少しずつ心が晴れてきて、ひと月かふた月もすれば、ほぼふつうの日常生活を取り戻せるようになるだろう。そうなるはず。

わたしが、わたしを信じこませようとしていた刹那、今度はわたしのスマートフォンが短く鳴った。

「あ、モモちゃんからメールだ」

龍ちゃんに言いながら、わたしはメールの文面にさっと目を通した。

「どう? いきなり帰るとか——」

のんきな龍ちゃんの声をさえぎるように、わたしは硬い声で言った。

「ちょっと、モモちゃんのところに行ってくる」

お弁当箱をベンチに置いて、さっと立ち上がる。

「えっ、ど、どうした?」

龍ちゃんの声も硬くなった。

「これ」

わたしが差し出したメールの画面に、龍ちゃんが視線を走らせた。

「行こう」

龍ちゃんも立ち上がった。

「ううん。龍ちゃんは待ってて」

「え？」

「ごめん。わたし一人がいいと思うから」

「なんで？」

モモちゃんと「秘密」を共有しているわたしだけが、話し相手になってあげられるはずなのだ。もしも龍ちゃんがいたら、わたしたちは「秘密」の核心に触れずに話をしなければならなくなる。それは、あまりにも非効率的だ。

「いまは、理由は言えないけど。わたしを信じて」

「でも――」

「大丈夫。こういうメールをしてくるときは、死なないから」

「そうなのか？」

「本当に死ぬ気だったら、わざわざこんなメールを送ってよこさないで、勝手にさっさと死んじゃうの。でも、こういうメールを送るってことは、誰かに心配して欲しいとか、理解して欲しいとか、共感して欲しいとか、他者にたいする期待感があるの」

「なるほど」

と答えたものの、龍ちゃんの顔には不安がありありと浮かんでいた。

「本当に大丈夫だから。わたし、ちょっと行ってくる。龍ちゃんは、ここで座って待ってて」

わたしは龍ちゃんの肩を前から軽く押して、すとんとベンチに座らせた。そして、そのままモモちゃんが消えた方へと小走りで向かった。

まだ、自分で対応させるには、ちょっと早かったか——。

スマートフォンを見下ろして目を見開いたモモちゃんの顔を思い出しながら、わたしは少し後悔していた。

モモちゃんからわたしへのメールの文面には、こう書かれていたのだ。

《わたしなんだかもうしにたいです……》

すべて平仮名で、途中に句読点もなし。

心がいっぱいいっぱいで、変換する余裕もなかったのだろう。

しかし、文末に「……」をつけてくれたところが、わたしには大きな安心材料となっていた。自分の書いた言葉に「……」で余韻を残しつつ、あれこれ考える余裕が、モモちゃんのなかにはまだあるのだ。

小走りのまま、わたしも左に折れた。

少し先に、リスを模した二人乗りのジェットコースターが見えた。幼児向けの乗り物だ。周囲には立ち入り禁止を意味する黄色と黒のトラロープが張られていた。モモちゃんは、そのジェットコースターの乗り場へとつながる階段の踊り場で風に吹かれていた。

踊り場の高さは地上から五メートルほど。

階段にも、鉄柵にも、たっぷりの錆《さび》が浮いている。

わたしはトラロープをまたぎ越えず、まずは踊り場からよく見える草地に立った。

「モモちゃん」

なに食わぬ感じで声をかけた。

返事はないが、モモちゃんは、少し虚ろな目でこちらを見下ろした。

「立ち入り禁止だよ、そこ」

「………」

モモちゃんは首の高さまである落下防止用の鉄柵に両手をかけて、その手の上に顎をのせ、こちらをぼうっと見ていた。

わたしは、計算をした。

あの高さの鉄柵を乗り越えるには、そこそこ時間がかかる。

あるいは、モモちゃんには乗り越えられないかも知れない。

つまり、万一、彼女が興奮して飛び降りようとしたとしても、わたしがここから走って階段を登れば余裕で間に合う。

「ねえ、言っとくけどさ、このツアーは自傷も自殺も禁止だからね」

わたしは言いながら、なるべく親しげに微笑んでみせた。そして、さらに続けた。

「っていうかさ、モモちゃん、変なことをして、わたしをドキドキさせないでよね」

予想どおり、この台詞は効いた。

わずかだが、モモちゃんの表情に変化があったのだ。

やはり大丈夫だ。まだ、彼女には冷静さがある。

わたしは少し安堵して、モモちゃんに気づかれないよう、そっとため息をついた。

「モモちゃん、下りておいで。ゆっくりでいいからさ」

「………」

「何があったか、わたしに話して欲しいな」

なるべく淡々と、いつもどおりの声色でわたしは言う。

すると、五メートル上から、そよ風にさえかき消されそうな声が聞こえてきた。

「死に、たく、なっちゃった……」

小さいが、潤《うる》み声だった。

「それは駄目だよ」

わたしは、変わらず淡々と返す。

「どうして？」

「どうしても」

「わたしの命だから、わたしの自由でしょ？」

モモちゃんの声に、少しだけ張りが出てきた気がする。

「うん。それは、もちろん自由だけどさ」

「………」

わたしの返答に、一瞬、モモちゃんは詰まったようだ。

「モモちゃんも自由だけど、わたしも自由なの」

「え……」

「だから、わたしにも、モモちゃんに死んで欲しくないって気持ちを伝える自由があるでしょ？」

モモちゃんは、また黙ってわたしを見下ろした。右手の指先で、何度も濡れた頬を拭っている。

「モモちゃん――」

「小雪さん、わたし」

珍しくモモちゃんが言葉をかぶせてきた。

「わたし、赤ちゃんを殺したのに、自分は死んじゃいけない？　死ぬ自由、あるんですよね？　どうして小雪さんは、止めようとするの？　ドキドキしちゃうから？」

モモちゃんは泣きながら一気にそこまでしゃべった。

大丈夫だ。元気もある。

「わたしが止める理由は、単純だよ」

「………」

「モモちゃんがこの世界から消えちゃったら、わたしが悲しいから。だから、わたしは嫌なの。わたしは、モモちゃんには色々と話せるじゃない？　話せる相手がいなくなったら悲しいでしょ？」

モモちゃんは、むせび泣いた。

わたしは、さらに続ける。

「モモちゃんは、孤独じゃないからね」

人間にとって最もきつい不幸は、孤独だ。

わたしは幼少期からずっとそのことを嚙み締めて生きてきた。だから、よく分かる。

「下りてきてくれないなら、そっちに行くね」

わたしは注意深く立ち入り禁止のトラロープをまたいで、階段へと歩いた。そして、カン、カン、カン、と一段ずつ金属音を立てながら、モモちゃんのいる踊り場へと近づいていく
――、その途中で、

「きゃっ」

わたしは短い悲鳴を上げた。

階段でつまずいて、転んでしまったのだ。

わざと、だけど。

そして、わたしは階段に両膝を突いた状態で、お腹を丸め、うずくまるような格好をして、モモちゃんが来てくれるのを待った。

「ちょ……、こ、小雪さん――」

階段の上からモモちゃんの声がした。

すぐにカンカンカンと、慌てた足音が近づいてくる。

わたしは顔を上げず、そのままうずくまっていた。

足音が間近で止まる。わたしの視野の隅っこにモモちゃんの履いているナイキのスニーカーが見えた。

「大丈夫ですか？　ねえ、小雪さん？」

切羽詰まったような声がして、丸めたわたしの背中にモモちゃんの手が置かれた。じんわりと、モモちゃんの手の温度が背中に伝わってくる。

心に傷を負っているのに、やさしいな、この娘は――。

わたしはうずくまったまま、これまでにモモちゃんから聞いていた辛い過去を憶《おも》った。


穏やかで心根のやさしいこの娘は――、中学時代から引きこもりがちだった自分をなんとか変えようと、恐怖心と闘いながらアルバイトをはじめた。そこで出会った男が悪かった。彼のいい加減な口車に乗せられ、モモちゃんはうっかり恋をしてしまうのだ。

しかし、その男にとってのモモちゃんは、たやすく自分の思いどおりにできる便利なおもちゃだった。口先だけでも「お前が必要なんだ」「好きだよ」とさえ言っていれば、こいつは右でも左でも向く――男はそう思っていたふしがある。

結果、何度も、何度も、避妊具を使わずに遊ばれているうちに、気づけばモモちゃんの生理が止まっていた。モモちゃんは悩みに悩んだあげく、母親にそのことを打ち明けて、堕胎費用の一部を借りることになった。

相手は誰なの――と、母親に問い詰められても、モモちゃんは彼のことだけは決して話さなかった。というのも、彼もフリーターで、お金に余裕がないことを知っていたし、自分が妊娠をしたなどと知られたら、あっさり捨てられるのではないかという怖さがあったのだ。

　手術の日、母親はベッドに横たわったモモちゃんを冷え切った目で見下ろした。

「はあ、一人じゃ何にもできないと思ってた娘が、あっちだけはお盛んで、父親の分からない子を孕《はら》むなんてねぇ——。ったく、恥ずかしいわ。あんたなんて産まなきゃよかったよ」

　母の顔を見られないまま、モモちゃんは願った。

　どうかこの手術に大きなミスが起きて、胎児と一緒に死んでしまえますように——と。

　そして、ひとり泣きながら手術室に入った。

　しかし、願いは届かず、堕胎は滞りなく済んだ。

　その日を境に、モモちゃんはアルバイトを辞めて、再び部屋に引きこもりはじめた。

　すると後日、その男からメールがきた。その内容は、たった三行の、あっさりとした別話だった。男には、他に好きな女ができたらしい。しかし、その男だけが唯一の心の拠《よ》り所だったモモちゃんは、いまのこの状況で一人ぼっちになることに恐怖を覚えるあまり、なかばパニック状態になり、慌てて男に電話をかけた。そして、一縷《いちる》の望みを賭けて妊娠と堕胎のことを打ち明けた。すると男は、一瞬、絶句したあとに、モモちゃんの胸を言葉で滅多刺しにしたのだ。

「え……俺、水子のついた女とか、マジで怖ええんだけど。呪われんの嫌だし。マジで別れっから、お前、もう連絡してくんなよ」

目の前が真っ暗になったモモちゃんは、絶望の底でただ無気力な呼吸を繰り返しながら、日々、ぼんやりと自傷行為をするようになったのだった。

そして、いま――。

わずかに心の痛みが薄まってきたこのチャンスに、モモちゃんは「失恋バスツアー」に参加して、カウンセラーのわたしと出会い、わたしと心を通わせ、わたしを心配して、慌てて階段を下りてきて、わたしの背中にあたたかい手を置いてくれている。

わたしの胸のなかは、いつ泣いてもいいくらいに潤んでいた。

でも、いまは泣くところではないのだ。

わたしはうつむいたまま口角を上げて笑顔を作ると、そのまま素早く上半身を起こした。

「モモちゃん、つかまえた」

悪戯っぽく言って、モモちゃんをきゅっと抱きしめた。

「え……」

「うふふ」

「え……、何で。え……」

わたしの腕のなか、モモちゃんの頬にぽろりとしずくが伝う。

無抵抗な、モモちゃんのやわらかさ――。

わたしの脳裏に、あの不細工な顔をした黒いぬいぐるみがちらついた。だから、わたしは少し力を込めてモモちゃんを抱きしめた。ぬいぐるみとは違う、生のぬくもりを無意識に求めたのかも知れない。

そして、わたしは、モモちゃんの耳元で囁いた。

「なんか、嬉しいな」

「え……」

「わたしのこと、心配してくれて」

「…………」

「モモちゃん、ありがとね」

「だって、小雪さんは、いま――」

言いながら、モモちゃんは顔を上げた。けれどわたしは最後まで言わせずに言葉をかぶせた。

「わたしたち、友達だってことが証明されたね」

明るめに言ってから、腕のなかのモモちゃんの背中を、とん、とん、とん、と一定のリズムでやさしく叩いてやる。母親が、赤ん坊を寝かしつけるときのように、慈しみ深いタッチで。

すると、少しずつモモちゃんの身体から緊張が抜けていくのが分かった。

「ねえ、モモちゃん」

「はい……」

涙声で、返事をしてくれた。

「モモちゃんのことを心配していたわたしの気持ち、いま分かったでしょ？」

言って、わたしはくすっと笑った。

その笑いに呼応するように、ふわふわと穏やかな風が吹いて、わたしたちを包み込む。

「小雪さん、嘘つきですね」

少しかすれた声で、モモちゃんが抗議する。

「あははは。ごめんね。でも、わたし、ふだんは嘘をつかないタイプなんだよ」

「それは知ってます」

「え、なんで知ってるの？」

「わたし、なんとなく分かるんです」

「分かるって、何が？」

「嘘をついている人と、そうでない人が。あ、好きになった人以外は」

モモちゃんの言葉が、徐々に感情から理性の色へと変わってきた。

そろそろ大丈夫だと判断したわたしは、華奢な背中に回していた腕をゆっくり解き、そのままモモちゃんを促しながら階段に腰を下ろした。同じ方向を向いて座ったのだ。肩と肩が触れ合うくらいの親密な距離で。

「モモちゃん、嘘を見抜けるの？」

隣で浅い呼吸をしているモモちゃんは、小さく頷いた。

「わたし、子供の頃からずっと周りの人たちの顔色を窺いながら生きてきたから、嘘をついている人と、意地悪をしている人の顔が分かるんです」

「そっか……。うん、なんか、そういうの、分かる気がする」

わたしも、なんとなく分かるのだ。

相手を傷つけることを目的にして言葉のナイフをぶつけてくるタイプの人と、そうではない人との間には、ある種、決定的ともいえる違いがある。前者は、あの黒い熊のぬいぐるみに通じる、どこかもの淋しく退廃的な匂いを漂わせているのだ。

「小雪さんも、分かるんですか？」

「うん、けっこう分かるかも。まあ、モモちゃんとは似た者同士だからね」

わたしが、ふふ、と笑うと、モモちゃんも釣られたように目を細めた。そして、「はあ」と、生気をまるごと吐き出してしまいそうなため息をついた。

「ずいぶん深いため息だね」

わたしが、からかうように言うと、モモちゃんは細い髪を初夏の風に揺らしながら、少し自嘲気味に笑った。

「小雪さん、わたしね」

「うん？」

「ちゃんと、小雪さんの言うとおりにしたんです」

「え、何を？」

「さっきの、元彼からの電話だったんですけど……」

「なんとなく、そうかなって思って見てたよ」

「やっぱり、バレてました？」

「まあね」

「わたし、一応、がんばって、小雪さんの言うとおり、興味のないような口調で最低限の受け答えをして、それで、あっさりと通話を切ったんです」

「そっか。偉いじゃん」

「でも、すぐにまたかかってきて……、そしたら、すごくやさしい口調で話しかけられて、わたし、なんかドキドキしてきちゃって」

「うん」

「それでもがんばって、あっさり切ったんです。でも、その後……」

モモちゃんの目が伏し目がちになった。

わたしは、首を少し傾げて、モモちゃんをじっと見詰めた。

するとモモちゃんは、コートのポケットからスマートフォンを取り出してメール画面を開いた。

「これ……」

震える手で、モモちゃんは端末をこちらに差し出した。

受け取ったわたしは、メールの文面に目を通した。

「なに、これ……」

とたんに、怒りがふつふつとこみ上げてきて、たまらず大きく息を吸った。そして、我ながらカウンセラーとは思えないような言葉を喉の奥から吐き出したのだった。

「この男、クズ以下だね。いますぐ死んじゃえばいいのに。もう、あったまくる！」

モモちゃんは、そんなわたしを見て、ちょっと驚いた顔をしていたけれど、わたしの憤りはまだおさまらず、「ああ、ムカつく」と言ってしまった。

わたしの目を汚したのは、こんな文面だった。

《お～い、冷たく電話切るなよ（笑） モモが俺のこと嫌いなのはどうでもいいけど、代わりにいい男を紹介するって言ってんだからさ。そいつイケメンだし、オバケ信じねえから水子もべつにオッケーだって（笑） ナイスだろ？ お前いつヒマ？ ってか、引きこもりだから、ずっとヒマなんだろ？ 連絡待ってるぞ》

スマートフォンごと階段から放り投げてしまいたいような気分だったけれど、さすがにモモちゃんの端末をそうするわけにもいかず、わたしは汚れ物でも扱う気分でそれを返した。

「ああ、もう、マジでムカつく」

「………」

「モモちゃん」

「は、はい……」

わたしの剣幕に、モモちゃんはまだ少しビビっている。

「こいつ、ちょっと懲らしめていいかな?」

「え?」

「こういうタイプの阿呆なら、簡単にやっつけられそうな気がするの」

「やっつけるって……」

「ようするにね――」

わたしは、頭のなかに浮かんだアイデアを手短に話した。

つまり、わたしが弁護士のふりをして電話をかけて、徹頭徹尾、冷徹な口調で慰謝料をふっかける話をしたり、過去のメールの内容を精査した結果、精神的な暴行が見受けられることから、現在、提訴を検討しているという話をしたりするのだ。そして、相手が完全にひるんだところで、ただし――、と補足をする。今後、モモちゃんにいっさい関わらないと誓うのであれば、今回だけは法には訴えないという筋書きだ。

「どう? わたし、やれると思うんだけど」

わたしはまじめに言ったのだが、モモちゃんはなぜか小さく吹き出した。そして、このツアーではじめて、心から愉快そうな顔をしたのだった。

「小雪さん、面白いです」

「え?」

「だって、弁護士のふりをして悪戯するなんて」

「え、悪戯じゃなくて、仕返しだけど」

「そういうところも面白いです」

モモちゃんにくすくす笑われて、わたしの内側で沸騰していたマグマがゆっくり冷まされていく気がした。そして、それと反比例するように気恥ずかしさが込み上げてきた。

「あは。なんか、わたし、ひとりで熱くなっちゃった？」

「でも、嬉しかったです」

「え？」

「ありがとうございます」

照れくさくなったわたしは「だって、友達だろ」と冗談めかして、モモちゃんの肩を肘でつついた。

モモちゃんは、少しはにかんだと思ったら、「あっ」と声を出した。

「なに？」

「わたし、もっといい方法を思いついちゃいました」

「なんの？」

「彼への仕返しです」

わたしは吹き出した。

「結局、仕返しするんかいっ」

「はい」

頷いて、モモちゃんも破顔した。

「あの人、オバケも水子もすごく苦手みたいなので、そっちで脅かす方がいいかなって」

モモちゃんが前歯を見せるように悪戯っぽく笑った。この娘、本来はこんなにチャーミングな顔で笑える娘だったんだと、わたしは密かに感心してしまった。

「あはは。それ、おもしろそうじゃん。で、どうやるの？」

「なに？　どうやってやるの？」

「このツアーには、その適役がいるかなって……」

わたしは、思わず膝を打った。

「入道さんだ！」

モモちゃんは「はい」と頷くと、それから少しの間、この楽しい空気を味わうように微笑んでいた。そして、続けた。

「わたし、このツアーの参加者の皆さん、好きです」

「どうしたの、急に」

「なんか、安心できるっていうか……、誰も悪意のある嘘をついていない気がして」

「たしかに、悪い人はいないかもね」内心で、変わり者ばかりだけどね、と付け加えてから、ちょっと気になったことを訊いてみた。「ちなみに、善意の嘘は？　誰かついてるの？」

「それは――」

「それは？」

「誰でもつくから……」

モモちゃんの視線が、かすかに揺れたのを、カウンセラーのわたしは見逃さなかったけれど、顔には出さずにおいた。

「そっか。うん。そうだよね」

「ええと……、たとえば、さっきの小雪さんみたいに、転んだフリして嘘をついたり」

「うわ、さっそく、そう来るか」

わたしたちは肩を寄せ合ってくすくす笑った。

「だから、みんな、嘘つきです」

「みんなっていうのは、言いすぎじゃない？」

「ううん、みんな、です」

「どうして、みんな、なの？」

「わたしは知ってるからです」

わたしには嘘が分かるから、ではなく、知ってるから、とモモちゃんは言った。さっきの視線といい、この発言といい、ちょっと気になったけれど、でも、わたしは流すことにした。なにしろ、いま隣でモモちゃんが微笑んでいて、わたしもホッとしていて、うっすら花の香りが溶けた風が吹いていて――、とりあえずは、それでいいじゃん、と思ったからだ。

ホッとしたら、ふいに龍ちゃんのことを思い出した。

しまった。ずっとあのベンチで心配しているかも――。

わたしはモモちゃんに「ちょっとメールを一通だけ送らせて」と言いながらスマートフォ

ンを手にすると、急いで龍ちゃんにメールを送った。

《モモちゃんとリスのジェットコースターのところにいます。もう大丈夫だから安心してください。詳細は、のちほど》と。そして、モモちゃんに向き直った。

「ねえ、モモちゃん」

「はい？」

「ちょっと気分が良くなったところでさ、わたしの個人セッションを受けてみない？」

「個人セッション、ですか？」

「うん。いまのモモちゃんが本当に求めているものを自覚して、なるべく心を軽くするためのセッションなんだけど」

こちらから一方的にセッションを勧めたとき、モモちゃんのようなタイプは怪しんだり、怖がったりして、受けるかどうかを悩むケースがよくある。しかし、意外にもモモちゃんは二つ返事だった。

「はい。心が軽くなるなら」

瞳の奥に、訴えかけるような光が揺れた気がした。

わたしは、モモちゃんからの全幅の信頼を感じとって、頷く。

「オッケー。じゃあ、さっそくはじめようか」

「はい」

モモちゃんは少し緊張したのか、「ふう」と息を吐いた。

「セッション中は、リラックスしていいからね。じゃあ、まずは、そっと目を閉じてくれる?」

「はい」

立ち入り禁止のアトラクションの階段に並んで腰掛けたまま、このツアーでは初となる――というか、最初で最後となりそうだけれど――、わたしの個人セッションがはじまった。


【天草龍太郎】


《モモちゃんとリスのジェットコースターのところにいます。もう大丈夫だから安心してください。詳細は、のちほど》

そのメールを受信したとき、俺はすでに二人の間近まで到達していた。じつは小雪からの連絡に待ちくたびれて、モモちゃんを捜しに出ていたのだ。

俺はゆっくりとリスのジェットコースターに近づいていき、やがて二人が並んで座っている階段のそばに立った。二人はなにか話し込んでいるようで、俺の存在にはまったく気づいていなかった。

上を見て、何かしら声をかけようとすると、落ち着いた小雪の声が降ってきた。

「セッション中は、リラックスしていいからね。じゃあ、まずは、そっと目を閉じてくれる?」

「はい」

どうやら小雪がセッションをはじめたらしい。

このタイミングで声をかけるのは気が引ける。かといって、わざわざ離れていくのも不自然な気がした。ついでに言えば、小雪のセッションを聞いてみたいという好奇心もあった。

そんなわけで、なんとなく俺は、二人の真下へと入った。

つまり、階段の下に身を隠したのだ。

このアトラクションの階段は、段と段の間に隙間があるから、俺はちょうど二人のアキレス腱を後ろから見ている格好になった。

ふわり、と相変わらず花の香りのやさしい風が吹いている。

俺は階段の下の太い金属の円柱に背中をあずけ、耳を澄ました。

「これから、わたしがモモちゃんに質問をしていくから、なるべく正直に答えてね」

小雪は、目を閉じさせたモモちゃんに、穏やかに語りかけた。

「はい」

「じゃあ、最初の質問ね。この世に、実際に有り得るもののなかで、いま、モモちゃんがいちばん欲しい、手に入れたい、と思っているものって、なに？」

「いちばん、欲しいもの――」

「うん。もうね、何でもいいんだよ。心の思うままで。例えば、十億円の豪邸でもいいし、イケメンでやさしい彼氏でも、幸せな結婚でも、高級車でも、車の免許でも、一人暮らしの穏やかな生活とか、世界一周の旅とかでもいいよ」

「うーんと……」

「目を閉じたまま、自分の心の深いところにゆっくり下りていって、本当に欲しいものは、なに？　って自分に訊いてみてね」

「はい。ええと……、なんだろう」

モモちゃんはしばらく考えた後に、ぽつりと答えた。

「いちばんは……、不安と恐怖のない心、かな……」

「なるほど。そっか。じゃあ、次の質問ね。モモちゃんがいちばん欲しているという、心に不安と恐怖のない状態って、モモちゃんがどんな生き方をしていたら得られるかな？」

また、モモちゃんはじっくりと考えてから答えた。

「ちょっと、恥ずかしいですけど……」

「うん、いいよ。恥ずかしいことでも、そのまま素直に答えてね。それがこのセッションの大事なところだから」

「はい。えっと、家族かもって、思います」

「家族？」

「ちょっとベタですけど、ホームドラマに出てくるような、あったかい感じの家族のイメージかも……」

「いいね。それをもっと具体的に教えてくれる？」

「ええと……、怒って大きな声を出したりしない、やさしい旦那さんと、ちっちゃくて可愛い娘がそばにいて、家にはお花の咲いた庭があって、元気な犬がいて……」

「いいねぇ。その世界で、モモちゃん自身は、どんな存在？」

「わたしは……専業主婦かな。にこにこしながら、家族に美味しいご飯を作ってあげてる。家事も楽しい。そういう感じです」

「素敵だね。わたしも、憧れちゃう。じゃあね、今度は、それをモモちゃんが本当に手に入れたと思って、その状況をなるべくリアルに思い描いてみて。あたかも自分がその場所にいるように。周囲の風景とか、空気感とか、匂いとか、手触りまで、具体的にイメージしてね」

モモちゃんの返事は聞こえてこない。おそらく小雪の言葉に頷いて、想像を膨らませはじめたのだろう。

なんとなく、俺も目を閉じて想像してみた。

俺の作る家族。すぐ隣には――、やっぱり小雪がいて、小さな娘がいて、俺は穏やかな気分で微笑んでいる旦那さんで……。

ああ、やっぱり、そういうの、悪くないなぁ……、と思ったら、うっかりため息をついてしまった。

三〇秒ほどして、再び頭上から小雪の声が降ってきた。

「イメージできたかな？」

「はい」

「じゃあ、あったかくて幸せな家族に囲まれている『空想のなかのモモちゃん』に訊きますよ。いま、あなたの胸の内側はどんな感じですか？」

「えっと……、なんか……、すごく、やさしい気持ちで、ほかほかしてます」

「うん。いいね。他には？」

「とっても大事なものが周りにたくさんあるから、満ち足りていて、すごく幸せです。心が光っているというか、光に包まれているというか……」

「自分のことも、大事かな？」

「……はい。この生活のすべてが大事なので、そのなかにいる自分も、いとおしいような気がします」

「それは素敵だね。目の前に広がっているその世界は、どんな感じに見えてる？」

「きらきらしています。すごく」

「じゃあ、そのきらきらした世界にいられる幸福感を、あらためて、じっくり、丁寧に、深く、心に染み込ませるように味わってみて。ああ、もう、本当に幸せだなぁって。しみじみと」

「はい」

モモちゃんのこの「はい」と言った声色が、すでにやさしいきらめきを含んでいるように俺には聞こえた。それは、ちょうど、いま吹いている初夏の風と、とても相性のいい声でもあった。

せっかくだから、俺もまた目を閉じて、空想の世界での幸福感を味わってみた。すると、気持ちが徐々に穏やかになり、しっかりと地に足が着いてきて、心地よいエネルギーが体内に満ちていく感じがした。小雪と娘のためなら、何でもやれそうな気にさえなってくる。そして、そういう自分自身が、どこか誇らしくも思えた。

また三〇秒ほどして、小雪がそっと言う。

「じっくり味わえた？」

「はい」

「じゃあ、次に行くよ。いまは『空想のなかのモモちゃん』が、いちばん手に入れたいものを手にしたときの最高な気分を味わっているんだけど、その気持ちを胸にそっと抱いたまま、『空想のなかのモモちゃん』と、いまわたしの隣にいる『現実のモモちゃん』がひとつになってみて」

「はい……」

空想のなかの俺も、穏やかさや誇らしさを抱いたまま、現実の俺とゆっくりひとつになってみた。すると、イメージのなかにあった至高の幸福感が、現実の自分の胸のなかに満ちた気がした。

「まだ、目を閉じたままだよ」

「はい」

「モモちゃん、いま、どんな気分？」

「幸せです。最高に。涙が出そうなくらい」

「じゃあ、そのまま『現実のモモちゃん』に質問を続けるね。いま、人生でいちばん手に入れたいものを手にした気分を味わっているけど、具体的には、どんな感じ？」

「なんか、もう、すごく素敵です。胸のなかがクリアで清々しいのに、明るくて、ほかほかしています」

「じゃあ、そのクリアで清々しいのに、明るくて、ほかほかした気持ちを、そこからさらにふわーっと大きく広げてみて」

俺も目を閉じたまま、幸福感を広げてみた。

「ふわーっと、気持ちよく、どんどん広げて、無限大にまで広げていくイメージね」

「はい」とモモちゃんが答える。

俺も、そのイメージを試す。すると、幸福感が、ぬくもりのある光のようになって、みるみる世界を満たしていくような気分になった。

「さあ、遠慮しないで、もっともっと、モモちゃんの幸せが広がっていくよ」

耳に心地いい小雪の声が、俺の心の奥にまで浸透してくる。

「モモちゃんの胸にある幸せが、どこまでも広がって、日本を覆い尽くして……、地球を覆い尽くして……、宇宙にまでふわーっと広がっていく感じ」

「…………」

「信じられないほど大きな幸福感——、それが心地よく無限の広がりに溶けて、さらに広がっていくよ」

俺の心は、もはや無重力に浮かんでいるような、不思議な心地よさを感じていた。

「モモちゃん」

「はい……」

「いま、どんな気分？」

「えっと、なんだか、真っ白な世界に浮かんでふわふわしてるような……、味わったことのない幸福感っていうか……」

「そう。じゃあ、その究極の幸福感をじっくりと味わってみて」

俺も、味わった。じっくりと。なんだか不思議と涙が出そうになってくる。

それから二〇秒ほど、小雪は何も言わなかった。

俺とモモちゃんは、おそらく似たような感覚を胸に刻みつけていたのだと思う。

「じゃあ、究極の幸福感を味わったまま、ゆっくりと目を開けてみて」

ささやくような小雪の声が、頭上から漏れ聞こえてきた。

俺も、言葉のとおり、まぶたをゆっくりと開けた。

目の前の世界は、きらきらした初夏の光に満ちていて、やけにまぶしく感じた。

「モモちゃん、どう？」

「はあ……、すごいきらきらした幸福感が胸に残ってます。目の前の風景も、きらきらして、明るくて、素敵に見えます。なんか、催眠術にかかったみたい」

「うふふ。いま、モモちゃんが味わった感情はね、モモちゃんが自分で作り出した最上級の幸福感なの。ものすごく心地よかったでしょ？」

「……はい」

モモちゃんの返事には、しみじみとした実感がこもっていた。俺も、まったくもって同感だった。

「ねえ、モモちゃん」

「はい」

「じつはね、人間が本当に心の奥底から求めているのって、物質を手にいれることじゃないんだよ」

「え……」

「求めているのは、満ち足りたときに味わう感情なの。つまり、いまモモちゃんが味わった感情。みんな、それを味わいたくて、お金を求めたり、恋人を求めたり、物欲に走ったりしているの。いまモモちゃんは、欲しいものをすべて手に入れた後の、最高の気分を味わっているでしょ？」

「はい……」

「ということは――、モモちゃんがこの人生で究極的に求めているものを、いま手に入れたってことじゃない？」

「あ……」

俺も、心のなかで、あ……、と言っていた。

なるほど。人は結局、モノを得たいのではなくて、モノを得ることで味わえそうな、その先の感情を求めているのか。つまり、自分が本当に得たいモノは――。

「もう分かったよね。モモちゃんがいちばん欲しいものは、すでにモモちゃんのなかに全部あるんだよ。しかも、いつでも、いまみたいに味わえるの」

「…………」

「だからね、もう、他人に何かを求めなくてもいいし、何かがないと不幸せだって考えなくてもいいの。モモちゃんが、ここにいること――それだけで、じつは最高なのね。だってモモちゃんは、究極の幸せとセットになった存在なんだから」

「はあ……」

モモちゃんのため息が聞こえてきた。幸せ一〇〇パーセントのため息だ。

「たとえば、贅沢な暮らしをしているお金持ちでも、不幸のあまり自殺しちゃう人もいるよね？　反対に、貧しくとも、すべてを手にしたかのようにニコニコしていて、とても幸せそうな人もいるでしょ？　ってことは、結局、物やお金を手にしたり、人を思いどおりに動かすことと、自分が幸せを感じることって、別問題なんだよね。自分の内側にある幸せを味わえなければ、どんな大富豪だって不幸なわけ」

「そっか……」

「人間の不幸っていうのはね、いつだって自分の外側に何かを求めることからはじまるのね。人でも物でもお金でも、求めるから、ときに思いどおりにならなくて不幸を感じるの。そもそも求めなかったら、不幸なんて感じたくても感じられないんだよ」

「はい」

「だから、いまこの瞬間から、モモちゃんは、何もなくても幸せな人になってね。いつだって満ち足りている人。そもそも、究極に欲している幸福とセットな存在なんだからさ」

「はい」

「で、もしも、自分以外のところから、ほんの少しでも何かが得られたら、それは、何もなくても幸せだったところに、さらにプラスされた、いっそう幸せでラッキーなこと。そうやって考えようね」

「はい……」

「ちなみに、いま、わたしは、ここで春の空気を深呼吸できるのが幸せだよ。隣でモモちゃんがにっこりしているのも、大きな幸せ。そうやって幸せを数えていくと、人生は感謝であふれてくるからね」

「はい。なんか、わたし、生まれ変わったみたい」

モモちゃんの返事に、明らかな声の張りが出ていた。ついさっきまで、死にたい、なんて考えていた人間とは思えないほど、極端な変わりようだ。もちろん俺の心のなかにも、俺自身が作り出した幸福感がしっかりと残されていて、しかも、周囲の世界が明るく鮮やかに目に映っていた。

やっぱりすごいな、小雪は……。

胸裏でつぶやいた俺は、ため息をこらえながら踵《きびす》を返した。

そのまま頭上の二人に気づかれないよう忍び足で歩き出す。

少し、一人で散歩でもしようかな——。

俺は、そんな気分になっていた。


空色のおんぼろバスが、閉鎖された遊園地を出発した。

ブロビロロロ～ン、ブロ～ン。

ぽんこつエンジンが鳴いて、まどかさんがいつもの失恋ソング集を流す。それとほぼ同時に、隣の席の小雪が、俺の腕をツンと突ついて「ねえ」と小さな声を出した。

「ん？」

と振り向く俺。

「モモちゃんの話、詳しく聞かないんだね」

「え？　あ、いや、バスが出発してからでいいかなって思ってたから」

俺はしどろもどろになりつつ返事をした。ついさっき遊園地のなかで、小雪から「モモちゃん、大丈夫だったよ。短いけど、効果的なセッションをしておいた」とだけ報告を受けていた。セッションの様子をすべて知っている俺は「そっか。うん。ならよかった」と答えて、他のお客さんたちへの対応をしていたのだった。

「龍ちゃん」

「え？」

「何か、隠してる？」

「は？　何かって、なに？」

俺はとぼけた。小雪は少しのあいだ、こちらの瞳を覗き込むようにしたけれど、すぐに「まあ、別にいいけど」と、そっけない言葉を口にした。

「だったら変なこと言うなよ」俺は、ちょっと不満顔を作ってみせてから、あらためて訊いた。「で、モモちゃん、どうだったわけ？」

「もう教えなーい」

思いがけず小雪が子供みたいな態度をとったのを見て、俺はうっかり笑ってしまった。

「なに笑ってんのよ」

「いや、子供かっ！　って」

「子供で悪かったわね」

ぷいと窓の方を向いてしまった元・恋人をぼんやりと眺める。この子供じみた人が、ほんのついさっき、モモちゃんにたいして、あんなに素晴らしいセッションをしていたんだもんな――。そう思うと、なんだか人間っておもしろいなぁ、と穏やかに微笑んでしまった。

「じゃあ、気が向いたら話してくれよ」

俺は、そっぽを向いた小雪にそう言って目を閉じた。

まぶたの裏側には、小雪と、まだ見ぬ娘と一緒に暮らしているイメージ映像がはっきりと残っていた。


バスは、ゆったりしたペースで山あいの町へと入り込んでいった。

空は相変わらず薄ぼんやりとした水色をしている。

小さな集落をいくつか越え、ファミレスが立ち並ぶバイパスに差し掛かったとき、遠くからやけに激しいエンジンの唸り声が聞こえてきた。

なんだろう――、と俺は窓の外を見た。小雪も窓におでこをくっつけて外を見ていた。

そのエンジン音は、どんどん大きくなってきた。どうやら暴走族らしい。

やがてバスが広い交差点にさしかかったとき、まどかさんが急ブレーキを踏んだ。

俺の後ろの席の桜子さんが「きゃ」と短い悲鳴を上げた。

おっと……。上半身だけつんのめりそうになった俺は、顔を左にずらして、まどかさんに「どうしました？」と訊いた。

「…………」

まどかさんからの返事は、やっぱりない。

ブワン、ブワワン、ブワワワワン！

返事の代わりに、爆音が車内に飛び込んできた。

俺はちょっと慌てて腰を上げ、運転席の横に立った。

フロントガラスの先には、十数台の暴走族のオートバイの姿があった。ぐねぐねと蛇行運転をしながら、バスの進行方向を塞いでいる。猛烈なエンジン音で、車内の失恋ソングはまったく聞こえない。

暴走族は、蛇行運転をしながらジリジリと進んでいく。バスは、その後をゆっくり付いていく格好になってしまった。

俺は客席に向かって声を上げた。

「皆さん、ちょっとうるさいですが、すぐにいなくなると思いますので」

かなり大声で叫んだつもりだが、エンジン音が大きすぎて、この声すらお客さんたちに届いたかどうかは分からなかった。

と、次の刹那、俺の三倍はあろうかという声量が耳に飛び込んできた。

「てめえぇぇ！　タバコ投げやがったなぁ！　ぶっ殺すぞ、ぐおるあぁぁ！」

声の主は、なんと元ヤン運転手、まどかさんだった。

まどかさんは運転席の横の窓ガラスを全開にし、そこから顔を出して罵声を上げているのだ。左手だけでハンドルを握っている。

「ちょ、ちょっと、まどかさん！」

俺が横から声をかけても、まどかさんには通じない。

「おう、大丈夫だって。心配すんな」なぜかそう言ってニヤリと笑うと、ふたたび怒鳴りはじめた。「逃げんじゃねえぞぉ、このカス野郎がぁ！」

窓から右手を突き出し、中指を立てて挑発する。

そのまどかさんのすぐそばに一台のオートバイが近づいてきた。と思ったら、エンジンをブンブン回して威嚇してきた。二人乗りで、どちらもヘルメットをかぶっていなかった。高校生くらいだろうか。まだあどけなさを残した顔をしているが、ずいぶんと凶悪そうな目をしていた。

俺はタンデムシートに乗った少年と目が合ってしまった。少年は殺意剝き出しといった視線を俺に向かって飛ばしてくる。

慌てて視線をそらし、思わず足をすくませた瞬間——。

「このクソガキがぁ！　降りて勝負しろ、ボケぇ！」

窓のすぐそばにいるバイクに向かって、まどかさんが吠えた。

嘘だろ、この人……。

「ま、まどかさん、駄目です。ちょっとスピードを落として距離を取って下さい」

「だから、大丈夫だって」

こちらを振り向いたまどかさんは、余裕綽々《しゃくしゃく》の表情だ。

いったい、なにをもってして「大丈夫」なのだ。俺がそう思ったとき、ファーーーーン！

バイクの騒音を上塗りするような、甲高い音が田舎道に鳴り響いた。

パトカーのサイレンだ。

そのサイレンが鳴るのとほぼ同時に、暴走族のオートバイはいきなり速度を上げて逃走しはじめた。

「あははは！　行け、行けぇっ！　とっ捕まえろぉ！」

愉快そうに声を上げるまどかさんのすぐ脇を、パトカーが勢いよく追い抜いていく。その様子をポカンと眺めていると、運転席から声がかかった。

「ほらな、大丈夫だって言っただろ？」

まどかさんが、ニヤリと笑ってそう言った。この人は、後ろにパトカーがいるのをバックミラーを見て知っていたのだ。

俺は前方を見た。

パトカーのサイレンとバイクの爆音が、みるみる遠ざかっていく。

「はあ、もう、まどかさん……」

「あ？」

「やめてくださいよぉ」

「あいつらが信号無視して、急ブレーキを踏ませたんだぞ。しかも、火のついたタバコを投げつけてきやがったんだ。許せねえじゃん」

「そ、それは分かりますけど、でも、いまは仕事中なんですから」

まじめな顔で少しきつく言ったら、まどかさんは「へいへい」と首をすくめる素振りをした。

やれやれ……。

俺はふたたび客席に向き直った。

「皆さん、申し訳ありませんでした。でも、もう大丈夫ですので」

桜子さん、ヒロミンさん、モモちゃんが座る左側の女性陣は、一様にホッとしたような顔をしていた。ところが、右側の男性陣は、それぞれまったく違う反応を示していた。入道さんは「なかなか元気のいい若もんだよな、おい」と鷹揚《おうよう》に笑っているし、サブローさんは孫でも見るような目で俺を見ている。陳さんは「おい添乗員、いまのは日本の暴走族か。はじめて見た。もっと見たかっただろう」と、まさかのクレームを言いはじめる始末。ジャックさんは、お化けのときと同様、怯えきって昇天しそうな顔で固まっている。そして、いちばん後ろの席の教授は、やはり、いつもどおり、悟りきった仏像のような顔のまま微動だにしなかった。

ふう、と俺は嘆息して、自分の席に戻った。

パトカーのサイレンと、暴走族の爆音が、どんどん遠ざかっていき、やがて聞こえなくなった。バスのなかは、ふたたび失恋ソングが漂い、空気が元どおり鬱々としていく。

「いやぁ、びっくりした。今回のツアーは、どんだけ事件が降りかかるんだよ」

俺は、小声で愚痴をこぼしてみた。

すると、小雪もさすがに驚いていたようで「ほんと、怖かったぁ……」と眉をひそめ、苦笑してみせた。


その日の夕方、ツアー一行は、蛍原《ほとはら》村という、いわゆる「限界集落」の寂れた旅館にやってきた。

ここは手付かずの自然が色濃く残された超過疎の村で、梅雨時に来れば信じられないほどの数のゲンジボタルがふわふわと川辺を舞い飛び、まるで夢のなかにいるような気分を味わえる桃源郷だ。しかし、残念ながら、いまはまだ少し時期が早い。

宿に到着すると、お客さんたちはそれぞれの部屋に荷物を置き、食堂に集まった。清潔感はあるが、歩くと床がぎしぎしと鳴る、ちょっと時代めいた広い食堂だ。

「それでは、皆さん、お好きな席にお座り下さい」

食堂の入り口の脇に立って、俺が声をかける。

お客さんたちはそれぞれ手近な椅子を引いて腰を下ろした。初日と比べると、お客さん同士の心の距離感がずいぶんと縮まったらしく、席選びに迷う人がいなかった。

「おう、龍さんよ、長旅で疲れたべ？　あったかい笹《ささ》っ葉《ぱ》茶でも飲むかい？」

俺の横でドスの利いた声を出したのは、この宿の主人、臼山大吉《うすやまだいきち》さんだ。

大吉さんは、田舎のガキ大将をそのまま大人にしたような人で、角刈りに、太い眉と太い首、がっちりした体軀は、野生のイノシシを彷彿させる。言葉も少し乱暴なところがあるが、付き合ってみると、とても人情味あふれる好漢だ。

「笹っ葉茶って、熊笹を乾燥させたお茶ですよね？」

「そうそう。龍さんには飲ませたことあったかい？」

「ええ、もう五～六回は頂いています」

「うはあ、そっかぃ。がははは。俺は忘れっぽいからよぉ。んじゃ、みんなも飲んでみっぺよ。さっぱりした甘みがあってうめえし、身体にいいんだ」

「ありがとうございます。じゃあ、お願いします」

「おーい、母ちゃんよぉ、笹っ葉茶を淹れてくれよぉ」

大吉さんが厨房の奥に向かって声をかけたが、返事はなかった。

「ありゃ、誰もいねえのか。んじゃ、まあ、俺が淹れてくっから。皆さん、ちょっくら待っててくれな」

照れ臭そうに言って、大吉さんは厨房に入っていった。

大きな身体を小さくしつつ厨房に消えた大吉さんを見ながら、ツアーのお客さんたちは、おしなべてほっこりとした笑顔を浮かべている。みんな大吉さんの純朴さに一発で好感を抱いてしまったのだ。

「さて、皆さん、ツアー三日目、お疲れさまでした」俺は食堂を見渡すようにしゃべりはじめた。「今夜の夕食のメインは、卵かけ御飯になります」

「えっ、それだけかい？」

大吉さんよりもひと回り大きな入道さんが眉をハの字にした。この三日間の粗食で、腹が減って仕方ないのだろう。

「はい。一応、味噌汁は付きますけど」

「いやぁ、またしても侘しいな、そりゃ」

「でも、入道さん、ご安心下さい。ここの卵かけ御飯は、おかわり自由なので。しかも、その卵は究極の――」

と説明しかけたとき、食堂の入り口にひょっこりと一人の男が顔をのぞかせた。つまり、俺のすぐ横に立ったのだ。

どこか間延びしたような、というか、人の好さがモロに出まくっているというか――、とにかく一ミリたりとも悪意を感じさせない顔をしたその男が、とても馴れ馴れしい感じで声をかけてきた。

「なあ、あんた、もう夕食か？」

「え？」

「だったら、ほれ、卵。たっくさん持ってきたから。間に合ってよかったなぁ」

よく見れば、男は両手で段ボール箱を抱えていた。

「それ、夕飯用の卵ですか?」

「ああ、そうだぁ。今朝、うちの元気いっぱいの姫さんたちが産んでくれた最高の卵たちだぁ。あんたら、これ食ったら、あんまり美味くて、びっくらこいて、お目々がまん丸になっちまうよ」

にこにこ顔で勝手にしゃべりだした男は、よく見るとムーミンを彷彿させるような顔をしていた。どうにも憎めない顔、というやつだ。

「あのな、うちの姫さんたちはよ——、あ、姫さんってのは、卵を産んでくれる雌鶏《めんどり》のことだけども、俺が編み出した究極の餌を食べてもらって、昼間はクラシックを愉しんでもらってんの。だからストレスフリーで、卵の味も香りも最高なんだよなぁ。ほれ、卵って、それだけでひとつの生命になれる、いわゆる命の塊だべ? だから人間の身体に必要な栄養素が、ビタミンC以外はぜ~んぶバランスよく入ってんの。そんでな——」

ムーミン顔の男が、なんとも陽気な口調で卵についての講釈をしはじめたところで、大吉さんが厨房から出てきた。手にしたお盆には、たくさんの湯呑みを載せている。

「あっ、こら、おめえ、お客さんに向かって勝手にしゃべんじゃねえっつーの」

「おお、大吉。ほれ、卵さ持って来てやったど」

ムーミン顔の男は、目の前のテーブルに卵入りの段ボール箱を置くと、今度は勝手に大吉さんの手伝いをはじめて、お茶を配膳しはじめた。

「あ、あの……、大吉さん、この方は?」

俺は訊かずにはいられなかった。

「ああ、この卵を生産してる養鶏場の男でよ、俺の幼馴染みだぁ」

紹介された男は、ムーミン顔でニカッと笑うと、またしゃべり出した。

「この村はよ、都会から見っと、なーんもねえって言われんだけども、最高に綺麗な自然と、最高にうめえ食材はたっぷりあっから、皆さん、また、遊びに来て下さい」

そこまで言って、ぺこりと頭を下げた。すると、その下げた頭の後ろを大吉さんが横からパチンと平手で叩いた。

「だーから、おめえは勝手にしゃべんなっつーの！」

「うはぁ、痛ってぇなあ。大吉、おめえ、何も、そんな強く叩かなくてもいいべさぁ」

後頭部を押さえたムーミン顔が、情けない顔で笑ったので、ついつい俺もお客さんたちもくすくす笑ってしまうのだった。

それからしばらくの間、大吉さんとムーミン顔の男は、掛け合い漫才のようなやりとりをして、お客さんたちを愉しませた。

熊笹の葉を炙《あぶ》って煮出した笹っ葉茶は、お客さんたちに好評で、お代わりをする人が続出した。

しばらくすると、一瞬でみんなを虜《とりこ》にしたムーミン顔の男が「んじゃ、皆さん、俺の卵、味わってなぁ」と言いながら帰っていった。

そして、本日の質素な晩御飯がはじまった。

毎度、驚かされるのだが、この卵かけ御飯の風味には、強烈な破壊力が秘められている。何が破壊されるのか、というと――、つまりは、一般的な卵かけ御飯の「美味しさの概念」が、木っ端微塵《こばみじん》にされてしまうのだ。

お客さんたちは、ひとくち食べるごとに「んんん！」とか「うはぁ！」とか言いながら、目を丸くするのである。

「マジかよ龍さん、こんな美味い卵かけ御飯を食ってたら、落ち込めねえじゃんか」

ジャックさんが三杯目のお代わりを口にかっ込みながら言う。

「たしかに。この卵は、なんつーか、エネルギーが違うぜ」

入道さんも、食べながら何度も唸っていた。あの教授ですら、ひとくち食べた瞬間に破顔したのだから、たいしたものだ。極め付けは、陳さんが大吉さんに真顔で言ったこの台詞だ。

「おい、あんた。この卵を作っている男、いくら出せば買える？　わたしと仕事する。金が儲かるね。あの男、金持ちになるだろう」

もちろん大吉さんは、「がははは。あいつは金じゃ動かねえ馬鹿だから、そりゃ無理だなぁ」と笑い飛ばしていたけれど。

唯一、この神がかったような卵かけ御飯を残したのは、小雪だった。いつもだったら、お代わりまでペロリと平らげるほどの好物なのに……。

食後はフリータイムだ。

お客さんたちには、自由に風呂に入ってもらい、そして就寝してもらうことになっていた。

三杯の卵かけ御飯を食べた俺は、満腹の腹をなでながら部屋に戻るとスマートフォンを手にした。そして、小雪にメールを送った。

《よかったら、大吉さんでも誘って軽く一杯やらない？》

しかし、返事はノー。

《卵かけ御飯を残してたけど、大丈夫？　ちょっと心配です》

と送っても、返事は《最近、少食なの。心配無用です》とそっけない。

分かっているけどさ。

もう、恋人同士じゃないけどさ。

俺は力なく畳の上に仰向けに寝転がり、ぼんやりと天井を眺めた。

明日は、いよいよもって、このツアーの四日目だった。

つまり、小雪の誕生日だ。

それなのに——。

俺は、目を閉じた。

もはや、ため息すら出てこなかった。

「わっ、すごい。この水、飲めそう」

沢沿いの林道を歩きながら、ヒロミンさんが川に向かってシャッターを切った。そして、カメラの背面液晶で画像を確認していると、背後から陳さんが覗き込んだ。

「あいやー、それ、いい写真ね。夏、暑いなら、飛び込むだろう」

言いながらクロールの動きをした陳さんを見て、他の参加者たちがくすくす笑っている。

大吉さんの宿を出発したツアー一行は、蛍原村のマニアックな観光地のひとつ、「恨みの滝」を目指して出発していた。まずは山に向けてバスを二〇分ほど走らせ、舗装路の行き止まりまで移動し、そこから先はバスを降りて未舗装の林道を歩く。そして、いままさに、その途上にあった。

山深い林道に沿って流れるこの渓流は、ジンのような透明度で、瀬音《せおと》もやわらかい。ふと頭上を見上げれば、みずみずしい新緑の樹々が枝葉を伸ばし、涼やかな風にさらさらと揺れていた。その枝葉の隙間からは、レモン色の朝日が地面にこぼれ落ちている。

しっとりと湿った森の空気。

落ち葉と土の豊かな匂い。

雨のように降り注ぐのは、小鳥たちの歌声だ。

気づけば俺は、すー、はー、と深呼吸をしていた。

失恋バスツアーも四日目になると、参加者たちに少し疲れが出てくる。そのタイミングに合わせて、俺は「癒しの森林浴」を行程に入れ込んでおいたのだ。小雪もこの林道歩きがお気に入りだったのだが、しかし、今朝は、まどかさんとバスで待っていると言った。こんなことは、はじめてだ。

目的地の「恨みの滝」に着いたのは、林道を歩き出して十五分ほど経った頃だった。滝の落差は十二メートル、幅は十メートル。ドーッと迫力のある音を轟かせながら、滝壺から水飛沫を上げている。その滝壺をよく見ると、二〇センチほどの渓流魚が数匹、悠々と泳いでいた。

清々しい林道も、ここで行き止まりだ。

大吉さんいわく、渓流釣りが本当に好きな人は、滝の脇の崖を登ってさらに上流へと向かうらしいが、素人の俺たちはここまでだ。

「はい、皆さん、お疲れ様でした。ここが本日最初の目的地、『恨みの滝』となります」俺はお客さんたちを集めて、この滝についての説明をはじめた。「どうして『恨み』なのかと申しますと、じつは、ふたつの説があるそうです。ひとつは、こんな昔話に由来します。昔、このあたりに住んでいた木こりが、怠け者なうえに放蕩《ほうとう》で、奥さんと幼い娘にずっと苦労をかけていたそうです。ある日、木こりの娘が病気になってしまったのですが、木こりが働かなかったせいで医者にみせるお金がなく、娘は亡くなってしまいました。それ以来、奥さんは、ひたすら泣き暮らしていたそうです。その奥さんが、ときどき人知れずこの滝の裏側に隠れて、何度も、何度も、旦那さんにたいする恨み言を叫んでいたことから、『恨みの滝』と呼ばれるようになったとのことです。もうひとつの説は単純です。この滝は裏側に入れるので、裏から見る滝、ということで、『裏見の滝』となった――、と、まあ、そういうことです」

説明をしている間も、お客さんたちは見事な滝や、美しい川を眺めている。これはいつものことだ。俺は続けてしゃべった。

「では、これから、この滝の裏側に、お一人ずつ入っていただきます。そうしましたら、滝の裏から、ぜひとも大声で恨みつらみを叫んで下さい。ただし、あまり絶叫しすぎると、皆さんが待っているこの場所まで聞こえてしまいますので、言葉が汚なすぎて聞かれたら困るなぁ、という方は、ご自身で音量調節をお願いします」

俺がそこまで言うと、くすくすと笑い声が起こった。

「では、先ほどバスのなかで決めた順番で、お一人ずつこちらにいらして下さい」

それから俺は、飛沫で濡れた岩場の上を一人ひとり歩かせて、滔々《とうとう》と落ちてくる水の壁の裏側へと案内した。滝の裏側のスペースは狭く、畳半畳《はんじよう》分くらいしかない。ひょいと手を伸ばせば、分厚い水のカーテンに触れられるほどだ。

滝の裏に入るときには、どうしても、ある程度の飛沫を浴びるので、女性陣は「ひゃあ」

とか「きゃあ」とか声を上げる。男性陣は総じて楽しそうな顔をする。おもしろいのは、普段おとなしそうな人ほど、ここに入ると本気で絶叫することだ。今回も、おしとやかな桜子さんが、「この大嘘つき〜っ！　お前なんて、死んじまえ〜っ！　クソ野郎〜っ！」と、金切り声を上げていた。

他の参加者たちは、さすがにひと癖あって、それぞれ彼ららしい言葉を吠えていた。「心頭滅却！」とか「頼むぜ、ロッケンロールの神様ぁ〜っ！」とか、とにかく個性的で分かりやすい。

最後に教授が「私に告ぐ！　私は、人間だぁ〜っ！」と、意味不明な絶叫を美しいバリトンで響かせたあと、ついでに俺も、滝の裏に入って叫んでしまおうか——という思いに駆られた。会社の倒産のことも、小雪とのことも、思い切り叫んで発散したかったのだ。しかし、さすがに添乗員がそれをやってはまずいだろうと、ぎりぎりのところで自制した。

それからしばらくは、自由時間だった。滝からバスまでの間の清々しい林道もしくは川原で、それぞれの時間を味わってもらうのだ。

俺は少し下流に下り、幅二メートルほどの豆腐みたいな形をした岩を見つけ、その上に腰掛けた。

すると、すぐに背後から名前を呼ばれた。

「龍さん」

振り向くと、モモちゃんが照れ臭そうに微笑んでいる。

「あ、どうも。どうされました？」

「ちょっと……、龍さんと話したいなって思って」

アイドル顔をした娘に、そんなことを言われた俺は、ほんの一瞬だが、ドキリとしてしまった。

「話、ですか？」

モモちゃんは、はにかみながら頷いた。

「いいですよ。よかったらここに。お尻、けっこう冷たいですけど」

豆腐形の岩の上で、俺は少しお尻の位置をずらしてやった。するとモモちゃんは、俺からいちばん離れた岩の端っこにちょこんと腰を下ろした。小柄ゆえ地面に足がつかないようで、膝から先を軽くぶらぶらさせている。そして、こちらを振り向くのとほぼ同時に、「あっ」と言って下流の方を指差した。俺もそちらを見ると、五〇メートルほど離れたところで、年老いた渓流釣り師が竿を振っていた。

「あれ、何を釣ってるんですか？」

モモちゃんが小首を傾げる。

「多分、イワナとヤマメじゃないかなぁ……」

「山奥だから、いっぱい釣れるんですかね」

「どうかな。せめて一匹だけでも釣れていて欲しいけど」

「え？　一匹だけじゃ……」

かわいそう、とでも言いたげな顔をしたモモちゃん。

「あ、釣りってね、ゼロ匹と一匹とでは、地獄と天国ほどの差があるらしいんですよ」

「たった一匹で、そんなに？」

「ぼくの親父が、釣り好きで、よくそう言ってたんです」

「へえ」

「ついでに言うと、人生も釣りと似ているそうで、目の前のその一歩を踏み出すか、それとも留まっているかで、やがて天国と地獄くらい大きな違いが生まれるんだぞって、子供の頃に言われたことがあります」

酒に酔ってご機嫌なときに、親父はしばしばそう言っていたのだ。

「一匹と、一歩、ですか」

「うん。でも、そういう父は、ごくふつうのサラリーマンなんですけどね。言ってる本人こそ、一歩を踏み出したのかどうか」

笑いながらしゃべっていたら、俺はふとサブローさんに言われた台詞を思い出した。

チャレンジと冒険、しておいて下さいね――。

失敗しても、ちゃんと神様からのプレゼントが、失敗の裏側にはありますから――。

「あの……、ちょっと変なことを訊いてもいいですか？」

「え？　あ、はい」

「龍さんって、恋愛をするとき、一歩を踏み出せる人ですか？」

「え……」

いきなり会話のベクトルを変えたモモちゃんは、ぶらぶらさせていた足を止めた。

「えっと、どうかな……。ぼくはけっこう臆病なんで、なかなか踏み出せないタイプかも」

俺は正直に答えた。

「踏み出さなかったことで、後悔はしていませんか？」

なぜだろう、モモちゃんが変に突っ込んでくる。と、このとき、俺のなかで小さなひらめきがあった。小雪に教わったとおり、いま、こちらから胸襟《きょうきん》を開けば、モモちゃんの心を開かせることができるのではないか。

「後悔してることは、たくさんありますね」

「たとえば？」

「そうだなぁ……、ちょっと恥ずかしいですけど」

それから俺は、最近、恋人にフラれるまでの経緯や、まだその彼女に未練があること、できれば結婚したいと思っていること、しかも、今月が彼女の誕生日で、そのタイミングでプロポーズをしたいと思っているのだけれど——。

「でも、ちょっと、無理そうなんですよねぇ……」

と、ため息まじりに吐露した。もちろん、小雪の名前は隠したままだ。

「どうして無理なんですか？」

「え？」

「だって、いま、一歩を踏み出した方がいいって……」

モモちゃんにそう言われて、またサブローさんの顔が脳裏にチラついた。なんとなく、チャレンジと冒険、という言葉が胸のなかで胎動しはじめた気もする。でも、現実はそう簡単ではないのだ。

「まあ、そう、なんですけどね。でも、脈がなさそうっていうか……」

俺は本音をこぼし続けた。

するとモモちゃんが、俺の背後に視線を送り、小さく頭を下げた。

え？　と振り返ると、さっきの釣り師が俺たちのすぐそばを通り過ぎるところだった。

「こんにちは」と老人に声をかけられた。「あ、どうも。こんにちは」と返す。

「釣れましたか？」

意外にも、モモちゃんが問いかけた。

「今日は、まあまあだね」

老人は、皺だらけの顔をくしゃっとさせて笑うと、そのまま歩き去って行った。

しばらくすると、モモちゃんが俺にそっと笑いかけた。

「よかった。あの人、釣れてたみたいで。これで天国ですね」

その笑顔を見た俺はハッとしていた。これまで見てきたモモちゃんとは、何かが根本的に違う気がしたのだ。物理的にはほんのわずかな差なのかも知れないが、しかし、確実に、モモちゃんの存在そのものが薄皮一枚剝けたかのように明るく見えている。

「うん。天国ですね」

それから少しの間、俺たちは初夏の川風に吹かれながら、黙って清流を見つめていた。

モモちゃんが「あの、わたし」としゃべりだしたのは、川面《かわも》すれすれを青い鳥が飛び去ってすぐのことだった。「小学生のときに、お兄ちゃんが肥満でいじめられてて……。それが原因で、五年生のときに、わたしまでいじめられちゃったんです」

「え……」

こちらが訊いてもいないのに、モモちゃんは自分の過去を勝手にしゃべりだした。

「いったん、いじめのターゲットになったら、なんか、もう、なかなか抜け出せなくて——」

モモちゃんいわく、いじめられっ子のまま中学に上がり、しかも、隣の小学校から同じ中学に上がってきた子たちにまでいじめられるようになったという。それ以来、ほとんど学校という場所には行かなくなったのだそうだ。つまり、自宅の自室に引きこもったのだ。じつは、兄の方がずっと前から引きこもりだったのだが、母親はしかし、モモちゃんばかりを責め続けたのだという。

「なんで、モモちゃんばかりを？」

「お兄ちゃんを叱ると、キレて家のなかで暴れるから……」

結局、母親は、モモちゃんをストレスのはけ口にしていたらしい。

「わたしが家にいると、お母さんは嫌な顔をするんで、最近、少し離れたところにあるコンビニでバイトをはじめたんです。そしたら、そのバイトの先輩の男の人にうっかり騙されて、なんか、付き合うことになって」

そこまで言って、モモちゃんは一度、深呼吸をした。そして、続けた。

「捨てられちゃったんです。で、それから鬱がひどくなって、リスカをして。あ、龍さん、リスカって、知ってますか？」

「うん。リストカットだよね。手首を薄く切る自傷行為」

「あ、知ってるんだ……」モモちゃんは小さくため息をついた――、と思ったら、自分の左手の袖をすっとめくって、俺の方に差し出した。「こんなに……なっちゃったんです」

どうして急に、その傷痕を俺に見せる？

わけが分からず、俺はただ黙って頷いてみせた。

するとモモちゃんは、こちらから視線を剝がし、正面の川を眺めながらふたたび口を開いた。

「なんか、もう、生きてたって意味ないなって。いいことなんて、何もないよなって。絶望してたんです。そもそも、親に愛されないから、居場所もないし……。こんなわたしを好きになってくれた奇跡みたいな男の人は、ただわたしを騙してただけだったし……」

「…………」

はあ、と嘆息したモモちゃんは、俺にしゃべっているというよりも、川に向かってひとりごとを言っているように見えた。

「鬱病になって、世界が真っ暗になって。自分のことが大嫌いで……、大嫌いだから、ちょっと自虐的なことをしちゃおうかなって」

ふと、川風が止まって、せせらぎの音量が上がった気がした。

朝の光のなか、きらめく川を見つめているモモちゃんの横顔が、なぜだろう、言葉とは裏腹にどこか毅然《きぜん》として見えた。

「わたしね、龍さん」

「ん？」

振り向いたモモちゃんと、視線が合う。

「大嫌いな自分を自分でいじめちゃおうかなって、そう思ってこのツアーに参加したんです」

「…………」

そんな理由で？　ちょっと驚いた俺は、返す言葉を見つけられずにいた。

「でも、いま思うと、このツアーに参加したのって、わたしにとっては冒険の一歩だったのかも」

チャレンジと冒険――か。

「で、その一歩の先には、大きな前進があった。そういうこと？」

「はい。結果的には、そうなったと思っています。だから――」

「…………」

「龍さんに、お礼を言いたいなぁって」

「え？」

いままでしゃべり続けていたモモちゃんが、急に頬を上気させて、座ったまま上半身をこちらに向けた。そして、「ありがとうございます」と小さな声を出した。

「あ、いえいえ。こちらこそ」俺も釣られてペコリと頭を下げた。俺は照れ臭すぎるこの空気を変えたくて、すぐに言葉を吐き出した。「で、このツアーでモモちゃんは、しっかり落ち込めてますか？」

「うーん、それは、微妙……かも」

「え、どうして？」

「元々、落ち込んでたので、それ以下がないから、かな」

「あはは。そっか」

「はい」

俺とモモちゃんは、また二人して照れたように笑った。

「あと、わたし、小雪さんに救ってもらって、もう、あんまり落ち込まなくてもいい気がしてきたんです」

やはり、あのセッションが効いたのだ。

「それはよかったですね、本当に。あ、でも、落ち込まなくていいとなると、このツアーの意味がないか」

「龍太郎って、名前は強そうなのに――」

「ああ、そうかも」

「龍さんはそういう子だったから、タコノマクラを知ってたんですね?」

モモちゃんのことを美優と重ねていたのかも知れない。

なぜか俺は、あまり人に話したことのない過去を口にしていた。もしかすると、無意識に狭かったなぁ」

部活は、女子ばっかりの合唱部で、同じ学年に男子は二人しかいなくて……、すごく肩身がっきし駄目で、ひとり静かに生き物の図鑑を眺めてるタイプだったんです。当時、入ってた
「小学生の頃はとくに、いじめられたというか、からかわれたというか。運動も喧嘩もから
「えっ、龍さんが?」

「じつを言うと、ぼくも少しだけ、いじめられっ子だった時期があるんですよ」

を見た気がした。

モモちゃんはいま「淋しい人だった」と過去形の言葉を口にした。俺はそこにかすかな光
「いいなぁ……。わたし、家にいても、外にいても、ずっと淋しい人だったから」

「え? まあ、うん。そうかも知れません」

「龍さんって、きっと愛されて育ったんだろうなぁ」

今度は二人してくすくすと笑う。

「ですよね」

「あはは。それ、よく言われました。名前負けしてるって」

俺は生まれてこの方、ずっとヒーローになれないタイプのままでいる。たとえばクラスのヒーローがいたら、そいつに羨望と嫉妬の眼差しを送っているだけの「その他一同」にすぎないのだ。

「ううん。わたしが言いたいのは、強そうな名前なのに、やさしい人に育ったんだなぁって」

「え？　あ、そう、かな」

モモちゃんが「はい」と微笑む。

涼やかな川風が吹き、頭上で、チュルル、チュルル、と可愛らしい小鳥の声がした。その声に釣られて、二人そろって上を見た。まぶしい青空に張り出した新緑の枝葉がシルエットになって揺れている。その枝の先端近くに、スズメほどの小鳥が数羽さえずっているのが見えた。

「龍さん、やさしいです」

「あはは。ありがとう」

上を見たまま、俺はモモちゃんに礼を言った。するとモモちゃんも、頭上を見たまま、妙な質問を口にしたのだ。

「龍さんって、子供は好きな方ですか？」

「ん？」

俺はゆっくりと視線を下ろして、モモちゃんを見た。モモちゃんも、こっちを向く。

「どうかなぁ。ふつうに可愛いなって思うこともあるけど、でも、扱い方が分からないなって思うこともあるかな」

「ふうん……」

「え、なんで、そんなことを訊くの？」

訊き返したら、モモちゃんはそっとうつむいて自分の傷痕だらけの左手首を何度か撫でた。

俺は、その白くて華奢な手首を黙って見つめていた。

川風がモモちゃんの髪を揺らし、どこか遠くから女性の笑い声が聞こえてきた。おそらくヒロミンさんの声だ。誰かとふざけ合っているのだろう。

モモちゃんは、しかし、その声の方を見ずに、傷痕だらけの左手首を軽く握った。そして、対岸の樹々の梢を見上げた。

「わたし――」

と小さな声を出す。

足をぶらぶらさせて、やけに穏やかな横顔でこう続けた。

「赤ちゃんを堕ろしてきたんです。このツアーに申し込む前に」

「え……」

一瞬、世界から音が消えた。川のせせらぎも、樹々の葉擦れも、小鳥のさえずりさえも、すうっと消えてなくなった気がしたのだ。そして次の刹那、俺は重要なことに気づいた。

小雪が俺に隠していたモモちゃんに関する秘密は、このことだったのだ——。

気づいてもなお、俺にはモモちゃんにかける言葉が思いつかなかった。こういうとき、小雪ならきっと、唯一無二とも言える言葉を、最適なタイミングで、絶妙な声色で、モモちゃんに届けることができるのだろう。

「赤ちゃんを堕ろしたことを彼に伝えたら、あっさり捨てられちゃうし、母にも見捨てられるしで……、もうどん底だったんですよね」

モモちゃんは、ゆっくりこちらを振り向いて、淋しげに微笑んだ。そして、傍に置いてあった小さなバッグのなかから何かをつまみ出すと、それを人差し指にはめて、こちらにかざした。

白くて、ドーナツのように穴の空いた——。

「あ、それ……」

「タコノマクラです」

このツアーの途中、海岸で拾ったものを、モモちゃんは捨てずに持っていたのだ。

「わたし、去年の夏に一度だけ、元彼と近くの海に行ったことがあって、これとそっくりなのを拾ったんです。そのときは二人で『なんだろうね、これ』って言ってたんですけど……」

「…………」

「おととい、自殺の名所の海でこれを見つけたとき、じつは、わたし、元彼とのことをいろいろと思い出して、すごく気持ちが重たくなってたんです。でも、龍さんにタコノマクラっていう冗談みたいな名前を教えてもらったら、なんだか元彼とのことも冗談みたいだなぁって思って……。で、ちょっとだけ気持ちが軽くなりました」

「そう……なんだ」

相変わらず俺の口は愚鈍で、気の利いた台詞ひとつ出てこない。

「だから、いじめられっ子だった頃の龍さんの知識にも、ちょっぴり救ってもらったんです」

そう言いながら、モモちゃんはタコノマクラを指から外した。

「これ、ほんと、ドーナツみたいですね」

そう言うやいなや、モモちゃんはひょいと右腕を振った。

「あ……」

と、俺が言ったときにはもう、タコノマクラは放物線を描いていた。

ぽちゃん。

小さな音を立てて川に落ちたタコノマクラは、あっという間に清涼な流れに飲み込まれて消えた。

「ふう……。龍さんに話せて、ちょっとスッキリしました」

モモちゃんは、せいせいしたような顔でそう言うと、豆腐形の岩から下りて玉砂利の川原にすっくと立った。

「じゃあ、わたし」

「え？」

「少し、散歩してきますね」

モモちゃんは、わずかに微笑んで、くるりと踵を返した。

「あ、うん……」

それから俺は、ゆっくり遠ざかっていく華奢な背中を、深い感慨をもって眺めた。

思えば、このツアーにモモちゃんが参加したのは、ほんの三日前なのだ。たった三日やそこらで彼女がここまで変わるなんて、誰が予想し得ただろう？　モモちゃん本人はもちろん、小雪にだって想像がつかなかったのではないか。

つくづく女って、強いな──。

なんだか俺は、ひとり取り残されたような気持ちになって、豆腐形の岩の上にごろりと仰向けに寝転んだ。


【北原桃香】


人ってね、誰かを心配しているときの方が強くなれるんだよ──。

このツアーのなかで、小雪さんが、わたしに教えてくれた言葉。

本当に、そのとおりだと思う。なにしろ、わたしはいま、心配ごとのおかげで確実に強くなっているという実感があるのだから。

午前中に「恨みの滝」を訪れたわたしたちは、そこからさらにバスで二〇分ほど移動して、村の外れにある蛍原鍾乳洞《しょうにゅうどう》に来ていた。

龍さんが言うには、ここは交通が不便すぎてほとんど無名の鍾乳洞だけれど、実際に洞窟のなかを歩いてみると、なかなかの感動を味わえるらしい。

「はい、皆さん、ヘルメットをかぶって頂けましたか。あっ、ジャックさん、あご紐をちゃんと締めて下さいね」

わたしたちの前には、岩壁にぽっかりと空いた漆黒の穴がある。小柄なわたしが少しかがんで入れるくらいの入り口だ。その前に立った龍さんが、いつものように説明をしはじめたのだけど——、

「マジかよ。ロックじゃねえよなぁ……。まさか、こんなのをかぶるハメになるとはよぉ」

ジャックさんがへの字口で不平をこぼした。本当はヘルメットが嫌なのではなくて、暗い鍾乳洞に入るのが怖いのだ。ピアスだらけの顔のわりに怖がりなジャックさんは、女性陣の間では密かに「ちょっと、かわいい奴」と評されている。

「ジャックさん、すみません。たしかに格好よくはないですけど、頭上から垂れ下がっている鍾乳石に頭をぶつけたら怪我をしますので、少しの間だけ我慢して下さい。皆さんも、くれぐれも途中で取らないようお願いします」

「それはともかくよ、もう少し大きなサイズはねえのかい？」

後ろの方で入道さんが低く通る声を出した。みんなが一斉に振り向くと、つるつる頭の上に、黄色いヘルメットを「かぶる」というより、飾りのようにちょこんとのせた入道さんが困り顔をしていた。それを見て、みんなはくすくす笑い出す。

「あは、す、すみません。サイズはこれしかなくて」

龍さんまで吹き出しそうになっている。

「あんた、頭がでかいね。あはは。脳みそいっぱい。いいことだろう。自慢しろ」

陳さんが笑いながら言う。本気なのか、茶化しているのか、よく分からないけれど、これが引き金になって、みんなプッと吹き出した。

龍さんは笑いをこらえて、ぎこちない顔で説明を続けた。

「皆さん、もう少しだけしゃべらせて下さいね。ここから先は『旅のしおり』にもあるとおり、お一人ずつ順番に鍾乳洞を探検して頂きます。探検といっても、洞窟のなかは一本道ですし、さほど起伏もありませんので基本は安全です。お年寄りや子供でも歩けますのでご安心下さい。で、この入り口からなかに入って頂きますと、洞窟はくねくねと曲がりながら、ゆったりとした下り坂になっております。三分ほど歩いて頂くと、少し広い部屋のような場所にたどり着きますが、そこでミッションを遂げて下さい。その部屋の奥には、地面からニョキっと生えた細いタケノコのような鍾乳石がきれいにふたつ並んでいまして、それが『別れの石』と呼ばれる絶縁のパワースポットとなっております。よく見ると、どちらも人間っぽい形をしていると言われていますが、実際は、ちょこっと頭のようなものがあるかなぁ……といった感じです。不思議なことに、この二つの鍾乳石は、根本の部分は寄り添っているのに、上に行くに従って徐々にお互い離れているんですね。その形状から『別れの石』という名が付いたそうです。で、皆さんは、その石の頭を左右の手でそれぞれ一度に触れて、撫でてやって下さい。そうすることで、失恋した相手との悪縁をきれいさっぱり絶てるのだそうです。そのミッションを終えた方は、来た道を戻らず、さらに奥へと進んで下さい。すると今度は徐々に洞窟が登り傾斜になっていきまして、二分ほどで出口にたどり着きます。出口には、バスが先回りして待っていますので、そのままバスに乗り込んで休憩するか、あるいはバスの周りでお待ち頂ければと思います。切り株を置いただけのベンチも一応ありますので、そちらでお休みになられていても結構です。出口から見て右手にトイレもございます。説明は以上になります。何かご質問がある方はいらっしゃいますか？」

誰も手を挙げないので、龍さんはさらに続けた。

「では、絶縁するための探検をはじめましょう。トップバッターは――」

「はい」

後ろの方にいたわたしは、控えめに手を挙げた。

鍾乳洞探検の順番は、すでにバスのなかで決められていたのだ。龍さんお手製のあみだくじで。

「では、モモちゃん、前の方へいらして下さい」

龍さんの元へ行くと、ヘルメットに付けられたヘッドランプのスイッチを入れてくれた。

「モモちゃん、ちょっと怖いね」

わたしの斜め後ろから桜子さんが言う。この人とは、ずいぶん仲良くなれた気がしている。少し天然なところもあるけれど、とてもやさしい人なのだ。

「うん。ドキドキします」

「気をつけてね」

わたしは頷いた。

「では、モモちゃん、いってらっしゃい」

龍さんに促されて、わたしは一人、真っ暗な鍾乳洞のなかへと足を踏み入れた。

洞内は人ひとりがようやく通れるような狭さだった。歩きはじめて三〇秒と経たぬうちに、わたしを取り巻く空気の感触が一変した。ひんやりと湿ってきて、重みのある静寂が張り詰めたのだ。自分の足音と呼吸音だけが洞内にやけに大きく響いている。ヘッドランプの青白い明かりは少し頼りなかったけれど、歩くのには充分だった。正直、思ったよりも怖くはない。でも、脈拍が少し速くなっているのは、自分でも分かる。

足元を照らすと、雨あがりのように湿っていた。でも、滑ることはなさそうだ。頭上からは無数の鍾乳石がクリーム色のつららのように垂れ下がっている。たしかに、これに頭をぶつけたら怪我をするだろう。

わたしは、ふと小雪さんのことを想った。

小雪さんは、やっぱり鍾乳洞にも来なかった。まどかさんと一緒にゴール地点で待っているというのだ。わたしも、その方がいいと思うし、みんなもきっとホッとしているはずだ。

しばらく下り坂を進むと、龍さんの言っていた「部屋」に出た。

あ、すごい――。

わたしは息を呑んだ。

思いがけず、幻想的な光景が広がっていたのだ。

その「部屋」は、学校の教室ほどの広さがあり、天井からは大中小たくさんの鍾乳石がぶら下がっていて、なかには地面とつながったものまである。

足音がやけに響くので、試しに、

「あー」

と声を出してみたら、おもしろいほどに反響した。

ヘッドランプで「部屋」の奥を照らすと、龍さんが言っていたとおり地面から突き出した鍾乳石がふたつ並んで立っていた。見ようによっては、ちょっと傾いた長細いお地蔵さんのようでもある。背丈はだいたいわたしの腰くらいで、右側の方が十センチほど高かった。

わたしは、その「別れの石」に歩み寄り、左右の手でそれぞれの鍾乳石の頭に触れた。ざらざらした感触。しっとり湿っているけれど、思ったほど冷たくはなかった。それを静かに撫でながら、目を閉じる。

ふう――、と息を深く吐いてから、

「わたしは、きれいさっぱり、過去のわたしと絶縁します」

小声で宣言して、鍾乳石から両手を離した。

そっと目を開け、湿った手のひらを見つめた。

なんだろう、この感じ。

ただ自分の未来を口にしただけなのに、わたしはずいぶんと清々しい気分になっていたのだ。まるで心の一部が新しく生まれ変わったような、そんな新鮮さを感じていた。

わたしは誰もいない絶縁のパワースポットで、ひとり微笑んだ。


鍾乳洞を出ると、まぶしさに目を細めた。

暗さに慣れていた目を、青々とした空の明るさが射たのだ。

目の前には「森のなかの広場」とでもいいたくなるような、陽当たりのいい草地が広がっていた。

「モモちゃん、お疲れさま。鍾乳洞、どうだった？」

出口で待っていた小雪さんが、さっそく声をかけてくれた。

「思ったより怖くなくて、楽しかったです」

わたしはヘルメットを脱ぎながら答えた。

「うふふ。それはよかった。で、あのクソ彼氏との絶縁宣言は、ちゃんとできた？」

小雪さんがわざとらしくしかめっ面をしたので、わたしは小さく吹き出してしまった。

「彼氏じゃなくて、過去のわたしと、絶縁宣言しました」

「えっ」小雪さんのぱっちりした目が、いっそう開かれた。「モモちゃん、凄いじゃん。その感覚、いいよ。強くなったね。偉い」

褒めちぎられたわたしは、思わずはにかんだ。

「モモちゃんの未来、変わるよ、必ず」

「はい」

わたしは頷いた。不思議と、自分でもそんな気がしていた。小雪さんは、孫でも見るような目でわたしを見ている。

「あの、小雪さん」

「ん、なに？」

わたしは、なるべくさりげない口調になるよう心を砕いて訊いた。

「全然、話は違うんですけど、小雪さんって、わたしと同じ五月生まれの牡牛座だって言ってましたよね？」

「え？　うん、そうだけど……」

「ちなみに、何日生まれですか？」

すると小雪さんは、ちょっと照れくさそうな顔をした。

「じつはね、今日なの」

「えっ……」

わたしは、一瞬、言葉を失った。

「モモちゃんは、何日なの？」

「あ、ええと、二十日です」

「じゃあ、もうすぐだね」

「はい。あ、お誕生日おめでとうございます。って、プレゼント、何もないですけど……」

「あはは、いいの、いいの。気にしないで。もはや祝ってもらいたいような歳でもないし」

小雪さんは目を細めて笑うと、「あ、そのヘルメット、バスの横に置いてある段ボールのなかに戻しておいてね」と言った。

わたしは「はい」と頷いたあと、つい、こんな台詞を口にしてしまった。

「小雪さんって、もしかして自分のことには鈍感なタイプですか？」

「え？　なんで？」

「なんとなく、というか、たしか、牡牛座ってそうだったような……」

「鈍感かなぁ……。うーん、あまり人からそういう風に言われたことはない……、と思うけど」

「そうですか」

じゃあ、龍さんは？　と続けて訊きそうになった口を、わたしは力ずくで閉じると、「ヘルメット、戻してきます」と言い換えて、バスの方へと歩き出した。

ヘルメットを箱に戻した後は、そのままバスに乗り込む。そして、運転席で美脚を組んでいるまどかさんにそっと声をかけたのだ。

「あの、ちょっと内緒のご相談があるんですけど」

「んあ?」

まどかさんは退屈そうな顔で、小首を傾げた。


洞窟から最後に出てきたのは、龍さんとジャックさんの二人組だった。結局、ジャックさんは一人では入れなかったのだ。

全員が揃ったところで、お弁当タイムとなった。

龍さんが、バスの前で、全員にお弁当を配っていく。

「それでは、本日も質素なランチではありますが、各自、この広場のなかのお好きな場所にレジャーシートを敷いてお召し上がり下さい」

弁当を手に、それぞれが散っていこうとしたとき、バスのなかから声がした。

「おい、添乗員とカウンセラー。ちょっと話がある」

まどかさんが呼んだのだ。

呼ばれた龍さんと小雪さんは、ポカンとした顔を見合わせると、二人してバスに乗り込んだ。と同時に、バスのドアが閉まった。

まどかさんが作ってくれたチャンスだ。

わたしは散りぢりになりかけた人たちに声をかけた。

「皆さん、すみません、ちょっと」

ちらりとバスを見ると、龍さんと小雪さんはこちらに背を向け、まどかさんと何かしゃべっているようだった。

急がないと——。

一旦は散りかけた参加者たちが、なんだ、なんだ、と集まってきた。

「あの、じつは今日、小雪さんの誕生日なんです。で、龍さん、本当は今日、プロポーズをするつもりだったらしいんです。でも……」

でも、に続く言葉が見つからず、わたしは言葉を途切れさせた。すると入道さんが太い声をひそめながら言った。

「そういうことなら、もう黙ってることもねえだろう。本人に伝えてやろうぜ。なあ、みんな」

みんなは、それぞれ顔を見合わせながら、うん、うん、と頷き合った。

「ぐふふ。おもしろいね」

陳さんがむっちりとした腕を組んで不敵に笑った。

「じゃあ、みんなを代表して、俺が伝えるぞ。霊的なことも含めて教えてやらにゃならんからな」

入道さんも筋肉隆々の腕を組む。

「あんた、うまくやれよ」

ジャックさんが入道さんのその太い腕をポンと叩いた。

「おう、任せとけ」

頼もしい入道さんの返事を受けて、サブローさんも口を開いた。

「では、本人への告知は入道さんにお任せするということで、我々は引き続き、何も知らないという設定でいきましょう」

「ああ、そうしてくれ」

頷き合ったわたしたちは、まどかさんが引きつけてくれている間に、各自、急いでお弁当を食べる場所へと散っていった。

バスのドアが開いたのは、それから三〇秒ほど後のことだった。龍さんと小雪さんが、狐につままれたような顔をして外に出てきた。いったい、まどかさんは二人にどんな話をしたのだろう？　ちょっと気になったけれど、いまはまだ訊けるタイミングではなかった。

【天草龍太郎】

大吉さんの宿で作ってもらったランチは、ほとんど蛍原村の食材で作られたという質素で美味しい海苔弁だった。鍾乳洞の出口近くの切り株に腰掛けて、俺はひとりその海苔弁をパクついていた。そして、食べながら、さっきの奇妙な出来事を思い返した。

今日のまどかさんは、どうにも妙だった。わざわざ俺と小雪を呼びつけたと思ったら、人に聞かれないようバスのドアを閉め、そして昨日の暴走族との一件について切々と謝罪の言葉を述べはじめたのだ。あまりの想定外の出来事に、俺と小雪はおっかなびっくり「いえいえ」「もう大丈夫ですから」などと言っていたのだが、まどかさんはそれでもしつこく謝り続けた。あんなまどかさんの姿は、これまで一度たりとも見たことがなかった。いったい何が、まどかさんを変えたのか？　いくら考えても分からない。

俺は弁当から顔を上げて、広場を見渡した。ちょうど斜め右方向に小雪の姿があった。小雪は珍しく一人で弁当を食べていた。そして、俺と同じく、ぼうっと考え事をしているような顔をしていた。

分かるよ、その気持ち——。

いますぐ隣に駆け寄って、このもやもやした感じを共有したいのだけれど、とりあえずいまはやめておいた。後でバスに乗れば、いくらでも話すチャンスはあるのだから。

食後、俺は鍾乳洞の出口の近くにある古びた公衆トイレに入った。出発前に出しておくのは、添乗員の心得のひとつだ。

ひとり小便器の前に立って用を足していると、隣にぬうっと大男が立った。入道さんだ。あらためて見上げると、俺より頭ひとつ大きそうだ。

「あ、どうも」

と言った俺の言葉に、入道さんの太い声がかぶせられた。

「ちょっと、そのまま付き合ってくれ。いまから大事なことを言うからよ」

「は？　このまま、ですか？」

「ああ、そうだ。心の準備はいいか？」

は？　心の準備？　おしっこをしながら？　この巨漢は、いったい何を言っているのだろう？　展開が急すぎて、俺は返事もできずにいた。しかし、入道さんはかまわずしゃべりはじめた。

「じつはな、カウンセラーの小泉先生のことなんだが」

「え……」

俺は、となりの巨漢を見上げた。

「妊娠してるぜ」

「は？」

「妊娠、してんだよ」

え？

小首を傾げたまま固まった俺のなかで、時間が止まった。

一秒、二秒、三秒目で——、

「えっ！　えええっ？」

俺は、男の大事なモノをチャックから出したまま、入道さんの方を振り向いてしまった。

すでに放尿は済んでいたから良かったものの、入道さんはあからさまに顔をしかめた。

「おいおい、それ、こっちに向けんなよ」

「あ……、あ、はい。す、すみません。っていうか、ええと」

俺は慌ててモノをしまった。

「あんたには内緒にしてたんだ。悪かったな」入道さんも放尿を終えて、モノをしまう。

「初日にバスに乗り込んだとき、俺は悪霊がいるって言っただろう。覚えてるよな？」

「はい……」

「あのとき俺は、人に巣食うタイプだって言っただろう」

「は、はい」

「あれな、じつは、胎児のことだったんだ。胎児だからよ、人のなかに入り込んでるし、結果、人数よりもひとつだけ魂魄の数が多かったってわけだ」

えっ、ちょっと待てよ、と俺はそこで少しだけ冷静になった。

そもそも、この人の霊能力は本物なのだろうか？　もしもインチキならば、小雪の妊娠だって間違いかも知れない。

そう思ったとき、ふと俺はモモちゃんの顔を思い浮かべた。モモちゃんはたしか、入道さんは嘘を言っていないと断言していた。しかも、嘘を見抜く能力には自信があると。いや、でも……。

「ええと、何か、妊娠してるっていう証拠は——」

「あるさ。俺の霊的な見立て以外にもな」

「と言いますと？」

「モモちゃんがよ、小泉先生本人から聞いたんだとよ」

「えっ、本人から？」

「ああ、そうだ。あんた、様子を見てて気づかなかったのかよ。つくづく鈍感な男だよなぁ」

俺は小さなトイレのなかで大男にけなされながら、ハッとした。そして、思わず「あっ」と声を出してしまった。いまさらながら、頭のなかで、すべてのパズルがピシピシと音を立ててつながったのだ。

つわり——。

小雪はずっと、つわりで苦しんでいたのだ。

思い返せば、別れ話をされたあの日だって、大好きな餃子を食べず、ビールも飲まなかったではないか。つわりだから、ツアー中もご飯を残すし、バスのなかでもずっと気分が悪そうにしていた。磯や、川原、鍾乳洞といった足場の悪い場所に出てこなかったのも、お腹のなかの赤ちゃんを思ってのことに違いない。しかも、ツアーの途中から、参加者みんなが小雪にやさしくなって——、ジャックさんが手を差し伸べたりして……。

「あ、あの、入道さん」

「なんだ」

「この情報を知っているのって……」

恐るおそる訊いてみると、最悪の返事が返ってきた。

「みんな知ってる。知らねえのは、あんただけだ」

俺はもはや、絶句するほかなかった。

衝撃のあまり、石のようになっている俺に、入道さんは切々と太い声でこれまでの経緯を説明してくれた。

「いいか、最初から説明してやるからな。まずは、俺が霊視をして、胎児の存在を知るわけだ――」

しかも、その能力で、俺と小雪の関係を疑っていたのだという。そして初日の夕食後に、モモちゃんがこっそり入道さんに話しかけてきて、「入道さんが悪霊と間違えたのって、もしかして赤ちゃんですか？」と訊いたという。入道さんは驚いて「そうだが、どうしてあんたに分かったんだ？」と逆に訊き返した。するとモモちゃんは、イノシシ襲撃事件のあった公園で、小雪から直接、妊娠の秘密を明かされたと言った。そこで入道さんとモモちゃんは、小雪の妊娠という事実を共有する。しかも、ちょうどそこに桜子さんが現れて、モモちゃんにボソッと言ったのだ。

「なんか、龍さんと小泉先生、前の席でこそこそ喧嘩してるみたいなの」

どうやら俺と小雪の声が丸聞こえだったらしい。

そこまで情報が集まると、今度は入道さんが念のためまどかさんに訊ねた。「もしかして、あの二人、デキてるんじゃねえのか？」と。すると、まどかさんは当然という顔で頷いて、

「あたしはずっと一緒に旅してっからね。ありゃ、確実に付き合ってるよ。あ、違うか。別

れたって言ってたか」と言ったのだそうだ。

　そんな流れを受けて、入道さんは宿での夕食後の自由時間に、参加者とまどかさんを一堂に集めた。そして、小雪が妊娠中であることや、俺がフラれたということを全員に通達したというわけだった。

「言っとくけどな、悪意があってのことじゃねえぞ」

　トイレのなか、入道さんが腕を組んで俺を見下ろす。

「あ、はい……、それはもう」

　ようするに入道さんたちは、このツアー中は、みんなで協力して妊婦の小雪と胎児を守ろう、ということで一致したのだそうだ。ついでに言えば、元彼である俺が、小雪に余計な負担をかけないよう、そこも、みんなでチェックすることになったらしい。

「入道さん、全員が集まったって……、あの古い旅館の玄関の前で……」

「ああ、そうだ。あんときゃ、階段の上から、あんたがひょっこり降りてきたから、焦ったぜ」

「でも、どうして、ぼくにそれを教えてくれなかったんですか？」

「あのなぁ、俺たちだって大人なんだからよ。他人の恋路《こいじ》に口を出すなんて野暮なこたぁしねえさ。あんたらが付き合おうが、別れようが、それは二人の問題だからな」

「はあ……」

「でもよ、このツアーの間、あんたら二人のことをみんなで観察してた結果、二人はやっぱりよりを戻した方がいいんじゃねえかって話になってたんだ。いずれガキだって産まれるわけだしな」

「………」

「んでもって、ついさっき、俺らは知っちまったわけよ。小泉先生の誕生日が今日で、そんでもって、あんたが――」

「えええええっ！　ちょっ、ちょっと待って下さい。な、なんでそれを」

と言いながら、俺の脳裏には、色の白いアイドル顔が思い浮かんだ。

「あ……、そっか。モモちゃん、か」

「ま、そういうこった」入道さんは、そこでニヤリと不敵に笑った。「あの小娘よ、このツアーで魂の殻をひとつ破ったようだな。おかげで、ずいぶんと憑き物が落ちたみたいだぜ」

「………」

俺は、返事もできずに突っ立っていた。

「よし。んじゃ、まあ、俺はツアー参加者を代表して、大事なことは伝えたからな。あとは、あんたが男を見せるだけだ。男を見せるっつっても、さっきみたいに男のアレを見せるんじゃねえぞ。そりゃ、犯罪だし、フラれるぞ」

下らないギャグを口にして、入道さんはひとり「がははは」と笑いながらトイレから出ていった。

取り残された俺は、念のためズボンのチャックを確認して、手を洗った。

「つーか、あの人、手、洗わないのかよ」

気持ちを落ち着かせようと、どうでもいい台詞を口にしてみた。けれど、そんな小細工は、いまの俺にはまったく意味をなさなかった。それも当然だろう。なにしろ小雪のお腹のなかには赤ちゃんがいるのだ。

しかも、その胎児は――。

俺の子なのだ。


ランチタイムを終えて、バスはふたたび走り出した。

「ええと、皆さま、いまからこのバスは蛍原村を出発し、そこから一気に山を下りて行きまして、海岸へと向かいます。で……、ええと、あれ、何だっけな……」

入道さんに衝撃の事実を告げられてからというもの、俺はずっと平常心を失いかけていた。こうして慣れたはずのガイドをしていても、すべてバレているお客さんたちの視線がやたらと痛い気がするし、ふと自分の席を見れば、隣にはつわりで具合の悪そうな小雪がいるのだ。

「あ、えっと、今夜はですね、その海の近くの宿に泊まることになっておりまして……、で、ええと、あ、今夜は、このツアーの最後の夜となりますので、旅のしおりにもありますとおり、〆のイベントと致しまして――」

俺はしどろもどろになりつつも、なんとかガイドを終えて席に座った。思わず「ふう」とため息をついてしまう。

「どうしたの？　台詞、噛みまくりじゃん」

さっそく、苦笑した小雪に突っ込まれた。

「あ……、うん。そうだよね。あはは」

首筋を掻いてぎこちなく笑った俺の視線は、うっかり小雪のお腹に向いてしまった。でも、お腹をじっと見ていたら、小雪に気づかれそうで、怖い。

できることなら、妊娠のことは知らないフリをして、ビシッとプロポーズを決めて、見事、二つ返事でオーケーをもらい、そして、小雪の方から泣きながら「実は、わたしのお腹には……」と妊娠を告白してもらえたらいいのになぁ……と思う。で、俺はその妊娠を心から喜んでみせて、結果、小雪も救われる。そういう流れが理想的だ。というか、そうでないと、子供ができたことを知ったから、俺は責任を取って、渋々プロポーズをした——なんて思われてしまいそうだ。

もっと言えば、いますぐにでもプロポーズをして、ひとりで不安を抱え込んでいる小雪を安心させてやりたい。しかし、一生に一度のプロポーズを、このツアーバスのなかでコソコソと……、というのもナンだし、いや、それより何より、妊娠をしたというのに、小雪はどうして俺との別れを選んだのか？　その確たる理由が分からないのが不安だった。つまりは、いま焦ってプロポーズをしても、あっさり断られるのではないか、という怖さがある。

あれ？　いや、まてよ。違う。

大事なことは、そこじゃない。

とにかく――。

いまの俺は、自分の心配より、小雪とお腹の命のことを想うべきなのだ。

それだけは――、うん、間違いない。

ということは、やっぱり少しでも早い段階で安心させてやらねばならないだろう。プロポーズが上手くいこうがいくまいが、俺との別れを選んだ理由なんて、後から聞けばいいじゃないか。

本当なら、小雪の誕生日の夜（つまり今夜）、俺はプロポーズに踏み切るつもりだったのだが、こうなったら、もはや待ったなしだ。二人きりで、ちょっと雰囲気のいいシチュエーションに恵まれたなら、その瞬間、迷わずプロポーズだ。よし、決めたぞ。

俺は、すっくと立ち上がった。そして、頭上の荷台に置いてある使い慣れた旅行鞄のファスナーを開け、なかに両手を突っ込んだ。そのまま手探りで小さな箱を探す。箱に手が触れたら、鞄のなかでそっとその箱を開けて、ささやかなダイヤモンドが埋め込まれたプラチナのリングをつまみ出した。そして、小雪にバレないよう、さりげなくそのリングをジャックさんに借りたジーンズのポケットに忍ばせた。

よし。これで準備完了。

いつチャンスが訪れてもオーケーだ。

俺は小箱のふたを閉じて、旅行鞄のファスナーも閉めた。そして、なに食わぬ顔でシートに腰を下ろす。幸いにも、小雪は窓の外を眺めていてくれた。そうなると必然的に俺の視線は小雪のお腹に向いてしまう。

ここに、俺の——。

「はあ……」

感慨深くて、うっかりため息をついたら、小雪がこちらを振り向いた。

「なに？」

「え？　あ、いや、ちょっと会社のことを考えたらさ、つい……」

「そっか。そうだよね……」

小雪は、俺をちょっと心配そうに見て、元気づけるように小さく微笑んだ。そして、

「食べる？」

例の、やたらと酸っぱいレモン味のタブレットを差し出してくれた。

あまり食事を摂れず、酸っぱいものばかり口にしていた小雪。その様子を間近で見ていたというのに、俺はどうして気づいてやれなかったのだろう。そう考えると、またため息をつきそうになる。

「うん。ありがとう」

俺は、小雪にもらったタブレットを口に入れた。強い酸味で、口中に唾が溜まる。

「ん……、酸っぺぇ」

顔をしかめて見せた俺を見て、小雪がふっと微笑んだ。

「ねえ、龍ちゃん」

「ん？」

「落ち込んだり、悲しんだりするのはさ、このツアーが終わってからにしない？」

「え……」

「だってさ、最後の最後まで、ちゃんとプロとしてやり抜かないと、この仕事に後悔の念が残っちゃうかも知れないじゃない？」

「小雪……」

「龍ちゃんはさ、このツアーの立ち上げから、いままでずーっと手を抜かずに頑張ってきたんだから、あと一泊だけしっかりやり抜こうよ」

「…………」

「で、龍ちゃんの仕事は、きっちり百点満点で終えるの。ツアーがなくなることは残念だけど、ツアーにたいする後悔をゼロで終えられたら、少しは救われると思うよ」

小声でそこまで言ってから、念を押すように「ね、そう思うでしょ？」と俺の目をじっと見つめた。

「うん。そうだよな……。小雪……、えっと――」ありがとう、と言いかけたとき、俺はうっかり感極まりそうになってしまった。だから、会話のベクトルを変えて、潤んだ感情を散らそうとした。「これさ、マジで酸っぺえよなぁ。刺激、強すぎるよ」

そんな俺を見て、小雪は小さく微笑んだ。そして、ふたたび窓の外を向いた。あえて俺から視線をそらしてくれたのだ。

俺は目を閉じ、ジーンズのポケットの上からそっと小さなリングを撫でた。


蛍原村を出たバスは、昨日通った道を逆に辿るルートで、少しずつ標高を下げていった。

森のなかを抜ける九十九折の道を下り、小さな集落をいくつか通り過ぎ、ふたたびうねうねとよく曲がる山道を下りていく。バスは右へ左へと静かに揺さぶられるが、まどかさんの運転は常にスムーズだった。

しばらくして道路がまっすぐになると、まどかさんはステアリングを切り、田舎町の小さなドライブインへとバスを滑り込ませた。

俺は腕時計を見た。予定時刻ちょうどだ。

さてと――。

いつものように俺は席を立ち、バスの後ろに向かって声を張った。

「皆さん、お疲れ様でございます。このドライブインで十五分のトイレ休憩をとらせて頂きます。トイレは、あちらに見えます黒い屋根瓦の建物の、向かって右手にござ……って、えっ？」

アナウンスの途中で、俺は言葉を止めた。それとほぼ同時に、桜子さんが「きゃっ」と短い悲鳴をあげていた。

バスがいきなり横揺れをはじめたのだ。

地震か？

俺は窓の外を見た。しかし、駐車場に止まっている他の車も、電線も揺れていなかった。売店の前を歩いている人たちも、何も感じていないようだ。それなのに、このバスだけがぐらぐらと揺れている。しかも、その揺れがどんどん大きくなってきて……。

そう思った刹那、「あ、ちょっと、龍さん！」と叫んだヒロミンさんが、バネのように座席から飛び上がった。ヒロミンさんはバスの通路へと逃げて、自分の席の窓の外を見ている。

バスの揺れが止まった。

俺はヒロミンさんの視線の先を追った。

「あっ！」

と声を上げたのは、俺だけではなかった。同じ窓を見た数人のお客さんたちが声をそろえたのだ。

そこには、どうにも信じたくない光景があった。窓のすぐ向こう側に、若いヤンキーたち三人のにやけ顔が並んでいたのだ。しかも、俺はそのうちの一人の顔を覚えていた。昨日、このバスを煽ってきた暴走族のなかで、うっかり目を合わせてしまったタンデムシートに乗っていた少年だった。

「なんだよ、昨日の暴走族じゃねえか。こいつらがバスを揺らしてやがったんだな」

入道さんが、やれやれ、と呆れたような声を出すと、続けて運転席から不穏な声が漏れ聞こえてきた。

「このクソガキがぁ……調子こきやがって。半殺しにしてやっか」

俺は慌てて運転席に行き、「ちょ、ちょっと待って下さい」と両手を前に出し、立ち上がろうとしているまどかさんを制止した。

「まどかさん、さっき反省してくれたばかりじゃないですか。冷静になってください」

恐るおそる元ヤンの運転手に言うと、今度は客席で悲鳴が上がった。

ドンドンドン！と外からバスのボディーやガラスを連中が叩きはじめたのだ。

「み、皆さん、落ち着いて下さい。大丈夫ですので」

「大丈夫って、おめえ、どうすんだよ？」

まどかさんが長い茶髪をかきあげながら、俺をじっと見詰めた。

「ぼ、ぼくが……」返事をしはじめると、ふたたびバスが揺れた。そして、ドンドン！と叩かれる。「えっと、彼らと話をしてきますんで」

「だったら、あたしが一緒に行ってやるよ」

「そ、それは、駄目です」

バスがさらに揺れ、ガスッ、ガスッ、と蹴られたような音もした。

「なんでだよ。あたしがいた方が手っ取り早いじゃねえか」

「駄目です」

「おまえ一人で、やれんのか？」

やれるかどうかなんて、分からない。

でも、やるしかない……、多分。

「や、やります。ぼくが外にいる間、絶対にバスのドアを開けないで下さい。とにかく、お客さんの安全が第一なんで」

「だったら、あたしが出てった方が早いって」

「駄目です」

「じゃ、警察呼ぶか？」

「それは……、それも、駄目です」

「は？　なんでだよ？　あいつらのやってること、完全に犯罪じゃねえか」

バスが揺れる。ボディーが叩かれ、蹴られ、ときどき女性たちの悲鳴が上がる。重苦しいような緊張が、みるみる車内に張り詰めていく。

「ぼくの――モノだからです」

「は？」

「このツアーは」そこで俺は深く息を吸って、肚《はら》に少し力を込めた。「ぼくの大事な仕事なんで」

小雪も、お腹のなかの新しい命も――。

「まるごと全部、ぼくの大切なモノなんで」

揺れる車内で足を踏ん張りながら、俺は、まっすぐまどかさんの目を見ていた。

「………」

このとき、まどかさんは、ちょっと怖い顔をしていたけれど、もう何も言わなかった。

「警察沙汰にはしたくないんです。いま、ちゃんと彼らと話し合って何とかしますんで。ぼくが外に出たら――」

「分かったよ」

「え？」

「ドア、閉じたままにしてりゃいいんだろ？」

「まどかさん……」

「その代わり」

ふいに、まどかさんが射貫《いぬ》くような目で俺をにらみ上げた。

「………」

「おめえ、ぜってー、負けんじゃねえぞ」

「え……」

「死んでも、負けんなよ」

「いや、別に、これは勝ち負けじゃ……」

「うっせえ」ピシャリと言ったあと、ふいにまどかさんの声のトーンが落ちた。「おめえの大事なモンが見てる目の前で、みっともねえ姿を晒すんじゃねえっつってんだよ」

それは俺だけに聞こえる声だった。まどかさんの視線からは、もう、さっきの射貫くような怖さが消えていた。

バスのガラスが激しく叩かれた。いくつかの悲鳴が上がる。

はい——。

俺は心で返事をして、深く頷いてみせた。

客席を見ると、入道さんとサブローさんが立ち上がろうとしていた。

ヤバい。早くしないと。

「皆さん、彼らをバスの中には絶対に入れませんので、ご安心ください。とにかく、なるべく彼らと視線を合わせないようにして、しばらくお待ち下さい。大丈夫ですので！」

俺はそう言って、小雪の席に顔を覗かせた。

「大丈夫？」

「え……、うん」

小雪の両手が、下腹部に添えられているのを俺は見逃さなかった。

「ちょっと待っててな」

「龍ちゃん、どうするつもり？」

俺は、ニッと笑って見せた。しかし、頬がひきつっているのが自分でも分かる。

「ちゃん付けは禁止だろ。いまは仕事中だから、龍さん、だよな」

それだけ言って、ふたたび運転席の横に立った。

「じゃ、すみません。ちょっと出てきます」

まどかさんは無言でドアを開けてくれた。俺はいったん深呼吸をしてから、ステップを下りて外に出た。振り返ると、まどかさんと目が合った。

プシュウ。

ドアが閉められた。ドアのガラス越しに、俺はまどかさんに向かって小さく会釈をした。

俺の心臓は嫌な熱をはらんだまま早鐘《はやがね》を打っていた。気を緩めると、膝が震えてしまう。そりゃそうだ、と思う。なにしろ俺は幼少期から一度たりともヒーローになれたことのない男なのだ。でも、そんな男にだって、守りたいモノはある。

俺は恐怖心に無理やり蓋をして足を前に出した。

バスの前をぐるりと回り、奴らのいる右側へと顔を出した。

ガラの悪い三人は、ゲラゲラ笑いながらバスを押して揺らし、ときには叩き、そして蹴飛ばしていた。

「あ、あの、すみません」

変に高くて嗄《しゃが》れた声が聞こえた。それが俺の声だと気づいたのは、一瞬あとのことだった。

「あ?」

三人が一斉にこちらを見た。いや、見た、というより、凶暴な目でにらまれていた。

「あ、ええと、ちょっと、す、すみませんけど——、それ、やめてもらえませんか?」

「ああ?　誰だよ、てめえ」

昨日、俺と目が合った若者が言った。三人のなかではいちばん背が低く、年齢も若そうだった。俺はこいつの顔が恐怖のあまり忘れられずにいたのに、こいつは俺のことなどまったく記憶にないらしい。

「ぼくは、こ、このバスの添乗員です」

「ふーん」

「んじゃ、てめえが落とし前つけるってことな?」

「お、落とし前……ですか?」

「ったりめえだろうがよ」

「てめえのこのクソ汚ねえバスと、運転手のババアのせいで、俺らの仲間は昨日、二人もパクられたんだぞ。それ、どう責任とんだ、コラ。ああっ?」

三人そろって、俺の方にずいずいと歩み寄ってきた。と思ったら、あっという間に周囲を囲まれてしまった。

ドンッと背中を小突かれた。

「あっ、ぼ、暴力は、やめて下さ——」

今度は横から。

「ちょっと」

このヤバい状況を、バスのなかからみんなに見られている。

「半殺しにすんぞ、コラ」

「落とし前、さっさとつけろよ、オッサンよぉ」

「で、でも、警察に捕まったのは、あなたたちが暴走行為をしてたからで……」

俺は、せいいっぱい反駁《はんばく》してみたのだが、そのとき背後から両膝を軽く蹴られた。カクン、と膝の力が抜けて、俺はその場にくずおれてしまった。両手、両膝を地面についた、まるで犬のような無様な格好だ。

起き上がろうとしたとき、鳩尾《みぞおち》を蹴り上げられた。

うっ……。

声が漏れたと思ったら、そのまま激痛で呼吸ができなくなってしまった。俺はイモムシみたいに地面に転がされた。両手で蹴られた鳩尾を押さえ、ただ必死に口をパクパクさせていた。息ができず、声も出せない。

ごめんなさい。すみません。

謝ろうにも、肺に空気が入らない。

俺の頬はごつごつしたアスファルトの硬さを感じていた。すぐ目の前に短いタバコの吸殻があった。その吸殻を、いちばん大柄な男の黒い靴が踏みつけた。その男がしゃがみこみ、苦痛に歪む俺の顔を上から覗き込む。

「あ……、あ……」

まだ、声が出せない。

大柄な男が、ニヤリと下卑《げび》た笑みを浮かべた。前歯が一本折れているせいか、それは異様なほど凶悪な顔に見えた。

「おい。オ、ト、シ、マ、エ。どうやってつけんだ、コラ」

男がドスの利いた声を出す。

「す、すみ、ま、せん……」

ようやく肺に少し空気が入り、かすれた声が出せた。

「すみませんじゃねえんだよ。オッサン、コラ、起きて汚ねえツラ見せろよ」

背後から声がして、髪の毛をぐいっとつかまれた。そのまま強引に上半身だけ引き起こされる。次の瞬間、顔面に衝撃を感じた。俺は後ろに倒れ込んだ。数秒遅れて、鼻と唇のあたりに焼けるような痛みが弾けた。平手で思い切り殴られたのだ。

あ、う、う……。

呻《うめ》きながら仰向けになった。薄く目を開けると、やわらかな水色の空が見えた。

なぜか、そのとき俺は、失恋バスツアーのバスと同じ色だなぁ……、と場違いなことを思っていた。

ふと視線をバスの方に向けた。

窓にへばりつくようにして、お客さんたちが俺のことを見下ろしていた。そのなかに、小雪の顔を見つけた。小雪は、目を見開いたまま泣き出しそうな顔をしていた。

大丈夫だよ。泣くなよ。

俺は小雪に向かって笑おうとした。しかし、引きつった俺の口角は一ミリたりとも上がってはくれなかった。

視線を滑らせて、運転席の窓を見た。まどかさんは、こちらに横顔を見せていた。情けない状況を見ていられないのだろう。

死んでも、負けんなよ――。

さっきの声が、耳のずっと奥の方で再生される。

俺はまた、髪の毛をつかまれて、力任せに上半身を引き起こされた。

「とりあえず、正座しろ、コラ」

言われたとおりに膝を折り、正座をしながら、考えた。

負けんなって言われても、どうしたらいいんだ？

喧嘩じゃ勝てない。仮に、負けを覚悟で喧嘩をすれば、今度は警察沙汰になる。そうなったら、最後の最後で俺のツアーに泥が塗られてしまう。

謝ったら――、負けなのだろうか？

前から、横から、後ろから、ゴッゴッと微妙に手加減された蹴りが飛んでくる。大怪我はしないが、小さな痣にはなりそうな力加減だ。

「あの」正座をしたまま、俺は顔を上げて、少し大きな声を出した。「ぼくは、どうしたら許して頂けるんでしょうか？」

ふと三人の蹴りが止まった。

「んじゃ、とりあえず、土下座からやってみっか?」

オレンジ色の細いサングラスをかけた男が言った。

「ぼくが土下座をしたら、このバスとはもう関わらないって、約束してもらえますか?」

ヤンキーたちはそれぞれ顔を見合わせた。そして、サングラスの男が口をひんまげるようにして言った。

「まあ、てめえの土下座の美しさ次第じゃねえか? そうだよな?」

同意を求められた二人は、俺をあざ笑いながら「ですよねぇ」と敬語を使った。どうやらサングラスの男がリーダー格のようだ。

「どうすんだ? 土下座すんのかよ?」

俺は、バスの窓からたくさんの視線を浴びながら頷いた。

すると男たちは、三人とも俺の前側に回った。ニヤニヤした顔で、こちらを見下ろしている。

とにかく、守れるなら、それでいい。

俺の大事なモノを——。

そうすれば、少なくとも俺は、負けない。

「てめえ、なにうだうだしてんだ。早くしろよ、ボケ」

「はい」

頷いた俺は、つばを飲み込んだ。鉄っぽい血の味がした。

ゆっくりと両手をアスファルトについたら、ちょうど右手の横にさっきのタバコの吸殻があった。

「あの、本当にぼくが土下座をしたら――」

「だーかーらー。てめえの土下座のやり方によっちゃ、許さねえっつってんだろうが」

小柄な少年の声が上から降ってくる。

「美しくなかったら、てめえは半殺しで、バスのなかの連中もボコっちゃおうかなぁ」

「そ、それは」

「だったら、さっさと土下座してみろよ、コラ」

「はい……」

両手で触れたアスファルトは、春の日差しのせいで少し温かく、砂でざらついていた。

「オラ、早くしろよ。ぶっ殺すぞ、てめえ」

大柄な男の声に怒気が加わった。

俺はもう、バスの方を見られなかった。ゆっくりと両手に重心をのせて、頭を下げていく。

乾いたアスファルトが顔に近づいてきた。

情けないよな、俺。

でもさ――。

目の裏が熱くなり、ぎゅっとまばたきをした。

アスファルトに、ひた、ひた、と黒い染みができた。

「オラ、オッサン。もっと頭を下げて、おでこを地面に擦《こす》り付けんだよ、バーカ」

小柄な少年の声が降ってくる。

と、その刹那――。

「はいはい。もうその辺でいいじゃないですか」

地面におでこが付きそうになっている俺の背後から、慈悲深い響きの声がした。続いて、力強く太い声が近づいてくる。

「オン、シュリ、マリ、ママリ、マリ、シュリ、ソワカ。オン、アミリティ、ウン、ハッタ。ナウマク、サマンダ、バサラダン、センダ、マカロシャナ、ソワタヤ、ウンタラタ、カンマン」

これは何かのマントラだろうか。

「がはは。おまえらニッポンの暴走族だろう。はじめて見た。おまえ、なぜ前の歯がない？おもしろい顔だろう。写真撮らせろ」

ちょっと素っ頓狂かつ失礼なこの日本語――。

俺は顔を上げて、後ろを振り返った。そこに誰がいるのかは声で分かっているのに、なぜか心が震えていて、彼らの顔を見ても声を出せなかった。

「ロッケンロールなやり方じゃねえよなぁ」

「オン、シュリ、マリ、ママリ、マリ、シュリ、ソワカ」

どこから見ても異様ないでたちの男たちが、つかつかと近づいてくる。

「な、なんだ、てめえら」

暴走族の三人が、一歩、二歩、と後ずさりをして、俺から離れていく。それに構わず、背後からすたすたと男たちが近づいてきた。そして、暴走族と俺の間にずらりと壁のように並んで立った。

五人のヒーロー。

逆光のなか、彼らの背中がシルエットになって見えた。

真ん中にはサブローさん。左右を入道さんと陳さんが固めていた。さらにその左右に、ジャックさんと教授。

「あんた、もう立てよ。その座り方、ロックじゃねえからよ」

逆光のなか、ジャックさんがこちらを振り向いて言った。

「あ、でも……」

俺が迷っていると、美しいバリトンが聞こえてきた。

「本来、土下座というものは、卑しき者が崇高な者にたいしてする行為です。あなたは卑しくありませんし、この方たちが崇高というわけでもありません。ゆえに、土下座はこの場合、適当とは思えません」

教授らしい台詞に、俺は「あは、あはは」と気の抜けた声を漏らしてしまった。泣き笑いだ。身体のあちこちが痛いけれど、なんとか立ち上がった。

「てめえら、やんのか、コラ！　ああっ？」

サングラスが凄んだと同時に、シャコ、シャコ、シャコ——間の抜けた感じでカメラのシャッター音が響いた。

「てめえ、コラ、そのデブおやじ、勝手に写真撮ってんじゃねえっ！」

「がはは。おまえ、おもしろい顔だろう。そのままの顔でいろ」

シャコ、シャコ。陳さんは構わずシャッターを押した。その場違いな空気感に、三人は一瞬、棒立ちになっていた。

「ん？　そうか、左側のおまえ、お父さんを早くに亡くしたようだな。交通事故か。なるほどなぁ。お父さん、あの世で悲しんでるぞ。おまえ、小さい頃はよ、カブトムシと、オタマジャクシを育てるのが好きだったみてえだな。あと、家で飼ってる猫が大好きな——、うん、なかなかやさしい子だったんじゃねえか」

入道さんの霊視に、大柄な男がポカンと口を開けていた。

「おい、おめえら」ジャックさんが、ジーンズのポケットに手を突っ込んだまま背中を丸めた。そして、下から煽るように暴走族たちを見た。「人生、最後に笑うのは誰だ？」

思いがけないクイズ攻撃に、こちらの仲間まで「は？」という感じでジャックさんを見た。よく見ると、ジャックさんの両脚はガタガタと震えていた。怖がりのジャックさんが、恐怖と闘っているのだ。

「いいか、その答えはよ……」

「…………」

誰もがジャックさんの次の台詞を待っていた。

「その答えはよ……」

そして、充分にためを作ったジャックさんは、ふふ、とニヒルに笑って、こう言ったのだ。

「いつも笑顔でいる人、なんだぜ」

「……？」

「……？」

「あれ？　なんだよ。なんで、みんなポカンとしてんだよ。だから、ちょっと聞けよ。人生、最後に笑うのは誰か、それはいつも笑顔でいる人だって、俺はそう言ってんだぜ。めっちゃ、ロックだろ？」

ふわり、やわらかな五月の風が俺たちの間をすり抜けていった。

陳さんが、「がはは。ポエムかっ！」と突っ込んで笑った。他の人たちも肩を揺らして失笑している。

でも、と俺は思っていた。

いつも笑っている人が、最後に笑う人――。

なるほど、そうかも知れない。

笑門来福《しょうもんらいふく》ってやつだ。

「なんだ、てめえら。奇抜なアホばっかりか？」

リーダー格のサングラスが眉間に皺を寄せて、あらためてにらみを利かせてきた。

「シンジさん、こいつら、やっちゃいます？」

小柄な少年は、サングラスをシンジさんと呼んだ。すると、ただ一人、この場で頭ひとつ抜きん出た巨漢の入道さんが「ぐふふ」と不敵に笑ったのだ。

「そんなことしたら、おまえら、いろんな意味で地獄に落ちるぞ」

入道さんがコスプレみたいな修験者の服の袖をぐいっとめくって見せた。ミシミシと音を立てそうな、プロレスラーばりの筋肉の束が、春の日差しにてらりと光った。

「デカけりゃいいってもんじゃねえんだよ」

サングラスが凄んでみせる。

暴走族とツアーのお客さんたちの間に、一触即発の緊張が走った。

しかし、その空気をいとも簡単に破れる男が、こちら側にはいた。

シャコ、シャコ。

「おお、いい写真だろう。がはは。おまえ、もっと怖い顔しろ」

陳さんが命令口調で言った。

「て、てめえ……、誰に口利いてんだ、ボケが！」

サングラスがさらに凄んだ。ずいっと、入道さんが前に出る。

「まあまあ、この人の言うとおり、人生はニコニコした人が幸せになるんですから、そんなに怖い顔をなさらず」

サブローさんが入道さんの前に出ようとした——、と思ったら、カメラを首からかけた陳さんが、サブローさんを腕で制して、そのまますたすたと暴走族たちに近づいていった。

「おい、おまえら、これを見るだろう。どうだ？　どういう気持ちだ？」

陳さんは、歩きながら身体の前に何かを持ち、それを暴走族たちに見せているようだった。いったいソレが何なのかは、背中を向けられた俺たちには見えなかったが、三人の目は完全に皿になって、ソレに魅入っているようだった。

「あ、ちょっと、ち、陳さん……」

お客さんに何かあっては困る。俺は声をかけた。でも、その声はかすれていたし、情けないことに俺の膝もがくがく震えていた。

「あの人は、大丈夫ですよ」

サブローさんが後ろを振り返り、俺にそっと笑顔を見せた。

「大丈夫って……」

しかし、陳さんは本当に大丈夫そうだった。

「がははは。おまえら、人間だ。こっちに来るだろう」

そう言いながら陳さんは、暴走族たちのすぐ脇をすたすたと通り過ぎて、そのままバスの後ろ側へと回り込んだ。ポカンとした顔の三人は、それぞれ顔を見合わせた。

「と、とりあえず、行ってみっか」

リーダーのサングラスが、先に行く陳さんの背中を顎で示した。

「ですね」

大柄の男が頷き、そして、三人そろっていそいそと陳さんの背中に従った。それからすぐに三人の姿は見えなくなった。

さすがに俺は心配になった。

「ちょっと、見てきます」

そう言って笑う膝で歩き出すと、入道さんにひょいと襟首をつままれた。

「まあ、待てよ。ここは、あのオッサンに任せておけ」

入道さんもニヤリと悪戯っぽく笑っている。

すると、次の刹那、バスの後ろからひょっこりと陳さんだけが現れた。いつもの脂ギッシュな顔をテカらせ、ティアドロップ形のサングラスの奥の細い目をいっそう細めている。ニンマリと笑っているのだ。

「ち、陳さん……」と、俺。

「がはは。おもしろい顔の奴ら、あっちに帰ったね」

「え?」

帰ったの? 帰ってくれたの? 俺は半信半疑で陳さんを見ていた。

「おい、添乗員」

陳さんは、すたすたとこちらに歩いてくる。

「は、はい……」

「誰でも、人生、ピンチあるね。しかし、いちばんヤバイとき、ヒーローが助けるだろう」

「……あ、はい」

「ヒーローはいつも強いね。必ず勝つね。がはは。最高だろう」

俺は、首と手首にじゃらじゃらと金色の鎖を巻きつけた、脂ギッシュで小太りの（しかも、おそらくは成金の）男を呆然と眺めてしまった。

すると陳さんは、そんな俺のことをサングラスの奥の細めた目で、からかうように見ながらこう言った。

「おい、添乗員。答えろ。ヒーローは誰だ？」

「え？」

最後に笑うの、じゃなくて、今度はヒーロー？

「いま、みんなを助けた。ヒーローは誰だ？ 私は質問しただろう。添乗員、答えろ」

「え……、それは、陳さん、ですか？」

俺は答えを口にした――、というか、なんだか言わされた感がある。

「がはは。ファイナル・アンサー？」

陳さんの英語はネイティブのような発音だった。

俺は頷いた。

「はい。ファイナル・アンサーです」

すると陳さんは、「ぶぶぶぶ〜。おまえ馬鹿ね。私、戦い、強くない。暴走族に勝てないね」と笑い出した。

「え、じゃあ、答えは――」

「おまえ、耳の穴、掃除するだろう。そして、よく聞け」

「え……」

「最強のヒーローの名前は……」

そこまで言って、陳さんはニヤニヤ笑いながら全員の顔を見渡した。そして、ズボンのポケットに右手を突っ込んで何かを掴み出した。

「ユキチね。フクザワさん。これが最強のヒーローだろう。がはははは！」

陳さんの右手につままれた一万円札は、ひらひらと気持ちよさそうに風になびいていた。

え、そういうこと？

なんだか急にホッとして腰が抜けそうになっていると、遠くで爆音が上がった。違法改造バイクのエンジンがかけられたのだ。

助けに来てくれた五人のお客さんたちは、みんな陳さんのクイズにコケそうになりながら、その音のする方をニコニコ顔で眺めた。エンジンの音はするけれど、奴らはバスの向こうにいるから姿は見えない。

ふいにエンジン音が大きくなった。

走り出したのだ。

みるみる遠ざかっていくバイクの音を聞いていたら、いまさらながら、ふつふつと怒りがこみ上げてきた。ついでに、情けなさも。

「おい、あんた、口から血が出てんぞ。大丈夫かよ」

ジャックさんが心配そうに覗き込んで来る。

「あ、すみません。大丈夫です」

俺は手の甲で口元をぬぐった。すでに、血は半乾きだった。

「トイレに行って、そのゾンビみたいな顔、きれいに洗ってこいよ」

入道さんが俺の背中をドンと叩いた。

「痛てっ。入道さん、チカラ強すぎです」

思わずそう言ったら、バスの方から女性の声がした。

「バーカ、おまえが弱すぎんだよ」

まどかさんだった。でも、それは棘のある声ではなく、むしろ親しみのある声だった。

「はあ……、すみません」

まだひりひりする顎を指先で撫でながら答えて、俺は恐るおそる運転席のすぐ後ろの窓へと視線を送った。

俺が、いちばん守りたかった大切なモノは――。

かなり本気で怒った顔をしていた。そして、俺と目が合って数秒後、またしてもぷいと顔をそむけてしまうのだった。

ツアー最後の夜は、低い空に三日月がぶら下がっていた。海辺の民宿で質素な夕食を頂いたあと、俺はお客さんたちに声をかけて庭に出てもらった。この庭は、軽くキャッチボールができるくらいの広さがあって、しかも、コンクリートの長い堤を乗り越えれば、そこはもう白砂のビーチというロケーションだ。いまは夜だから澄《ちょう》明《めい》な海もビーチもよく見えないけれど、広大な暗がりからは、ざざざぁ、ざざざぁ……、と穏やかな波音が届けられる。

庭の真ん中には、焚き火ができるファイヤースペースがある。俺は、民宿のおやじさんと一緒に、ファイヤースペースの中心に薪《まき》を組み上げてキャンプファイヤーの準備をした。お客さんたちは、そのファイヤースペースの周りを囲むように置かれたガーデンチェアにそれぞれ腰掛けて談笑している。そのなかには、小雪とまどかさんの顔もある。丸めた新聞紙を、組んだ薪のいちばん下に潜り込ませた俺は、立ち上がって声を上げた。

「はい、それでは皆さん、お待たせ致しました。いよいよツアー最後の夜となりました。今夜は『旅のしおり』にもあるように、焚き火に近いミニサイズではありますが、キャンプファイヤーを楽しんで頂こうと思います」

民宿のおやじさんがパチパチと拍手をしてくれて、それに釣られるようにお客さんたちも手を叩いてくれた。

「盛大な拍手、ありがとうございます。ええと、皆さんとお会いしてからの、この四日間は、正直申し上げまして、信じられないようなというか、信じたくないというか、とにかく、いろんな事件がありました」

「ホント、事件、多すぎ！」

ヒロミンさんが笑いながら突っ込みを入れて、周囲のお客さんたちが小さく吹き出した。

「ですよね。私もそこそこ添乗員を経験してきましたけど、今回のようなツアーは初めてです」

「あんた、ボコボコにやられたもんな」

ジャックさんが俺を揶揄する。

「あれには参りました。いまも口の中が痛いです。っていうか、全身がけっこう痛いです」

答えながら、俺は少し腫れた唇に指で触れた。小雪がちらりと俺を見て、眉をひそめる。

暴走族の一件から、ずっと不機嫌なままなのだ。

「まあ、しかし、あれは美しい土下座だったなぁ」

太い声で入道さんが言ったら、みんながまた吹き出した。

俺は、「もう、その話は勘弁して下さい」と苦笑した。そして、この四日間でだいぶ気心が知れた面々の顔を、あらためてぐるりと見回す。

よくもまあ、これだけ濃い人たちが集まったものだ。この人たちを選んだイヤミ課長の手腕は、ある意味、天才的だと思う。

「龍さん、そろそろ、火、つけちゃうよ」

民宿のおやじさんが言うので、「あ、お願いします」と頷いた。そして、俺はこのキャンプファイヤーについての説明に入った。

「さて、これまでの四日間、皆さんには十分に落ち込んで頂けたことと思……えるような、思えないような、とても複雑な心境ではありますが」

と言って、みんなが笑ったとき、丸めた新聞紙に火がついた。そして、その火がみるみる大きくなっていく。炎の明かりに顔を赤く染めた面々を見渡しながら、俺は続けた。

「とにかく、落ち込んで頂けたという前提でいきますが——、皆さんには今夜のキャンプファイヤーをきっかけに、ここから一気に浮上して頂こうと思います。明日の朝から、帰途に就くバスのなかでは、もうあの鬱々とした失恋ソングは流れません。代わりに元気が出るような、明るい曲ばかりをご用意しております。途中のお昼ご飯も、ハイカロリーでちょっと豪華なメニューです。というわけで、これから浮上される皆さま、廃墟の遊園地でお配りした『質問用紙』をお持ち頂けましたでしょうか？　はい、皆さん、お持ちですね」

パチパチと薪がはぜる音がして、キャンプファイヤーの炎はいっそう勢いを増していく。オレンジ色の炎からは白っぽい煙が上がり、それが龍のようにするすると星空に向かって伸びていった。

「ええと、このキャンプファイヤーはですね、皆さん一人一人の思いを天に昇華するのが目的です。まずは、お一人ずつ順番に、自分の味わった失恋について、炎と仲間たちに向かって告白して頂き、最後にお手元の質問用紙を丸めて炎のなかに投げ込んで頂きます。もちろん、告白なんてしたくない、内緒にしていたい、という方は、それで結構です。でも、可能でしたら、ひと言だけでもいいので、どん底まで落ち込んだ後の、未来へ向けたポジティブな思いを口にして頂けると嬉しいです。古くから日本では言葉に言霊が宿ると言われていますので、きっと素敵な未来になると思います。というわけで、それでは——」

説明を終えた俺は、ぐるりとみんなを見渡した。ふと目が合ったのは、ジャックさんだった。

「ぜひ、ジャックさんから、時計回りでお願いします」

「えっ、マジかよ、俺からかよ」

言いながらジャックさんは立ち上がった。そして、ちょっと照れくさそうに「質問用紙」に視線を落とした。何を書いたのかまでは読み取れないが、炎の明かりでうっすらと文字が透けるので、細かい文字がびっしり並んでいることは分かる。

おそらく、この人は、ポエムみたいな文章を、悦に入ったように読み上げるのではないか——、と俺は思ったのだが、意外にもジャックさんは、ふと顔を上げて、ニカッと破顔したのだった。それは、この四日間で見たことのないような、いかにも好青年といった笑顔だった。

「えっと、俺さ、本当は、失恋なんてしてねえんだよな」

え——？

という顔をする人たちがいるなか、ジャックさんは続けた。

「だから、とくに何も言うことはねえんだけど……、でも、なんかさ、この旅であんたらのこと見てたら、ちょっと羨ましかったな。みんな個性的だし、めっちゃロッケンロールだと思うよ。俺も負けねえくらいロックな男になって、近い将来、マジで一発当てるからよ。俺の顔と名前、覚えておいてくれよな」

そこまで言うと、ジャックさんはこちらを見た。

俺は、なんだかほっこりした気分になって頷いた。殴られて腫れた唇の口角が上がっているのが鈍い痛みで分かる。

「はい、皆さん、拍手」

俺の言葉に、大きな拍手が上がる。ジャックさんは「なんだよ、別に拍手なんていらねえっつーの」と言いながらも、とても嬉しそうに首筋に手を当てていた。

「では、ジャックさん、用紙に書かれた断ち切りたい過去と思いを丸めて、燃やしちゃって下さい」

「オッケー」

びっしり文字が書かれた紙をぐしゃぐしゃに丸めると、それをジャックさんは炎のなかに投げ入れた。すでに俺の身長ほどにも成長した炎は、一瞬にして紙を燃やし、灰にして、バラけたその欠片《かけら》が夜空へと舞っていく。

「次は、ヒロミンさんですね」

「はあ……、恥ずかしいなぁ」

とひとり言を漏らしつつも、ヒロミンさんはすっくと立ち上がった。

「わたしは、付き合っていた彼氏に『家族も子供もいらない』って言われて――」と、その経緯を手短に話した。そして、ちょっと淋しそうに微笑みながら、「このツアーで皆さんと出会えて、すごく楽しかったです。今日から生まれ変わって、いい写真を撮ります。どうもありがとうございました」と言った。そして、用紙を丸め、炎のなかにそっと投入。

ヒロミンさんへの拍手が上がる。

照れ笑いを浮かべたヒロミンさんは、焚き火と、炎に染められたみんなの顔と、夜空へ立ちのぼる煙を、一眼レフカメラで撮影した。

その後も、告白は続いた。

教授は美しいバリトンで、これまで自分が無感動な人間になりかけていたことをカミングアウトして、みんなを驚かせた。

「そんな私ですが、今回、野生のイノシシや暴走族に、直接的な恐怖を味わわせてもらえました。それが私にとっては久しぶりの感動体験になりました。で、これらの経験から導き出された結論としましては、今後、私はスカイダイビングや、サメと泳ぐシャークダイビングなどをすることで、自分のなかの恐怖の感情を刺激し、じっくりと心の動きを味わってみようと思います。皆様には、心から感謝申し上げます」

言い終えたとき、このツアーではじめて教授はにっこりと、思いがけないほど愛嬌のある笑顔を見せてくれたのだった。

しかし、教授の結論はそれでいいのか？　と思っているみんなは、しばらくポカンとしていたけれど、陳さんだけは盛大に手を叩いて「あんた、面白いだろう。死ぬなよ」と大笑いをしていた。

教授も紙を丸めて、炎のなかへ投入。

そして、みんなからの拍手。

次は入道さんだった。霊界が見えるらしい巨漢は、ずっと入れ込んでいたキリコさんという喫茶店のオーナーが失踪した話をしたり、「炎の周りには霊が集まるんだぞ」と嘘をついて、怖がるジャックさんをからかったりしてから、用紙を丸めて焚き火に投入した。

続く桜子さんは、様になってきたポニーテールを揺らしながら立ち上がった。そして、ちょっと恥ずかしそうにうつむきつつ、楚々《そそ》とした声でしゃべりはじめた。しかし、その内容が、親たちの政略結婚に振り回されました——などと、浮世離れをした告白だったので、皆が度肝を抜かれたことは言うまでもない。桜子さんは用紙を丸めるのではなく、丁寧に八つに折って、焚き火にそっと投げ入れたのだった。驚きの空気のなか、拍手。

桜子さんの左隣にいたのは、モモちゃんだった。

俺と目が合って、モモちゃんが静かに立ち上がると、そのさらに左隣にいる小雪が、ささやくような声で「がんばって。別に、全部は言わなくていいからね」と言った。

「はい」モモちゃんは、こくり、と頷いてから口を開いた。「えっと……、わたしは……、ここに来るまでは、毎日、死にたくて……、彼氏には……」

そこまで言って、モモちゃんは黙り込んでしまった。

座に静寂が降りると、代わりに俺たちを包む潮騒が存在感を増した。

やさしい海風が吹き、キャンプファイヤーの炎を揺らす。

心配そうにモモちゃんを見上げる小雪。

そろそろ、助け舟を出さねば――。

そう思ったとき、意外なところから太い声が上がった。

「この娘はよ、四日間のツアーの間に、霊的にひと皮剝けたようだぜ」

入道さんだった。

「まあ、強くなったんだな、魂が。自力で憑き物もきれいさっぱり落としちまったし。たいしたもんだぜ。おい、あんた――」

入道さんが、モモちゃんに呼びかけた。

「はい……」

「よかったな、このツアーに参加してよ。生まれ変わった気分だろう？」

頼り甲斐のある太い声が、潮騒のなかでやさしく響くと、モモちゃんの目にしずくが光った。

「よかった……です。わたし、皆さんのことが、大好きになりました。今日から、生まれ変わります」

最後は潤《うる》み声になったので、釣られて俺まで涙腺が緩みそうになってしまった。見ると、小雪も泣きそうな顔をして、うんうん、と娘を見るような目で頷いていた。

「じゃあ、モモちゃん、捨てちゃいましょうか」

俺が促すと、モモちゃんは白くて細い手で用紙をくしゃっと丸めた。そして、あふれた涙を親指でぬぐい取り、「ふう」と気持ちを入れ替えたように息をついてから、用紙を炎に放り込んだ。

「生まれ変わったね。新しいモモちゃんの誕生、おめでとう」

小雪が言うと、みんなも「おめでとう」と口々に言って、あたたかい拍手が起きた。

次は、サブローさんだった。

サブローさんは、いつもとまったく変わらぬにこやかな顔のまま、「じつは、皆さんには内緒にしておりましたが――」

としゃべり出した。いま現在、癌に冒され、医師から余命宣告を受けていることを、包み隠さず告白したのだ。

ほとんど花粉症を告白するくらいの軽いノリでしゃべったサブローさんだったけれど、炎を囲む空気が一変したことは言うまでもない。

女性陣は瞬きを忘れて固まり、ジャックさんは「な、なんだよ、それ。聞いてねえぞ、そんなこと……」と声を震わせた。無感情なはずの教授ですら細い目を見開いていた。いつもふざけている陳さんは、むっちりした腕を組んで難しい顔をしているし、あのまどかさんまでハッとした顔でサブローさんを見つめている。

「とまあ、そんな老い先短いジジイではございますが、最後に、皆さんにお願いしておきたいことがありまして」

ひとり愉しそうに目を細めたサブローさんは、笑えない前置きに続けて、あの話をしたのだった。

「皆さんには、生きている間に、ぜひともチャレンジと冒険をしておいて欲しいんです。そうしないと、死ぬ時に、きっと後悔しますから。ちなみに今回のツアーは、私にとって、大いなる冒険でした。イノシシに襲われたり、暴走族に襲われたり。長いこと生きてきましたけど、こんなのは初めてですよ」そこまで言って、サブローさんはくすくすと思い出し笑いをした。「おかげさまで、人生の最後に、とても刺激的な冒険ができました。こうして皆さんとお会いできて——」

サブローさんが挨拶を締めようとしたとき、「おい」と、ふたたび太い声が響き渡った。

「これが人生の最後って決めんのは、まだ少し早いんじゃねえのかい？」

え？　と、みんなが入道さんに振り向いた。

入道さんは、不敵に笑ってサブローさんを見た。

「冒険ってのはよ、途中であきらめたらつまんねえだろう」

「………」

サブローさんは早朝の湖のような目で、じっと入道さんを見つめていた。

「別に信じなくてもいいけどよ、あんた、医者に言われた余命よりも長生きできそうだぜ」

ふと見ると、入道さんの手には、あの黒い数珠玉が握られていた。霊視をしていたのかも知れない。

「おい、おっさん」

ジャックさんの声だ。

「あんたも、この霊能者が本物だってことは知ってんだろ？　だったら信じろよな。少なくとも、俺がデビューして、バリバリ格好良く歌ってる姿を見るまでは、絶対にあきらめんじゃねえぞ」

切実な目でジャックさんがそう言ったのに、サブローさんはむしろ悪戯っぽい笑みを浮かべて、こう返した。

「わかりました。では、ジャックさん、あと最低でも十年はデビューしないでください。あなたの格好いい姿を見たら、安心して、あきらめちゃいそうなので」

「ぷぷぷ。あんた、面白いね。二〇年は死なないだろう」

陳さんが吹き出して、場の空気が少し和んだ。

サブローさんは笑顔のまま、大きく深呼吸をした。放っておいたら涙腺が決壊しそうだったのだろう。

「ふう……。皆さん、ありがとうございます。では、ヤブ医者の余命宣告などは信じないで、まだしばらくは冒険を続けることにします。というわけで、こんなものは――」

サブローさんは用紙をビリビリに破いて、ぐしゃぐしゃに丸めて、「ポイですっ」と言いながら炎のなかに投げ込んだ。

用紙にサブローさんが何を書いていたのかは、誰にも分からないけれど、でも、なんとなく、この瞬間、俺はサブローさんの余命に変化が起きたような気がするのだった。

パチパチパチパチ……。

誰かが拍手をはじめた。反射的に、その音の方を見た。手を叩いているのは、ちょっと面倒臭そうな顔をしたまどかさんだった。

まどかさんに釣られて、拍手の輪が一気に広がった。

この拍手の誠実さに、ついにサブローさんの涙腺が決壊した。

それを見た幾人かがもらい泣きをした。もちろん、俺もだ。

最後の告白は、陳さんだった。

「女と上手くやる。これは難しいだろう。でも、暴走族にバイバイする。これ、簡単ね。やっぱりユキチと仲良しの私はヒーローだろう。がははは」

豪快に笑った陳さんは、なぜか失恋とは無関係な、昼間の暴走族との顚末をしゃべり出した。

いわく、俺がボコボコにされているとき、陳さんはこっそりヒロミンさんに頼んで、一眼レフで暴力を振るった証拠のムービーを撮らせていたのだという。そして、バスの外に出た陳さんは、扇状にした数枚の一万円札を暴走族たちに見せながら近づいていき、そのままバスの裏手に連れていくと、こんなやりとりをしたのだという。

「おまえたち、ユキチと警察、どっちが好きか？」

「はぁ？　ジジイ、てめえ、ナニ言ってんだ、コラ？」

「私は金持ちだろう。頭いいね。だから、バスのなかから暴力のムービー撮ったね。私が警察呼んでムービー渡す。おまえたち、アウト。がははは」

「な、なんだと、コラ！」

「しかし、おまえたちは、ラッキーね」

「は？」

「聞け。いまから、ビジネスの話するね」

「…………」

「おまえたち、すぐに帰るなら、私、このユキチをプレゼント。帰らないなら、バスのなかから電話で警察を呼ぶ。オーケー？　がははは。おまえたち、ユキチと警察、どっちが好きか？　ん？　どっち選ぶ？」

陳さんは札の枚数を増やしながら、さらに畳み掛けた。

「ユキチ、五人欲しいか？　ん？　私は金持ちだろう。十人か？」

そうやって、結局は十五万円の現ナマを握らせたというのだ。

「え、そんな大金を……。大変なご迷惑をおかけしてしまって……、本当に申し訳ありませんでした」

添乗員として責任のある俺は、深く頭を下げたあと、勢いでしゃべり続けた。

「あの、その十五万円は、なるべく早めに返済させていただ――」

「がはははは」

陳さんの盛大な笑い声が、俺の言葉をさえぎった。

「私は金持ち。頭がいいね。だから損はしない。ユキチは必ず戻ってくるね。そのアイデア、最初からある。だから、いまは気にするな」

「え……」

「いまは、無問題《モウマンタイ》。分かったか、添乗員」

い、いまは――？

さっぱり意味が分からないけれど、とりあえずは頷いておくことにした。

「あ、はい……。えと、ありがとうございます」

とにかく、返済については、あとで陳さんと二人きりのところで話し合おうと思う。

「無問題。ぜんぶオーケーね」

やたらと太くて短い親指を立てて格好つけた陳さんは、質問用紙をひらりと裏返してこちらに見せた。用紙には、何も書かれていなかった。

「ん？　あんた、何も書いてねえじゃんかよ」

ジャックさんが俺の心を代弁してくれた。すると陳さんは、夜だというのにかけっぱなしのサングラスの奥の細い目をいっそう細めて、ぐふふ、と不敵に笑ったのだ。

「おまえたち、私を見ろ。どうだ、幸せだろう？　いま、幸せ。なぜか？　過去があるからね。悲しい過去。つらい過去。めんどくさい女。金で騙す奴ら。ぜーんぶ、むかついたよ。でも、楽しかったね。だから、私は捨てる必要ない。過去がある。だから、いま幸せ。分かるか？　おまえたち、みんな金持ちになれ。幸せになれ。そしたら、過去が好きになるだろう。悪い過去、思い出になる。好きになるね。あー、あの頃は大変だった。でも、楽しかった。そうなるね。金持ち、みんなそうだろう。がははははは」

陳さんは自慢のような名言のような長台詞を口にしたと思ったら、手にしていた用紙を俺に押し付けてきた。

「客、みんな、しゃべったね。最後は添乗員だろう」

「え？　私、ですか？」

「いいじゃない、龍さんも告白しちゃいなよ」

ヒロミンさんが囃《はや》し立てるけれど、いまの俺がしたい告白と言えば……。思わず、ちらりと小雪の方を見た。

すると、空気を察したのか、男性陣が盛り上がりはじめた。

「おお、そりゃいいアイデアじゃねえか」と入道さん。

「男なら、ロッケンロールだぜ！」とジャックさん。

ふと教授を見たら、いつもどおりの仏像顔で頷いていた。

まどかさんはニヤニヤ笑い、桜子さんとモモちゃんは、口に両手を当てて好奇心いっぱいの目でこっちを見ていた。

ちょっとポカンとしているのは、何も知らされていない小雪だけだ。

「え、な、なんですか……」

当然たじたじになっていたら、男性陣の方から「龍さんコール」が起きてしまった。

龍さん！　龍さん！　龍さん！　龍さん！

騒々しい声のなかで、ふと俺は思い出した。

そうだ。いま、俺のはいているジーンズのポケットには——。

婚約指輪が、ある。

「さあ、龍さん、チャレンジと冒険ですよ」

サブローさんに言われたとき、俺はみんなに向かって、ひとつ頷いてみせた。そして、黙って両手を挙げて「龍さんコール」を止めてもらった。

いつの間にかキャンプファイヤーの炎が少し小さくなっていた。

夜の涼しい海風と、やわらかな潮騒。

星空の隅っこには輪郭のはっきりした三日月。

目の前には、ちょっと愉快なお客——というか、仲間たち？

俺はひとつ深呼吸をして、小雪を見た。

小雪の大きな瞳には、オレンジ色の光が揺れている。

ちらりと、お腹を見た。

その瞬間、俺の心のなかでスイッチの入る音がした。

いまこそ、一発逆転のチャンス。

ビシッと人生を決めるところだ。

俺は、ジャックさんに借りたジーンズのポケットに右手を突っ込んだ。そして、密かにしのばせておいたダイヤモンドのリングを——、薄給を必死に貯めて、ようやく買った、あのリングを……。

あの、リングを……。

って、あれ?

えっ?

慌てて反対のポケットに左手を突っ込んで——。

え……。

もう一度、右側も確かめた。

え、うそ。

背筋が凍りついた。両腕にザザザと鳥肌が立つ。

そんな、馬鹿な。

俺はしつこく両方のポケットをまさぐった。すると、右側のポケットの底に違和感を覚えた。中指と人差し指の先端が、ポケットからすっぽり突き出ていたのだ。

あ、穴が……。

なんと、リングをしのばせたポケットには、指二本が悠々と通り抜けるサイズの穴が空いていたのだった。

ちょ、ちょっと待て。

いったい、どこに落とした?

俺の頭のなかは、もはや走馬灯のようになって、今日のいろいろなシーンが次々と映し出された。暴走族たちにボコボコにされたときに駐車場に落としたのだろうか。あるいは、その後に立ち寄った鳴き砂の浜を歩いているときか。もしくは、最果て感のある淋しい無人の岬の草地だろうか。

いずれにせよ、いまから探しに戻っても見つかるとは思えない。

終わった。

すべてが……。

俺は、全身の毛穴から、ぷしゅう、と気力が抜け出していくのを感じていた。穴の空いた風船みたいに、心が一気にしなびていく。

しかし、お客さんたちは、期待に目を輝かせたまま、俺のことを見上げていた。

「あ、ええと……」俺は必死に声を張ろうとしたのだが、心とは裏腹なか弱い声になってしまった。「ぼくは、その、やっぱり、添乗員なんで……」

曖昧に笑ってそう言ったら、小さなブーイングが上がった。

「えっ、なんだよそれ、ロックじゃねえなぁ」

「す、すみません」

ジャックさんにぺこりと頭を下げて、顔を上げると、なんとなくモモちゃんと目が合った。モモちゃんは眉尻を下げて、解《わか》りやすいくらいに心配そうな顔をしてくれていた。俺は、力なく「ふっ」と笑って見せると、焚き火の匂いのする空気を吸い込んだ。そして、最後の力を振り絞るように声を出した。

「ええと、これをもちまして、四日目の行程はすべて終了となります。これから皆さんは、どんどん浮上して幸せになるだけですので、ビールで乾杯も解禁とします。いますぐ飲みたい方は、宿の一階の廊下の突き当たりにある自動販売機でお買い求め下さい」

普段なら、ここで数人は盛り上がるはずなのだが、今夜は違った。誰も声を上げずに、こっちを見ているのだ。

みんなの視線がさすがに痛くて、俺はさっさと退却することにした。去り際、ふと連絡事項を思い出して、明日の朝食の時間と、集合時間を告げた。そして、まだ炎の周りから立ち上がろうとしないみんなに、かすれた声で「それでは、お先に。おやすみなさい」と言った。誰も返事をしてくれないなか、なぜか小雪だけが「おやすみなさい」と淋しそうな声を返してくれた。

お客さんたちを民宿の庭に残したまま、俺は玄関の方へと歩き出した。キャンプファイヤーの後始末は、いつも宿のおやじさんが最後にやってくれるから、任せておけばいい。

玄関の前まで来た俺は、宿には上がらず、そのまま門の外に出た。そして、渚に沿って延びるまっすぐな夜道をふらふらと歩き出した。足元はコンクリートで、少し砂が浮いていて、一歩ごとにしゃくしゃくと砂を踏む音がした。海から吹いてくる湿った風が、俺の着ているパーカーの背中をはたはたと揺らす。

ちょうど正面の夜空に、三日月が浮かんでいた。歩きながら、そのシャープな輪郭をぼんやりと見つめていたら、

「龍さん」

ふいに誰かに呼び止められた。

「え……」

振り返ると、白い街灯に照らされたモモちゃんが足早に近づいてくるところだった。宿のおやじさんに借りたのだろう、大きな懐中電灯を手にしている。

俺は足を止め、訊ねた。

「どうしたんですか？」

「え……、龍さんこそ、どうしたのかなって」

モモちゃんは、俺から少し離れたところで足を止めて、不安げな顔をした。

「ぼくは、ええと――」の後の台詞が浮かばない。

「何か……、あったんですか？」

「何かって、どうして？」

「どうしてって……」それからモモちゃんは少しのあいだ言葉を探していたけれど、ふいに質問を変えた。「龍さん、お散歩、するんですか？」

「え？　まあ、ちょっとだけ」

散歩、というか、とにかく一人で黙々と歩きたいだけだけど。

「わたしも、一緒に行っていいですか？」

反射的に、断ろう、と思った。

しかし、モモちゃんは、俺の返事を聞くより前に、おずおずとこちらに近づいてきた。海風に揺れる、やわらかそうな前髪。その下のハの字になった「困り眉」を見ていたら、なんとなく断れなくなってしまった。

「別に、いい……、ですけど」

モモちゃんは、ちょっとホッとしたように頬を緩めると、懐中電灯の明かりを消した。

それから俺たちは、砂の浮いたコンクリートの道を、肩を並べてゆっくり歩きはじめた。

右手はビーチで、左手はまばらな住宅地。前も後ろも、ひとけがなく、まっすぐ等間隔に並んだ街灯の白い明かりは、砂の浮いた道を夢のように照らして、夜の静けさをいっそう際立たせていた。

「さっき、プロポーズ……」

少し歩いたところで、モモちゃんがぼそっとしゃべり出した。

「え……」

「しなくて、よかったんですか?」

ようするにモモちゃんは、これを訊ねるために、わざわざ俺を追いかけてきたのだろう。だったら、俺は正直に答えようと思った。いまさらあれこれ隠しても仕方がない。どうせ、これまでの経緯は、ほとんど知られているのだ。

「あはは」俺は自嘲気味に笑ってから、自らの失態を口にした。「本当は、あの瞬間、プロポーズしようと思ったんだけど……。でも、ジーンズのポケットに忍ばせておいた婚約指輪が失くなってて」

「え、指輪が?」

「ポケットに、穴が空いてたんだよね」

言いながら、もう一度、ポケットに手を突っ込んでみた。もちろん、あるのは穴だけで、指輪はない。

「そんな……」

モモちゃんは眉のハの字の角度をいっそう大きくしたけれど、もはや慰めの言葉すら浮かばないようで、小さく嘆息したきり黙り込んでしまった。俺も、これ以上は、しゃべる気になれなかった。

若干、気まずいような沈黙を抱えながら、俺たちはゆっくりと歩き続けた。その間、モモちゃんは、ずっと、なにか考え事でもするような難しい顔をしていた。

そのまま一分ほど歩いたところで、渚沿いの道は行き止まりになった。海に流れ込む小川が道を分断していたのだ。この川を渡るための橋は、住宅地側へ五〇メートルほど歩いたところに見えていた。

「あの橋、渡る?」

俺は、モモちゃんに訊いた。すると色白の少女は、ふいに何かを思いついたように目を見開いた——と思ったら、小さく首を振った。

「龍さん、波打ち際を歩きながら、宿の方に戻りましょう」

「え、なんで?」

「プロポーズに本当に必要なものって、指輪じゃないですよね?」

「え?」

「気持ちと言葉ですよね?」

「…………」

「だったら、本物の指輪がなくても、プロポーズはできますよね?」

本物がなくても?

「え……、ごめん。ちょっと、言ってることが……」

さっぱり分からない俺は、ぽかんと立ち尽くしていた。

「龍さん、あっち、行きましょう」

モモちゃんは、俺のパーカーの袖をつまんで引っ張りはじめた。

「えっ、ちょっ……」

俺は引かれるがままに、コンクリートの堤から階段を数段下りて、砂浜の上を歩きはじめた。モモちゃんは手にしていた懐中電灯のスイッチを点け、その明かりを頼りに俺を波打ち際まで連行した。

「モモちゃん、どういうこと？」

ようやく袖を放してくれたところで、俺はあらためて訊き直した。

「ここから先、婚約指輪を探しながら、民宿まで戻るんです」

「え？」

「わたしも一緒に探しますから」

モモちゃんの頬には、思いがけず小さなえくぼができていた。

「え？　いや、でも、リングを失くしたの、このビーチじゃないんだけど」

「分かってます。でも、リングの代わりだったら拾えるかも」

リングの代わり？　拾う？

小首を傾げた俺の脳裏に、ふとひらめく映像があった。

先日、モモちゃんが白い指に通していた、あの海の漂着物。

「タコノマクラ?」

俺の口は、ほとんど無意識にそう言っていた。

淡い三日月の明かりのなか、モモちゃんは微笑みながらこくりと頷いた。

「あは……、モモちゃん、本気?」

「本気です。だって、今日を逃したら――、絶対、駄目ですよ」

そこまで言うと、モモちゃんは懐中電灯で足元を照らしながら、ひとり波打ち際を歩き出した。俺は、なんだか少しおかしくなって、くすくす笑ってしまった。

タコノマクラをリングに見立てて、求婚か。

ある意味、幼い頃からずっとヒーローになれなくて、ちょっぴり情けない海洋生物オタクだった俺らしいかもなぁ……。

さく、さく、さく、と白砂を踏みしめながら、俺の前を、華奢な背中を丸めたモモちゃんが歩いていた。

俺のために。小雪のために。もしかすると、小雪のお腹のなかの赤ちゃんのためにも、またたま流れ着いて、真ん中に穴が空いたタコノマクラを探しながら。

本当に、やさしい娘だなぁ――。

そう思ったら、ふと、モモちゃんの細い背中が、在《あ》りし日の美優と重なった気がした。白い病室の明るい窓越しに、じっと外の風景を眺めていたときの妹の背中。

あのとき、美優はぽつりと言ったのだ。

あーあ……、病気になるとさ、日々の何でもないようなことが、いちいち幸せに思えて、やたらと涙が出そうになるんだよね――。

きっと、あのときの美優は、外を眺めながら涙を流していたはずだ。

さく、さく、さく、さく……。

波打ち際の湿った砂を踏む、モモちゃんの足音。

その足元を照らす懐中電灯の青白い明かり。

俺たちの背後からついてくるきれいな三日月。

長いこと添乗員をやってきたけれど、おそらく最後となるであろう「失恋バスツアー」で、こんなことになるなんて……。

小雪にフラれ、会社の倒産が決まり、ツアーは事件だらけで、暴走族にボコボコにされて、しかも、なけなしの薄給で買った婚約指輪をあっさり紛失。

まったく……、どんだけツイてないんだよ。

モモちゃんの背中を見つめながら、深くため息をついた。そして、それとほぼ同時に、俺はくすくすと笑い出していた。

おそらく、俺の心のなかには「それでも」という最強の単語が転がっていたのだと思う。

わずか四文字のこの言葉は、付き合いはじめた頃の小雪に教えてもらった「希望を連れてくる単語」だった。たとえば人生に何か悪い出来事が起きたなら、その出来事に続けて「それでも」とつぶやいてみるのだ。すると人間の脳みそは自然とその続きの言葉を探し出してくれるというのである。

指輪を失くした。

それでも、こうしてモモちゃんがタコノマクラを探してくれている。

会社が倒産する。

それでも、俺には東西ツーリストという転職先がある。

暴走族にボコられた。

それでも、わりと軽い怪我で済んだ。

明日で「失恋バスツアー」は終わりだ。

それでも、とにかく俺は最後まで好きな仕事をやれていて——。

ずっと一緒だった小雪を想う。

それでも、俺も、小雪も、お腹の赤ちゃんも、生きている。

まだ、チャレンジも、冒険も、できる。

「ねえ、モモちゃん」

俺は美優を彷彿とさせる背中に、そっと声をかけた。

「はい?」

振り返ったか弱い女性は、つい四日前までは見知らぬ赤の他人で、いまでもツアーのお客さんだけど——。

「ありがとうね」

「え?」

生きていてくれて。

胸のなかでそう言いながら、唇の口角を上げた。

「ぼくも一緒に探すよ」

モモちゃんは嬉しそうに目を細めた。

と、そのとき、ザザザーッと大きめの波が打ち寄せてきて、その海水が俺たちの足元を洗った。

「きゃあ」

モモちゃんが小さな悲鳴を上げた。

「わ、冷《つ》めてぇ」

逃げ遅れた二人の足は、すっかりびしょ濡れだ。

「あー、もう……」

スカートの裾を少したくし上げながら乾いた砂地へと逃げていくモモちゃんを見て、俺は笑った。

「龍さん、なんで笑ってるんですかぁ」

「あはは。だってさ」

何がそんなにおかしいのだろう。俺は自分の内側に理由を探しながら、モモちゃんの方へと歩いていく。気づけば、俺たちが投宿している民宿の庭まで、あと一〇〇メートルというところに来ていた。

「龍さん、ちょっと懐中電灯、持っててくれませんか？」

「あ、うん」

「靴のなかに水が溜まっちゃって。もう、裸足になります」

俺は、差し出された懐中電灯を受け取った。そして、靴を脱ぎやすいようにと、モモちゃんの足元の白砂を照らしていたら――、
凜。

と青く光る小さなモノが目に入った。

なんだろう？

そう思ったとき、裸足になったモモちゃんが口を開いた。

「あ、青いビー玉がある……」

俺と同じものを、モモちゃんも見つけていたのだ。

「それ、ビー玉なんだ」

「はい」

モモちゃんが足元のビー玉を拾おうとしてしゃがんだ。俺は、そのビー玉に光を当てていた。

「なんか、きれい。透明な海みたいな色をしてる」

モモちゃんが、そのビー玉に手を伸ばしかけたとき、「あっ」と声を出した。

「龍さん、これ」

モモちゃんは、青いビー玉ではなく、その傍らにあった青いシーグラスを手に取っていた。

しかも、そのシーグラスは、普通のガラス片ではなかった。

「やった。見つけちゃいました」

モモちゃんが、にっこり笑ってこちらに差し出したシーグラスは、青いガラス瓶の口の部分だったのだ。

磨りガラス状の、青いリング——。

「これ、タコノマクラより」

言いながら、手のひらの上にそれを載せてもらった。

「指輪っぽくて、いいですよね」

「うん」

俺とモモちゃんは、思わず片手でハイタッチを交わした。

「さっきの青いビー玉が導いてくれた気がしますね」

モモちゃんはロマンチックなことを口にした。

俺は、もう一度、足元を照らしてみたのだが、なぜだろう、さっきの凛と光るビー玉は見当たらなかった。いまモモちゃんと喜んだ拍子に砂をかけてしまったのだろうか……。

でも、まあ、それはいい。

とにかく、これで――。

「龍さん」

「ん？」

「頑張って下さいね、プロポーズ」

モモちゃんが、ニヤリと笑みを浮かべてみせた。左右の頬にそれぞれ小さなえくぼができている。

この娘、本来は、こんな笑い方をするんだな……。

俺は密かに感動しながら微笑み返した。

【小泉小雪】

キャンプファイヤーを囲む輪のなかから龍ちゃんが消え、それを追うようにモモちゃんがいなくなった。

残されたお客さんとまどかさんは、喉元まで出かかっている言葉を飲み込んでいるような、よそよそしい雰囲気を醸し出していた。

わたしはというと、誕生日の夜だけに、この事態が何を意味しているかに薄々勘付きつつも、でも、それは確信とまではいかなくて……、つまり、どうしていいか分からないまま、ぼんやりと焚き火を眺めているのだった。

しかし、居心地の悪い空気を変えてくれる人がいた。

「おい、ビール飲む。私がご馳走するね。ビール、たくさん買うね。みんなで乾杯。どうだ？」

すると、入道さんが「おう、そうだな」と言い、ジャックさんも「とりあえず、そうすっか」と立ち上がった。そして、男性陣みんなで人数分よりだいぶ多めに缶ビールを買ってきて、全員に配ってくれた。

お酒ではなく、ウーロン茶が手渡されたのは、わたしだけだった。

やっぱりね……。

知ってたんだ、みんな。

「まあ、とにかく、楽しく飲もうぜ」

入道さんが場を仕切って、そのまま乾杯の音頭をとった。

一応、わたしもカタチだけの乾杯はしたけれど、ウーロン茶の蓋は開けなかった。いまは、あまり飲みたい気分ではない。

ビールで喉を鳴らした人たちは、少し気分が開放的になったのか、ぽつぽつと言葉を交わしはじめ、この四日間を振り返ってみたり、くだらない冗談を言い合ったりしていたけれど、龍ちゃんと、モモちゃんと、わたしについては、きっちり避けてしゃべるのだった。

さすがに気まずくなって、一足お先に席を立とうと思っていると、わたしのスマートフォンが鳴り出した。電話だ。しかも、相手はモモちゃんだった。何かあったときのために、モモちゃんにだけはこっそり電話番号を教えていたのだけれど……。

「もしもし?」

わたしは、少し慌てて電話に出た。そのまま立ち上がり、焚き火に背を向けてすたすたと歩き出す。

「あ、小雪先生……」

「モモちゃん、どうしたの?」

わたしは口元を手で隠すようにして、小声でそう言った。しゃべりながらも、焚き火から足早に離れていく。

「えっと……、小雪先生と二人でお話ししたくなって……」

心をしぼませたような、モモちゃんの声色。

「え、うん。もちろん、いいけど」

「ちょっと、来てくれますか?」

「いま、どこにいるの?」

モモちゃんは、民宿の玄関を出てすぐのところにある、倉庫の裏手——つまり、海側にいると言った。

なんでモモちゃんが、あの場所に……。

若干の疑念を抱きながらも、とにかくわたしは「うん。すぐ行くから、待ってて」と答えて通話を切った。

民宿の庭から玄関を出て、すぐ右手にある木製の古い倉庫に向かう。コンクリートの道からビーチに下り、さくさくと砂を踏みしめながら裏手へと回った。海側にくると、街灯の明かりが倉庫に遮られて、ずいぶんと暗くなる。

わたしは倉庫の入り口の前にあるコンクリートのたたきを見た。そこに腰を下ろした人影があった。

モモちゃん――。

と、呼びかけそうになったとき、その人影がゆっくりこちらを振り向いた。

わたしの足は、反射的に止まっていた。

「よっ」

薄暗がりのなか、龍ちゃんがこちらに手を挙げていた。

「え、なんで……」

「えっ、ちょっと、なに、これ」

「ごめん。モモちゃんが仕組んでくれたんだ」

まんまとしてやられたわたしは、「はあ」と深く嘆息して、両手を腰にやった。

「で、なに?」

「話があるんだよ。ちょっと、こっちに来て、隣に座ってくれないか」

「モモちゃんは?」

まずは、そっちが心配だ。

「小雪にバレないように迂回して、民宿に戻ったと思うよ」

わたしは「はあ、もう」と、つぶやいて、渋々ながらといった感じで龍ちゃんの隣に腰を下ろした。

「で？」

「っていうか、なんで、そんなに離れたところに座るわけ？」

龍ちゃんが、ぼそっと言う。

「え、だって……」

その次の言葉を探していたら、龍ちゃんがお尻をずらして、ほんの少しだけこちらに近づいて座り直した。

わたしとの間に残された、微妙な距離。

この遠慮した感じが、龍ちゃんらしいな、と思う。

「えっと、小雪さ、この場所——」

「覚えてます」

と、言葉をかぶせた。忘れるわけがない。はじめての「失恋バスツアー」の最後の晩餐のあと、龍ちゃんがわたしに告白してくれた場所なのだから。

「そっか。なら、よかった」

「…………」

「ってか、忘れられてたら、俺、かなりショックだけどな」

逆の立場だったら、わたしだってショックだ。口にはしないけれど。

龍ちゃんが前を見た。正面は、夜の海だ。わたしも前を見る。

ひゅう、と涼やかな夜風が海から吹いてきて、足元の砂の表面がさらさらと動いた。

「あのさ、小雪」龍ちゃんが、少し不安げな声でしゃべり出した。「俺、いまから小雪にセッションをしたいんだけど」

「は？　龍ちゃんが、わたしに？」

「そう」

「なに、それ」

「いいからさ」

いいからさって……。龍ちゃんがセッションなんて、できるの？

「じゃあ、小雪、まずは目を閉じて」

「え？」

「ほら、閉じて」

「閉じて、どうするわけ？」

わたしが訊いたら、龍ちゃんはくすっと笑った。

「いきなりチューしたりはしないからさ。ほら、早く」

告白したときは、したくせに。

わたしは少しの間、逡巡《しゅんじゅん》したけれど、あえて「はあ」と面倒臭そうなため息をついてみせてから、目を閉じた。

「じゃあ、いくよ。まずは、小雪がいま、いちばん欲しいものを思い浮かべて」

え？　このセッションって、もしかして……。

「思い浮かべたら、それを手にした状態で、この上なく最高な未来を思い浮かべてみて。なるべく具体的に、映像にしてな」

「え……」

やっぱり、これは……。と思ったら、龍ちゃんがおかしなことを言い出したのだ。

「あ、そうだ。思い浮かべるときに、ひとつだけ条件があるんだった」

「条件？」

「そう」

「なに？」

わたしは前を向いて目を閉じたまま、小首を傾げた。

「小雪がイメージする最高の未来のなかに、必ず――」

「必ず？」

「俺を入れること」

わたしは、一瞬、息を飲んだ。でも、すぐに自分を取り戻す。

「あはは。なに、それ」

「しかも」

「………」

「その未来の俺は、小雪が産んだ赤ちゃんの〝お父さん〟という設定にして欲しい」

すうっと海風が止んだ。

わたしは閉じていた目をゆっくりと開けて、左を振り向いた。

龍ちゃんは、相変わらず前を向いていた。

わたしは、何かを言おうと思った。

けれど、喉のあたりに熱っぽい塊のようなものが詰まっていて、胸の奥で膨れ上がった想いを言葉にすることができなかった。

「小雪さぁ」

「………」

「どうして俺に言ってくれなかったんだよ」

責めるような口調ではなかった。むしろ、いまにも頭を撫でられそうな声色だ。

「わたし、言おうと、したよ」

「え？」

龍ちゃんが、こちらに振り向いた。

「わたし、言おうとしたんだよ」

「いつ？」

わたしの脳裏に、あの夜の光景が甦ってくる。

「龍ちゃんとわたしが喧嘩をした夜。わたしが餃子を買ってきて……」

「えっ。あの夜？」

「うん」と、わたしは頷く。

「どうして言わなかったの？」

「だってさ……」

龍ちゃんがさ――、
と言いかけて、わたしは大きく息を吸った。

ふいに鼻の奥がツンと熱を持ってしまったのだ。

「ゆっくりでいいから、続けて」

龍ちゃんが、わたしに言葉を促す。

わたしは深呼吸をしてから、ふたたび口を開いた。

「あのとき龍ちゃん、子供なんて興味ないって言ったんだよ」

「え……」

「だから、わたし――」

妊娠を打ち明けるのが怖くなってしまったのだ。

薄暗がりのなか、龍ちゃんの瞳を見ていたら、あの夜の会話が、わたしの脳裏で再生された。

わたし、十年後もこのままだったら、どうしよう。

気づいたときには、龍ちゃんのせいで、子供を産めない年齢になっちゃってたりして。

あのさ、いま、子供の話なんて、ぜんぜん興味ないんだけど。

「俺、そんなこと言ったっけ？」

「言ったよ」

「ぜんぜん記憶にないんだけど」

「言ったもん」

「ってか、もし言ったとしてもさ、悪意を持っていたわけじゃないし、小雪と俺の子供だったら、興味がないなんて思うわけないだろ」

「…………」

わたしだって、あのとき瞬間的にはそう思った。龍ちゃんが、わたしと子供を拒むはずはないと。でも、そこに確信を持つことができなかったのだ。どうしても。

「なあ、おかしくないか。小雪はさ、俺をそんな人間だと思ってたわけ？」

違う。わたしは首を小さく振った。

「そうじゃないけど」

「けど?」

その理由が脳裏にちらついた刹那、寒くもないのにわたしの背筋に鳥肌が立った。左手に、あの厭わしい感触が蘇ってきたのだ。

無抵抗なやわらかさ——。

絶望的に暗い台所。

わたしを罵る母の赤い唇。

触れられない母のスカート。

闇の中へ吸い込まれ、どんどん小さくなっていく母。

淋しさと不安に溺れそうなわたしがぎゅっと抱いている、ちょっと不細工な黒い熊のぬいぐるみ。

わたしは深呼吸をした。

夜の海風で、胸のなかを洗ったのだ。

三回も続けて、そうした。

龍ちゃんは、その間、ずっと黙ったままわたしの言葉を待ってくれていた。

やっぱり、誠実な人なんだよな——。

そう思ったら、少しだけ胸のつかえがとれて、しゃべれる気がしてきた。

「わたしね」

「うん」

「前にも言ったかも知れないけど、自分が生まれてきたことを、誰かに喜ばれた記憶がないのね」

「………」

「だから……」

「うん」

わたしは右手でそっとお腹に触れた。

「もし、龍ちゃんが、この子のことをね……」

そこまで言ったわたしは、いったん気持ちの態勢を整えようと、口を閉じた。放っておいたら、いろいろな想いが一気にあふれ出して、支離滅裂になってしまいそうだったのだ。

「その、もしも、は、俺にはないだろ？」

「………」

「俺は、そういうタイプの人間じゃないよね？」

「………」

「小雪も、そこは分かってくれるだろ？」

「そうとは、限らないんだよ」

つい、強い口調でそう言ってしまった。でも、この台詞は、わたしがしゃべったのではなくて、過去のわたしがしゃべった――、無責任だけれど、そんな気がした。

「え……」

龍ちゃんは、わたしの言葉の強さにひるんだみたいだ。

「はっきり言っちゃうとね、わたし、龍ちゃんと出会う前に付き合っていた人がいて、その人との間に赤ちゃんができて——」

しゃべっているのが、いまの本当の自分じゃないと思ったら、胸の奥にしまいこんでいた言葉がつるつると喉から滑り出してくる。

「妊娠に気づいたのは四ヶ月のときで、わたしはすごく嬉しかったの」

「…………」

「それを彼に伝えて、そのあとわたし……」

ちょっと待って。

と、いまのわたしが、過去のわたしを一瞬だけ黙らせた。

でも、止められなかった。

「堕胎したの」

ダタイシタノ。

この六文字は、もはや自分ではない誰かの声に聞こえた。

「え……」

龍ちゃんは口を半開きにしたまま、呼吸を止めていた。

「その彼ね、やさしい人だったんだよ。でも、堕ろしてくれって。育てる自信がないからって。まだ父親になれるような器の人間じゃないからって……」

ほとんど無意識に、わたしは左手に力を入れていた。幻の熊のぬいぐるみの胴体を、ぎゅっと握っていたのだ。その不細工な黒熊は、愛おしいくらいに無抵抗で、くにゃくにゃで、わたしにされるがまま――、すべてを諦めていた。

「そっか。うん。そっか……」

龍ちゃんは、そっか、と二回言った。なんとか現実を受け入れて、自分自身を納得させようとしているのだ。

わたしはゆっくりと視線を落として、足元の砂を見た。そうしたら、世界がすうっと静かになった気がした。静かになったら、自分がいま穏やかな波音に包まれていることを思い出した。まるで長いこと失っていた聴力がふいに戻ってきたかのように。

「なあ、小雪」

龍ちゃんが、わたしの名を呼ぶ。わたしは返事ができず、ただ波音のなかで浅い呼吸を繰り返していた。

「俺さ、なんか変なんだけど――」

「…………」

「いま、ちょっと嬉しいのかも」

思いがけない台詞に、わたしは顔を上げた。

「俺の知らなかった小雪を知ることができたからかな」

「…………」

「なんだろう、その元彼に嫉妬してるんだけど、でも、どこか嬉しいんだよな」

わたしは、まだ、何も答えられなかった。心がぽっかり空白になっていて、つかみどころがなくて――、ただ、波音のなかにわたしと龍ちゃんがいるという感覚だけがリアルだった。

「っていうか、どうりで小雪がモモちゃんに入れ込んでたわけだよな」

「え……」

「同じ想いを経験した者同士、分かり合えてたんだね」

どうして……。

「龍ちゃん、モモちゃんのそれ、なんで知ってるの？」

「モモちゃん本人から聞いたんだよ」

「えっ、本人から直接？」

「うん」

空白だったわたしの内側に、カウンセラーとしての人格がふたたび輪郭をなしてきた。

「モモちゃんに、そこまでしゃべらせたの？」

「うん。ちなみに、相手に心を開かせて、素直にしゃべらせるには、コツがあるんだよ」

「え……」

「まずは、先に、自分の秘密を打ち明けること。それがコツ」

そこまで言って、龍ちゃんが微笑んだ。

「それ、わたしのパクリ」

「あはは。小雪は俺の先生だからな」

龍ちゃんの笑い声を聞いたら、わたしたちを包む波音が、いっそう穏やかに響きはじめた気がした。

「パクるなら、これからは、ちゃんと先生って呼んでよね」

「了解しました、先生」

龍ちゃんが、おどけたように敬礼のポーズをしてみせた。

つい、わたしの頬も緩みはじめる。

「先生がいま、先に秘密を告白してくれたので、俺も心を開いて、ずっと隠していたことを告白しちゃおうかな」

「え……」

なにそれ——、と思っていたら、龍ちゃんは、ジーンズのヒップポケットからスマートフォンを取り出して、ちょこちょこと操作したと思ったら、表示した画面をこちらに向けた。

見ると、有名なSNSのサイトに、このツアーで撮影したと思われる写真が投稿されていた。

「俺、ツアーの間、よく写真を撮ってどこかに送信してただろ？　じつは、このSNSにアップしてたんだよね」

「え……」

「このSNS、俺と妹以外は非公開の設定にしてあって」

「妹さん？」

「そう。えっと、最初から、順に話すとさ――」

それから龍ちゃんは、わたしと付き合う前に可愛がっていた妹さんを亡くしたことや、それをわたしに伝えられなかった理由などを、切々と告白してくれた。さらに、龍ちゃんの家族が変に仲がいいように見えるのは、妹さんを失ってからずっと家族を覆い続けている鬱々とした空気を晴らしたくて、家族みんなが無理に明るく振る舞っていることが原因らしいということも話してくれた。

「なんか、ごめんな。ずっと黙っててさ」

「ううん」

わたしは首を振って、洟をすすった。

「このSNSがバレたら、俺、絶対にシスコンだと思われて、小雪に嫌われるだろうなって――」龍ちゃんは照れくさそうに首筋を掻くと、スマートフォンの電源を落とした。「まあ、天国の妹を相手に写真をアップしてるなんて、正直、自分でもヤバいと思うんだけどね」

「龍ちゃん」

「え？」

わたしは、もうこれ以上、龍ちゃんに自虐的な台詞を吐かせたくなかった。だから先生の特権で無理やり話題を変えた。

「他に、先生に隠しごとはありませんか？」

わたしは自分を先生と呼んでふざけることで、目の奥からこみあげてくるしずくをなんとかこらえた。

「あはは。ええと……うん、ないです」

「よろしい」

「小雪先生は？　もう、隠しごと、ない？」

わたしも笑いながら小さく頷いてみせた。

「よし、じゃあ、腹を割ったところで、続きをやるぞ」

「続き？」

「そう。セッションの続き。小雪先生、あらためて目を閉じて下さい。で、最高の未来を思い描いて」

龍ちゃんが、あまりにもやさしく微笑むから、わたしは「オーケー。じゃあ、パクリの出来栄えを見てあげる」と言ってやった。

「あはは」

「っていうか、そもそも龍ちゃん、なんでこのセッションを知ってるわけ？」

ここでわたしは、ずっと気になっていたことを訊けた。すると龍ちゃんは、先生に叱られた子供みたいに首をすくめてニヤリと笑ったのだ。

「じつは俺、小雪がモモちゃんにやったセッション、階段の下でこっそり聴いてたんだよね」

「えっ……、嘘でしょ？」

「ううん、本当。しかも、モモちゃんと一緒に目を閉じて、俺も勝手に小雪のセッションを受けてた」

「もう、なに、それ……」

まさかの展開に、わたしは苦笑するしかない。

「あのセッションを受けながらさ、あらためて、小雪ってすげえなぁと思ったよ」

「一応、これでもプロですから」

答えながら、わたしは、龍ちゃんとの距離をもう少し詰めたくなっていた。でも、腰を上げる前に龍ちゃんが口を開いたのだ。

「よし、じゃあ、そのプロにセッションするから。目を閉じて」

わたしは正面の夜の海に向かって目を閉じた。

「俺が素人だからって、馬鹿にしないで、ちゃんと味わうんだぞ」

「はいはい。分かってますよ」

龍ちゃんは「よし。じゃあ、いくぞ」と、変に気合いを入れてから、セッションを開始した。

「いいか、小雪が、俺と、二人の子供と一緒にいる未来な。もう、最高に素敵な未来を思い描いてみて」

「………」

「子供は、男の子かな、それとも女の子?」

「どっちでもいいなぁ」

「え？　じゃあ……そうだな、両方いる設定にしようか。俺みたいな兄妹ってことで」

「分かった」

「その状況をなるべく具体的にイメージして、俺に教えてくれる？」

龍ちゃんは、わたしのセッションをパクっただけあって、しゃべり方がなかなか上手だった。ゆっくりと、穏やかな声色で、わたしの心のコアにまで浸透するように語りかけてくる。

「四人でね、近所の公園にいるよ。天気がよくて、龍ちゃんが上の子を抱っこして頬ずりしてる。下の子はまだよちよち歩きで、満面の笑顔でわたしの方に歩いてくるの」

「うん、いいね。その時、小雪はどんな気持ち？」

「わたしは……」しっかり感情を味わったら、閉じたまぶたの隙間からしずくが滲んできた。

「穏やかでね、すごく安心してて、やさしい空気に包まれている感じ」

「そっか。最高だな。ちなみに俺は、どんな顔をしてる？」

「うふふ。龍ちゃんは、子供たちより、無邪気に微笑んでるよ」

「えっ、俺、そういうキャラなのか」

龍ちゃんも、わたしも、くすくす笑った。

「小雪の周りの世界は、どんな風に見えてるかな？」

まるい風も、青い空も、とにかく、きらきらしていた。

子供たちが遊んでいる遊具も、歩く地面も、雑草の花も、すべてが輝いている。

「まぶしい感じ。きらきらだよ」

「そのきらきらした世界にいる小雪は、俺に何でも話せる？」

わたしは、イメージのなかの自分の左手の感触を確かめた。

いなかった――。あちらの世界には、あの不細工な黒熊のぬいぐるみがいない。いや、いないのではなくて、必要ないのだということに、わたしは気づいた。あちらの世界では、あのぬいぐるみは不要なのだ。ということは、現実のわたしは、アレを〝必要としていた〟のだろうか。きっと、そうなのだろう。おそらく、無抵抗でくにゃくにゃしているアレは、幼い頃のわたし自身に向けた哀しい執着の象徴であり、誕生を拒まれた胎児への鬱々とした祈りだったのではないか。そんな気がした。

「どう？　話せそう？」

龍ちゃんが、静かに訊いてくれる。

「うん。話せる気がする。何でも」

大切な人に「要求」できそうなわたしが、あちらの世界にはいる。

「そっか。いいね。じゃあ、逆に、そこにいる俺は、小雪のことを完全に信頼しているかな？」

きらきらした空気のなかで微笑む龍ちゃんを、じっと見つめた。子供を抱いた龍ちゃんが、微笑みかけてくる。その龍ちゃんが、わたしのことを完全に信頼してくれているかどうかは、正直、分からなかった。

「分かんない。でも、わたしは信頼してるよ」

「そっか」

「うん」

「片方は信頼してるのに、もう片方はそうではないかも知れないんだ」

「うん……」

残念だけれど、正直に言えば、そういう感じだ。

「それってさ、逆に、最高なんじゃないか？」

龍ちゃんが、ふいに意味の分からないことを口にした。

「え……、どうして？」

「だって、その世界の小雪はさ、自分を信頼しているかどうかも分からない男と一緒にいるのに、それでも、まぶしくてきらきらした世界に生きていられるんだぞ」

「……………」

「ってことは、だよ。もしも、その先に、俺から信頼されているって確信を持てるようになれたら、まぶしくてきらきらした世界よりも、さらに幸せな世界になるってことじゃん」

わたしは目を閉じたまま、息を飲んでいた。なるほど。そのとおりだ。足りない状態を幸せだと思えたなら、未来は、もはや「幸せ以上」でしかなくなるのだ。

龍ちゃんは、案外カウンセラーの才能があるのかも知れない。というか、いまこの瞬間、わたしの先生じゃないか。

「小雪、まだ続くからね。さらにイメージしてくれよ」

「うん……」

「その世界の小雪は、俺から完全に信頼されてるの。しかも、世界一、大切に思われている」

「…………」

「小雪の悲しかった過去も、俺はまるごと受け止めていて、いつも二人は同じ方を向いて安心している。そういう世界をリアルにイメージしてみて」

「うん……」

わたしの心は安堵でいっぱいになって、それが一気にあふれ出した。

ぎゅっと閉じたまぶたから、どんどんしずくがこぼれていく。

嗚咽をこらえているのに、肩の震えが止められない。

「イメージした？」

「うん……」

「いま、どんな気持ち？」

わたしは呼吸を整えたくて「ふう」と息を吐いた。

そして「ねえ」と龍ちゃんの方を向いた。

「あ、まだ目を開けちゃ駄目だぞ」

龍ちゃんは少し慌てたように言った――、と思ったら、ズリズリと音がした。龍ちゃんがお尻をずらして、わたしに近づいたのだ。気配で分かる。

「あ、うん……」

頷いたわたしは、目を閉じたまま、ふたたび波音のする正面を向こうとした。そのとき、右の頰にぬくもりを感じた。龍ちゃんの手が当てられて、わたしは前を向けなくなったようだ。

「え？」

濡れていた右の頰だけが、やけにあたたかい。このおおらかなぬくもりは、わたしにとっての精神安定剤そのものに思えた。

「小雪」

「…………」

「目を閉じたまま、左手をこっちに出して」

わたしの頰から、おおらかなぬくもりが離れた。

左手をそっと差し出す。

その手を、やさしく摑まれた。

そして、薬指にリングがはめら――れ、ん？

そのリングは、ずいぶんと大きくて、変に重たくて、サイズがまったく合っていない気がしたのだ。

「小雪、まずは、誕生日おめでとう」

「え？　あ、ありがと……」

「あと、もうひとつ伝えたいことがあるんだけど」

「……………」

「ええと……、いま小雪が心のなかでイメージしている最高にきらきらした未来を」

「…………」

「その未来を、そのまんま俺に、現実の世界で叶えさせて欲しいんだけど」

もう我慢できない。わたしは目を開けた。

目の前に本物の龍ちゃんがいて、ここにわたしがいて、夜空と、海風と、波音に包まれていた。

「龍ちゃん――」

「俺さ」珍しく龍ちゃんが言葉をかぶせた。「小雪から見たら、ちょっと頼りないかも知れないけどさ」

「ううん」

そんなことないよ、と、わたしは首を振った。

「でも、俺、絶対に小雪のことを幸せにするから」

「うん……」

「小雪、俺と、結――」

と、その刹那。

「きゃーーーーっ！」

わたしたちを包んでいた波音が、一瞬にしてかき消された。

鼓膜をつんざくようなキンキン声。

「みんな、いたぁ！　ねえねえ、そんなところに集まって何してるの？」

聞き覚えのある、この声は。

わたしと龍ちゃんは、目を丸くして砂の上に立ち上がった。そして、慌てて声のする倉庫の左手へと回ってみた。

え……。

なに、なに？　どうして、みんながここにいるわけ？

あまりにも驚いて、わたしたちは声を奪われていた。

代わりに、るいるいさんが夜空の星をすべて落としそうな声を張り上げた。

「きゃーっ、龍ちゃんと小雪先生もいたぁ！」

「おいおい、なんだよ。空気を読めよ」

太い声を出した入道さんが、つるつるの頭を掻いた。

「まあ、バレちまったら、仕方ねえな」

ジャックさんも苦笑いをしている。

なんということだろう。つまり、いまのわたしたちのやり取りを、お客さんたちは倉庫の陰に隠れてこっそり聞いていたのだ。よく見れば、まどかさんの顔まである。隠れて聞いていたみんなを、るいるいさんが発見して大喜び——と、そういうことらしい。

「ちょ、な、なんですか、これは……」

ようやく龍ちゃんが声を出せたと思ったら、か細い声が返ってきた。

「あの、ごめんなさい。わたし、やめようって言ったんですけど……」

モモちゃんが、申し訳なさそうに首をすくめた。

「だけどさ、みんな、あんたたちのことを心配してたんだからよ。これくらいは許せよな」

ジャックさんが臆面もなく言い、そして、ふたたびキンキン声が夜の渚に響き渡るのだ。

「ねえねえ、龍ちゃんと小雪先生、ラブラブに戻ったんだね！　わーい、嬉しい、うふふ」

わたしと龍ちゃんは、顔を見合わせた。

そして、同時にため息をついて、やれやれ、と笑うのだった。

「るいるいさん、彼氏と温泉に行かれたんじゃ」

龍ちゃんが訊いた。

「うん。そうしようと思ったの。だけど、旅のしおりを見直して、やっぱり最後の夜のキャンプファイヤーだけは、みんなとやりたいなって思って戻ってきたの。ダーリンと一緒に」

自由すぎるるいるいさんは、「この人がね、わたしのダーリン」と自分の後ろを指差した。

「あ、どうも。えっと、ぼくが、彼氏です」

すらりとしたるいるいさんの背後から、十センチは背の低そうな男性がひょっこり顔を出して、小さくお辞儀をした。小柄だけれど、なかなかのイケメンだ。

そうか、この人が、るいるいさんにプロポーズをしたのか……。

なるほど、るいるいさんの左手の薬指には指輪が。

って、あ、そうだ！

わたしは、さっきの違和感を思い出して、自分の左手を見た。

プロポーズを受けそこなったわたしの薬指には——。

へ？

状況を理解しようと思考を巡らせていたら、隣から龍ちゃんのひそひそ声が聞こえてきた。

「えっと、ごめん。それには、いろいろあってさ。あとでちゃんと話すから」

龍ちゃんを見た。ちょっと困ったような、情けない顔でわたしを見下ろしていた。

わたしは思わずプッと吹き出して、左手を握りしめた。

そうでもしていないと、あのぬいぐるみの代わりとなってくれる、ぷかぷかな青いガラスのリングが落ちてしまいそうだったから。


【天草龍太郎】


宿のおやじさんが薪をじゃんじゃん足してくれた。

すると、消えかけていたキャンプファイヤーの炎が息を吹き返した。

炎の周りに集う面々のなかには、るいるいさんと彼氏の顔もある。

缶ビールを手にし、みんなそれぞれ気持ち良く喉を鳴らしていた。

「それにしてもさ」と、ヒロミンさんがしゃべり出した。「龍ちゃんと小雪先生のせいで、わたしたちは、ちっとも落ち込んでる余裕がなかったよね」

「あはは。マジでそうだよな」

ジャックさんも茶化す。

「まあ、でも、悪かねえよな、こういう旅もよ」

入道さんが言うと、サブローさんと教授が、うんうん、と頷いた。

「二人を見てたらさ、わたしもまた恋愛をしてみたくなっちゃったな」

ヒロミンさんは、アルコールが入ると声も表情も陽気になるようだ。

「うふふ。楽しかったですね」

珍しく桜子さんが口を開いたと思ったら、今度は入道さんが突っ込んできた。

「楽しいは楽しいけどよ、このツアーの名前、変えた方がいいぜ。失恋バスツアーじゃなくて、失恋した添乗員の面倒をみるツアーに」

「ええっ、そんなぁ……」

俺がボヤいたら、みんな手を叩いて笑った。

すると、アルコールですっかり赤ら顔になった陳さんが、すっくと立ち上がった。

「おい、このメンバーで、またツアーに行くだろう。今度は、誰も失恋していないバスツアーね。いっぱい遊ぶ。いっぱい飲む。楽しいだろう。どうだ、添乗員」

斜め向かいから陳さんが俺を指差した。

焚き火の周りからは「いいね」という声がいくつも聞こえてきたけれど、俺は、返事に窮してしまった。

「えっと、まあ、それはですね……」

「なんだよ、駄目なのかよ」

ジャックさんが不満げにピアスのついた眉をひそめる。

もう、こうなったら仕方がない。俺は小さくため息をついて、「じつは」と切り出した。

「このツアーなんですけど、おそらく今回で最後なんです」

焚き火を囲んだ座の空気が、一気に冷めていくのが分かった。

俺は、ためらいながらも続けた。

「ええと、ツアーというか、もっと言いますと、このツアーを運営している旅行会社そのものがなくなってしまうんで……」

「えっ、倒産するってことかよ?」

入道さんも眉をひそめる。

「はい。すごく残念なんですけど……」

隣を見たら、小雪が少しうつむき加減で炎を見つめていた。

「そんな……」

モモちゃんがため息みたいな声を出したら、あの無表情な教授までが無念そうな顔をしてくれた。

「おい、そんなの、あたしは聞いてねえぞ」

いちばん驚いていたのは、まどかさんだった。このツアーがなくなれば、まどかさんだって職を失うのだ。

「まどかさん、黙っていて、すみません。本当はまだオフレコの情報なんですけど、ぼくは、たまたま知っちゃって……」

「は？　たまたま？」

「はい」

「つーか、今回が最後なんて、急に言われても……。会社の連中はみんな知ってんのかよ？」

こんなに不安そうなまどかさんは、これまで見たことがない。

「知ってるはずです。ただ、現時点でツアーに出ている従業員には、仕事を終えて帰社してから伝えられることになっているそうです」

まどかさんは、しばらく黙って俺を見ていたけれど、ふいに「はあ」と嘆息して、缶ビールの残りをあおった。

と、そのとき、不敵にも「ぐふふ」と笑い出した人がいた。

赤ら顔の陳さんだった。

「おい添乗員。このツアーを考えたのは、おまえだろう？」

「え？　あ、はい」

「どうして、このツアーやろうと考えたか？」

陳さんは、不敵な笑みを浮かべたまま、変な質問をしはじめた。

「ええと……」べつに隠す必要もない。どうせ二度と会えない人たちだろうし、嘘をついて得られるものだってないのだ。「じつは、私は妹を亡くしているんですけど——」

「ほう」

「ずっと入院していた妹が、生前のある日、こんなことを言ったんです。失恋できるって幸せなことだよねって。わたしも彼氏を作って、思いっきり楽しんで、こっぴどくフラれて、悲劇のヒロインを味わってみたいなあって」

あのときの俺は、美優の言葉にまともに応えることができなかった。その夢がもはや叶わないことを知っていたし、もっと言えば、俺のなかの価値観が瓦解《がかい》した瞬間でもあったからだ。

俺は美優に気づかせてもらったのだ。たとえそれが物であろうと感情であろうと、それらを得たり失ったりできるということは、すべて「幸せ」というステージ上の出来事だということに。喜びも悲しみも幸せのうち。だったら、どちらの感情もしっかりと味わわなければ損だ。たとえそれが悲しみの感情であっても、それはいわば「スイカにかける塩」みたいなもので、次に味わうであろうプラスの感情をより大きく感じさせてくれる魔法のひと振りとなるのだから。

俺は、そのことを、なるべく分かりやすい日本語で陳さんに話した。

するとと陳さんは、不敵な笑みを浮かべたまま、太くて短い親指を立てて見せた。

「オーケー、添乗員。合格ね。ビジネスのはじまり、そういう考え、いいだろう。成功するパターンね。金が集まるだろう。添乗員、ビールを持ってこっちに来い」

「え？」

「すぐに、来い」

なんだ、この命令口調は——とは思ったけれど、もうすっかり慣れているので、俺は言われたとおり缶ビールを手にしたまま椅子から立ち上がり、陳さんの方へと歩み寄った。その様子を、焚き火を囲んだみんなが黙ったまま眺めている。

「添乗員の会社、なくならないだろう」

ふいに陳さんが、予言じみたことを言いはじめた。

「え？」

「私、このツアーの会社、『あおぞらツアーズ』を、金で買うだろう。私が買収するね。どうだ。がははは！」

「は？」

何を言っているのだ、この人は。

俺は、すぐ目の前にいる怪しげな中国人の目を見た。サングラスの奥の目は、笑っているせいでほとんど「線」だった。

「おい、添乗員、乾杯だ」

「あ、え？」

言われるままに、ビールの缶と缶をコツンと合わせた。

「私がシャチョになったら、給料もらえるだろう。がははは！　嬉しいか？　当たり前だ。金は大事だろう」

「ええと……、すみません、陳さん」

「なんだ？」

「冗談、ですよね？」

「ノー！　私は嘘をついたことがないね。『あおぞらツアーズ』のシャチョも、私に会社を買ってくれと言っていたね。しかも、何回も言ったね」

は……、どうして、うちの社長が？

と思った刹那――。

「えええええっ！」

俺の口が大きな声を出していた。

「も、もしかして、陳さんって――」

「なんだ？」

「うちの社長が、何度も電話しているのに、連絡が取れないでいる外資系の……」

まさか、まさか、と思って訊いてみたら、陳さんはでっぷり太った腹を突き出すようにして笑った。

「がはははは。それ、私だろう。モバイル、わざと家に置いてきたね。うるさいバカ女、金、金、言うだろう。だから連絡、取れないね。おまえのシャチョも連絡とれない。がははははは！」

「え、え、あ……」

もはや俺は、焚き火の前に刺さった杭だった。突っ立っているだけで、声も出せない。

「私、頭いいシャチョね。会社を買う前に、その会社、自分で調べる。このツアーがいちばん大事なツアー。だから、お客になってみた。分かるか？」

俺の頭のなかで、パズルのピースがぴたりとハマった。

そうだったのか。初日から陳さんが俺のことをやけにじっと見ていたのだが、あれはゲイだからではなくて、俺の働きっぷりをチェックしていたのだ。

「陳さん、じゃあ、本当にうちの会社を……」

「おい、私は、嘘をついたことがないと言ってるね。ツアーから帰る。そしたら、すぐに契約するだろう」

「陳さん……」

俺は、ため息をもらした。深く、深く。

すると「よかったね」「おめでとう」「陳さん、かっこいい」などと、お客さんたちから声がかかり、焚き火の周りで拍手が起こった。

まどかさんを見たら、やってらんねえぜ、という顔でビールを飲んでいた。でも、どこか口元が緩んで見えた。

やがて拍手が鳴り止むと、小雪の声がした。

「龍ちゃん、よかったね」

「うん」

俺は、心から素直に頷いていた。

「結局、あのイヤミ課長に、感謝だね」

「え、どういうこと？」

「だって、あの課長が陳さんを選んでくれたから――」

「あ、そうか」

俺と小雪の会話を聞きながらポカンとしているみんなに、上司のイヤミ課長がこのメンバーを選んだのだと教えてあげた。もちろん、ヤバそうな人ばかりがあえて選ばれた、という事実は伏せて。

小雪は、右手にウーロン茶を持ち、左手でそっとお腹をさすった。そして、この旅のシーンを思い返すような顔をして言った。

「あと、陳さんの言うとおりだったよね」

「え？」

「自分の嫌いなモノに、いちばん感謝しろっていう、あの名言」

「たしかに。さすが中国四〇〇〇年のことわざだなぁ」

俺が素直に感心して嘆息したら、焚き火の周りのみんなも、うんうん、と真顔で頷いていた。

するとは陳さんが、ふたたび「がははは」と盛大に笑い出した。

「おまえたち、馬鹿ね」

「へ？」

「あれは私のジョークだろう」

「は？」

「え？」

「そんなことわざ、中国にはないね」

ええええええええっ！

と、声を上げる人たち。焚き火の前でコケて見せるジャックさん。

「陳さん、さっき、嘘つかないって言ったのに、めっちゃ嘘つきじゃーん！」

夜空にとんがった声を突き刺するいるいさん。

がははは、と大笑いする次期オーナー。

その人が、さらに言う。

「私は嘘をつかないね。だから暴走族にやった十五万円、ちゃんと取り戻すだろう。そう約束したね」

「どうやって取り戻すの？」

ヒロミンさんが破顔したまま訊いた。すると陳さんは、急にクソまじめな顔をしてこんなことを口走ったのだ。

「この添乗員の給料から、毎月一万円ずつ引くだけね。どうだ。金持ち、頭いい。損しないだろう」と言い終えたと思ったら、「がははははは！」と俺の背中をバシバシ叩いた。それを見ていた面々も、一気に笑い出した。

まいったなぁ、という顔で、俺は小雪を見た。

小雪は幸せそうに目を細めながら、左手をお腹に当てていた。そして、その手の薬指には、青いシーグラスのリング。

まあ、とにかく――、俺はまたこつこつ「失恋バスツアー」で会社を儲けさせて、きちんと給料をもらって、涙ぐましい努力でもって小遣いを貯めて、そして、ふたたび本物の指輪を買うのだろう。プロポーズは、指輪を買う前にさっさとやり直した方がいいかもしれない。なにしろ来年には赤ちゃんが生まれてくるのだ。そもそもプロポーズに必要なのは、気持ちと言葉なのだから。

「おい、添乗員、給料減るのに、なぜ笑ってる？」

陳さんこそ愉快そうに笑っている。

俺はなんだか、腹の底から楽しくなってきて、思わずみんなに向かってこう言ってしまった。

「最後に笑うのは、誰だ？」

ふいの問いかけに、一瞬、静まった。その瞬間を狙って、俺は続けた。

「それは――、いつも笑顔でいる人なんだぜ」

一秒、二秒、三秒、で、「なにそれ？」と、みんなが笑いはじめた。

すぐさまジャックさんが椅子から立ち上がる。

「おい、なんだよ、あんた、それ、俺の台詞じゃねえかっ！」

「あはは、すみません。パクるの得意なんで」

小雪が、くすっと笑った。

ジャックさんも、あらためてニカッと笑う。

「でもよ、俺、あんたにパクられて、嬉しいぜ」

「え？」

「だってよ、俺のイカした言葉がビシッと刺さって、あんたのハートに火をつけたってことだろ？」

そう言うなり、ジャックさんは、とても不器用なウインクを投げてきた。

それを見たみんなが手を叩いて笑う。

でも――、みんなは笑っているけど、案外ジャックさんの言うとおりかも知れない。きっと俺はすでに、この御曹司パンクロッカーのファン第一号になっているのだろう。

「もちろん、ハートに火をつけてもらいましたよ」

俺はジャックさんに親指を立てて答えた。

「マジかよ、やっぱ俺、ロッケンロールじゃね？」

ジャックさんは、ひとり「乾杯だぜ」と言ってビールをあおった。

「ねえねえ、なんか、いま、みんなの笑顔が最高だからさ、ちょっと集合写真を撮らせてよ」

ヒロミンさんの提案にみんなが賛成して、俺たちは椅子から立ち上がった。そして、俺と小雪を真ん中にして焚き火の前に並んだ。

ヒロミンさんは、椅子を三脚代わりに一眼レフをセットすると、

「あら、入道さんだけ頭がはみ出してて顔が写らないけど、許してね」

と冗談を言って、セルフタイマーのシャッターを押した。

「なんだよそれ。俺は屈めばいいのか？　おい、ジャック、顔をどけろ！」

「うわ、馬鹿、痛てえな。でかい手で顔を押すなっつーの！」

二人のやりとりに、みんなが吹き出した瞬間――。

ピカッ！

ストロボの閃光が、俺たちの記念すべき人生の一瞬を切り取った。

【吉原まどか】

おかしな連中との「失恋バスツアー」を終えた翌朝は、まさに五月晴れという言葉がぴったりの空が広がっていた。

あたしは会社の駐車場の一角に造られた事務所（という名のプレハブの掘っ建て小屋）に入ると、髪を後ろでひとつにまとめ、着古したつなぎに着替えた。足元は白い長靴だ。そのまま外に出て、バケツに水を汲み、雑巾とモップとゴミ袋を準備する。

「さーて、ピッカピカにしてやっからな」

言いながら、相棒の空色のボディーをぽんぽんと叩いてやる。

もの言わぬ相棒は、清々しいレモン色の朝日を全身に受けて、笑っているみたいだ。

おっと、掃除の前に、やることがあったか──。

大事なことを思い出したあたしは、事務所の備品置き場からワイパーのブレード（ゴム）を持ってきて、さくっと新品に取り替えてやった。

あの田舎の暴走族が投げたタバコは、あたしの相棒のフロントガラスに当たり、そのままブレードをチュルリと溶かしやがったのだ。

あたしとしては暴走族なんてどうでもいいのだけれど、大事な相棒を傷つけられれば腹が立つ。腹が立つといえば、翌日のトイレ休憩のときに、三人の暴走族に相棒をガンガン叩かれたり蹴られたりしたのも許せなかった。時代が時代なら、かつて女子キックボクシング界の新星と呼ばれたあたしのハイキックが、連中のこめかみにめり込んでいただろう。

溶けたブレードを新品に交換したら、いつもどおり車内の掃除だ。

バケツ、雑巾、モップを運転席の横に置いて、ゴミ袋を手にする。

まずは客席にゴミが落ちていないか点検だ。

あたしは客席の通路を歩いて、いったん、いちばん後ろの席まで行くと、ベンチシートの上と足元の床をチェックした。

よし。ゴミはなし、と。

そういえば、この席には「教授」とかいう仏像みたいな男が座っていた。あいつは、やたらといい声をしているのに、ほとんどしゃべらない変わり者だった。あれで大学の教授が務まるのか？　まあ、中卒のあたしに心配されたくもないだろうけどさ。

なんて、ひとりの顔を思い出したら、それが引き金となって次々とキャラの濃い連中の顔が脳裏をよぎりはじめた。

入道、サブロー、陳、ジャック。

桜子、ヒロミン、モモ、るいるい。

あたしは思わず「ふう」とため息をついた。

なんて濃くて、阿呆な連中だろう……。

でも、あらためて想うと、あの連中は、誰ひとりとしてあたしの嫌いなタイプではなかった気がする。

それぞれが「愛すべき阿呆」とでも言うべきか――。

そもそも、大型二種免許を持っていることくらいしか取り柄のない阿呆なあたしが、この「あおぞらツアーズ」に拾ってもらって以来、ずいぶんとツアーの運転手をこなしてきたけれど、さすがに今回ほどおかしなツアーはなかった。

まさに、愉快痛快だ。

あの連中がやらかした、たくさんの阿呆なシーンを思い返して、あたしはうっかりニヤニヤしてしまった。

「ったく、変な奴ら」

つぶやきながら、ひとつ前の座席と足元をチェックした。

よし。ここも、ゴミは、なし。

そうやってあたしは一列ずつ前の席へと移動しながらゴミの有無をチェックしていった。

客席の最後は、運転席のすぐ後ろだ。

まさか添乗員とカウンセラーがゴミを残していくなんてことはないだろう。これまでも、一度だってなかったし――。

そう思いながらも、念のため座席をチェック。

続けて、足元の床を覗き込んだ。

すると――、

ん？

あたしは膝を折って、座席の下に手を伸ばした。

小さな落とし物をつまみ上げる。

それをまじまじと見たあたしは、添乗員とカウンセラーが座っていた席にどっかりと腰を下ろした。

「ったく、あいつら――」

どんだけ世話を焼かせんだよ。

あたしの頬がふっと緩んだとき、窓からレモン色の朝日が差し込んできた。その光は、あたしがつまんでいる、零細企業の悲哀をそのままサイズに表したような石ころに降り注いだ。きらきらと七色に輝く石ころ。

「ふうん」

あたしはそれをつなぎのポケットにそっと入れて立ち上がった。

そして、濡らしたモップを手に、車内を見渡す。

「さてと。んじゃ、相棒、床から行くぞ」

そう言ったあと、念のため、阿呆と同じ失敗をしないよう、つなぎのポケットに穴が空いていないかどうかを確かめた。

よし、大丈夫だ。

あたしはモップをぎゅっと握り、大事な相棒の床を磨きにかかった。

解説

内田　剛（ブックジャーナリスト）

森沢明夫は稀代のマジシャンである。すでに数多くの作品を世に送り出しており、ハートウォーミングな作風で人気を博しているが、その魅力は突出した人情味だけではない。紡ぎ出す物語の中で奇跡を起こす。グイグイと読者を引き寄せて、サプライズを用意しているのだ。読後は目の前の世界の色をガラッと変えてしまう。

とはいえ、もちろん気楽な気持ちで付き合うべきだが、冒頭から油断しないように丁寧に読み進めることも必要だ。上質なミステリー小説のように周到な仕掛けがどこに隠されているかわからない。華麗なカードマジックか、思いもよらないイリュージョンか。それは読んでのお楽しみ。決して読者を裏切らない。読みどころも豊富で決して読み手を飽きさせない。これほどサービス精神の旺盛な作家も珍しいだろう。森沢作品は決してはずさない。本書で森沢明夫に出会った読者はラッキーだ。ぜひ既刊にも手を伸ばして森沢ワールドを堪能してもらいたい。どんな人気のテーマパークよりも素晴らしい。リピーターになること間違いなし。喜怒哀楽、生老病死、艱難辛苦《かんなんしんく》……人生の酸いも甘いもここにある。人間の営みのすべてを体感できるはずだ。

さて「失恋レストラン」なら聞いたことがあるが、『恋する失恋バスツアー』とは奇妙なタイトルだ。不景気の世の中でバス会社も営業努力に事欠かない。知恵と工夫を凝らして集客に躍起となっている。しかし、である。この世には様々なバスツアーがあれども「失恋バスツアー」とは思いもよらなかった。結婚したい男女を募った婚活バスツアーならば理解できるが、まったく正反対の恋に敗れた者たちを集めるとは。いったいどんなニーズがあるのだろうか。しかも、それに加えて「恋する」って何だろう。ページをめくる前から首をひねりたくもなる。この「おやっ?」という違和感を忘れないでもらいたい。この感覚そのものがトリックかトラップかもしれないからだ。シートベルトを忘れずに、バスを運転している気分で常に周囲に気を配ること。ちょっとした緊張感を持つことがこの作品をより親しむためのポイントなのかもしれない。

物語の舞台は「株式会社あおぞらツアーズ」という経営不振のバス会社。バスだけど自転車操業とは笑えない。起死回生を目指すべく新たなツアーを企画したのが「いま現在、失恋して、心に傷を負っている仲間」を集めて「人生のどん底」まで落ち込ませて「立ち直る」ための「失恋バスツアー」だ。二年前に倒産危機を救ったこのツアー。いまや会社の命運を握る存在となっていた。考案者でもある添乗員・天草龍太郎(37)は心優しい「鈍感男」。三日前に彼女と破局したばかりの失恋ほやほや。何の因果かこんなタイミングで皮肉なツアーの日程が組まれているとはまったく天から見放されている。しかし会社の未来も自分の生活も背負っているから彼には拒否権はない。ツアー企画開始当時からの相棒であり、元彼女でもあるフリーの心理カウンセラー・小泉小雪(35)が、今回も隣の席にいるから同情の余地もなし。しかし何かが起きる、いや何も起こらぬわけがないという予感もふつふつと沸き上がる。もうスタートした瞬間からまったく目が離せないのだ。未練たらたらでも、公私混同は許されない。気まずい八方塞がりの道中はピンチの連続でも、濃厚接触も可能な距離感は千載一遇のチャンスでもある。これを逃せば一生の後悔となるかもしれない。旅程は五日間。タイムリミットありの運命のいたずらに誘われて二人の「復縁」は叶うのか。はたまた別れの決意は硬く、それぞれの道を歩むのか。ハラハラドキドキの鼓動も伝わる恋模様。波乱に満ちた二人の恋路がストーリーの大きな軸となる。

命綱でもあるバスのハンドルを握る茶髪の専属ドライバー・吉原まどかも荒っぽそうで怪しいが、集まったツアーのメンバーがまた異彩を放つ。スキンヘッドで巨漢の霊媒師・都幾川淳也（45＝入道さん）、最高齢のお人好し・長谷部三郎（73＝サブロー）、訳ありの中国人の自称社長・陳さん（42）、ピアスだらけの個性派・田中秀夫（年齢不詳＝ジャック）、得体のしれない悟り男・愛路悟（50＝教授）、人ではなく犬と別れた写真家・杉山浩美（37＝ヒロミン）、許婚に失恋されたお嬢様女子大生・二階堂桜子さん（20＝桜子さん）、ハーフで金髪美女のお調子者・粟野瑠美（25＝るいるいさん）、虚ろな表情の要注意人物である北原桃香（24＝モモちゃん）の総勢九名（男性五名・女性四名）。一見まともな人間が皆無なのだが、全員が個性のかたまりで、なんともいえず魅力的だ。外見だけでなく雰囲気も異様なくらいヤバすぎる。愛すべきろくでなしたち。けれども不器用でクセがあり、圧倒的に人間味に溢れている。面倒だらけのバスツアー。みなが最初はとっつき難いのだが次第に本音を語るようになり、素顔をさらけ出す。性格を知るほど、話を聞くほど愛すべき存在となっていくのだ。

隣に住む人の顔も名前もわからなくなってしまうほど人間関係が希薄となっている現代社会で、森沢作品が好んで読まれている理由のひとつがこの人肌の温もりなのだろう。悩みを抱えていない人は誰一人としていない。生きていれば多かれ少なかれ背中に重荷を背負って生きている。この小説に出てくる人々も漏れなく懊悩し続けていて、きれいごとばかりではない現実味が醸し出されている。理不尽な世の中で不安感に覆われて、息苦しさが見えるからこその説得力なのだ。現実社会ではあまりの苦痛に目を背けたくなることもある。この物語はそんな明日へと踏み出す足元に光を灯してくれる。

「人ってね、誰かを心配しているときの方が強くなれるんだよ」心理カウンセラーである小雪のセラピーを乗客メンバーと一緒になって体験できるオプション付きのこの物語。失恋だって恋のうち。心の痛みも生きているから感じることができる。人を好きになる気持ちこそが、人間が持ついちばんピュアな感情なのだと愛おしくさえも思う。かけがえのない仲間たちとの絆と、優しさと温かさが生きる糧となる、限られた時間の中で「いのち」を謳歌する素晴らしさ。そんな人生の真理までも見えてくるのだ。

そして、さらなる森沢作品の魅力のひとつは、目に浮かび心に刻まれる映像的な情景描写の妙である。「なるべく悲しい気持ちになれる、淋しい気持ちになれる」場所を巡るツアーの目的地もまた印象深く、宿泊地が「廃校」だったり、いわく付きのそれぞれの場所がユニークだ。個人的なオススメスポットは「天空の城」竹田城址の劣化版「双葉城址」。中途半端な景色しか望めない、いい具合の寂れ方が「失恋バスツアー」の肝なのだ。こんな絶景とは程遠いような土地ほど懐かしく、匂いが濃くて味わいが深い。インスタ映え以上の、記憶に残るシーンが続々と登場してくる。「うら淋しい風情」の「鄙びた古い旅館」に「詫びしい粗食」などなど。よくぞまあこんなおもしろツアーを考えたものだ。呆れながらも切なくてほんのり笑わせる。次はどこに連れて行かされるのか、ページをめくりながら想像を膨らませるのもまた楽しい。

暗雲立ちこめる初日から着々と旅をしていくうちに失恋の失意を断ち切るはずのツアーの意味合いが変化してくる。ツアーの目的自体が、ハンドルを逆にきったかのように反転するのだ。龍太郎がブレーキをかけていた恋心にアクセルが踏まれて、いつしか淡い「恋」が最も「濃い」感情となる。クセ者揃いでバラバラの烏合の衆だったツアー参加者も添乗員の恋に巻き込まれ、不思議な一体感で包み込まれていく。ふと周囲を見渡せば、いつの間にやら読者である自分もこのバスのシートに座っていた。登場人物たちと同じ思いを共有していたのである。高揚感がヒシヒシと伝わってくるこの展開こそ、僕らの大好きな森沢文学の真骨頂。と、興奮していると、鮮やかなマジックに引っ掛かっていたのだと気づかされる。集められたメンバーの、そして龍太郎自身が抱えていた秘密が明かされて景色が一変。これが物語の奇跡か。本当に見事。もう唸るしかない。脱帽してこれ以上脱ぐものもなければ、膝を打ちすぎて骨が悲鳴をあげるくらいである。まんまと騙されて清々しい気分。痛快にして爽快。共感度満点。このメンバーならばもう一度、一緒に旅に出たいと思わせる。

こういうスッと入り込めてしまえる作品を、いい物語と呼ぶのだろう。そうなのだ。失敗したって何度でもやり直すことができる。これは悩める僕らのための物語なのだ。

読み終えて、旅は人生だと改めて感じた。非日常の空間と限定された時間の中で出会った人々、訪れた場所、旅の記憶は本当に貴重だ。様々な感情は化学反応を起こして新たなリズムを生み出していく。本書の思いもよらないドラマを通じて、人生におけるファーストプライオリティーに思いを馳せて、自分自身を見つめ直していたのだ。

約五百ページに及ぶ密度の濃い、素晴らしい自分探しのドライブを体験させ、見たことのない絶景を見せてくれたこのバスツアーのごとく、作家・森沢明夫も快調に走り続けている。休む間もないその活躍も目を見張るばかりだ。『きらきら眼鏡』『虹の岬の喫茶店』『ライアの祈り』『夏美のホタル』といった映像化作品のヒットもあれば、新刊の単行本、文庫の仕掛けなど、続々と売上を伸ばしている。千葉県船橋市生まれの著者ゆかりの千葉方面で、とりわけ強烈な展開も目立つが、その人気は揺るがぬ全国区。読むほどに、伝えるほどに自分自身がハッピーになる。森沢作品のある場所こそがパワースポットだ。「物語に恋をしたくなったら読むべき本は?」と聞かれたら迷わず森沢明夫を勧めたい。これからも地の果てまでも、ずっとずっと追いかけ続けたい。そうだ、旅に出よう!

本書は二〇一七年九月に小社より単行本として刊行されたものです。

双葉文庫

も-16-04

恋《こい》する失恋《しつれん》バスツアー

2020年9月13日　第1刷発行

【著者】
森沢明夫《もりさわあきお》
©Akio Morisawa2020
【発行者】
箕浦克史
【発行所】
株式会社双葉社
〒162-8540 東京都新宿区東五軒町3番28号
［電話］03-5261-4818（営業）　03-5261-4831（編集）
www.futabasha.co.jp（双葉社の書籍・コミックが買えます）
【印刷所】
大日本印刷株式会社
【製本所】
大日本印刷株式会社
【カバー印刷】
株式会社久栄社
【DTP】
株式会社ビーワークス

【フォーマット・デザイン】
日下潤一

ISBN978-4-575-52395-9 C0193
Printed in Japan